中国新实力作家精选

必读的精品散文

策划

自然也是一种美

梁宾宾◎著

这里储存着她事业成功的记录和她艺术道路上的每一个足迹，虽然是无形的，但似乎伸手可触，好像连空气里都弥漫着惊鸿的舞姿神韵。

知识出版社

图书在版编目(CIP)数据

自然也是一种美/梁宾宾著. —北京:知识出版社,
2011. 11

ISBN 978 - 7 - 5015 - 6317 - 3

Ⅰ.①自… Ⅱ.①梁… Ⅲ.①散文集—中国—当代
Ⅳ.①I267

中国版本图书馆 CIP 数据核字(2011)第 215571 号

策　　划　刘　嘉
策划编辑　马　强
责任编辑　张　磐
责任印制　李宝丰
封面设计　晴晨工作室

知识出版社出版发行

地　　址　北京市西城区阜成门北大街 17 号
邮政编码　100037
电　　话　010 - 88390732
网　　址　http://www.ecph.com.cn
印 刷 厂　三河市兴达印务有限公司
开　　本　1/16
印　　张　14
字　　数　180 千字
印　　次　2011 年 11 月第 1 版　2024 年 6 月第 3 次印刷

ISBN 978 - 7 - 5015 - 6317 - 3　定价:58.00 元
本书如有印装质量问题,可与出版社联系调换。

目　录

自然也是一种美

目 录

第一辑
勾勒与渲染

书的颜色与味道

那是一个文化贫瘠得不能再贫瘠的年代，读书成了一种不光彩的行为，尤其是阅读那些明令禁止的书刊，心里就像揣着罪恶般惴惴不安。你知道它是黄色的还是反动的？在那样的年代里，读政治类或文艺类图书成了一件小心翼翼或者大逆不道的事。谁也不愿意惹是生非。

当时，已经认识了一些汉字的我难以忍受停课之后的寂寞，便突然冒出一个读小说的念头。小孩子做事通常就是由一个突发奇想的念头所支配的。就在那天，我贸然地跑到一个比我大两三岁的女伴家里去借小说，她不但没有借给我，还用近乎于训斥的口吻说："还看小说？一旦中了毒洗都洗不掉！"那时候她也不过是个 12 岁的高年级女生。

1969 年的冬天，我随我的父母去了"五七"干校，在干校的附属学校里，我的班主任老师（一位资深的省报社总编辑）手拿一份登载着有关苏联问题的《参考消息》，和我们几个同学谈论一本当时听来很时髦的书——《苏联是社会主义国家吗》。通过老师的叙述，我大概了解了书中的内容，它通过事例分析来否定前苏联，证明它已经不再是我们心中崇拜的社会主义国家，而变成了修正主义国家。然而就是因为这大概的了解，便促使我迫不及待地想找到这本书来读。

放学以后，我便挨门询问哪位叔叔或者阿姨有这本书，可大家都摇头说没有。那拗口的提问式的书名，以及这本书浓烈的政治色彩几乎让所有被询问的人瞠目结舌。很快我就灰心了，心想：到此为止吧，别给大人惹麻烦，谁能够保准那不是一本即将受到批判的"大毒草"呢？但我马上看到，距我几步之遥的那个房门半掩半开着，仿佛是在召唤我。我禁不住这样的诱惑：说不定住在这间屋里的叔叔有这本书呢！我怀着最后的希望推开了那房门，里面有四五位叔叔、伯伯正围坐在炉火边吸烟，见我进来，他们用询问的目光打量我，这目光鼓动着我说出了来意："叔叔，你们这儿有《苏联是社会主义国家吗》这本书吗？"由于问话的蹩脚和唐突，连我自己都不好意思起来。透过缭绕的烟雾，我小心翼翼地等待着大人们的反应，希望能在他们中间得到一个肯定的回答。他们的表情大都显现出茫然，只有老马叔叔面带难色，很不情愿地缓缓起身，走到书桌旁，从抽屉里取出了一本崭新的书——《苏联是社会主义国家吗》，那清晰厚重的字体立刻映入了我的眼帘，我高兴地连声道谢，并赶紧承诺说，看完了立即归还。当我转身向门口走去时，听到一位伯伯夸奖我说："看，这孩子的求知欲有多强！"

我利用所有的课余时间，以最快的速度读完了这本书，很守信用地把书还了回去。虽然对于一个十一二岁的孩子来说还不能完全领会这书中的含义，但我毕竟如愿地读过这本书了。随着岁月的流逝，我渐渐忘记了那书中的细节和它的颜色，但每当我回忆起它的时候，感觉无论是内容还是封面都是苦涩的、褐色的，郑重而富有内涵。大概是源于那一次的阅读体验，我一直情愿相信书是有颜色的（文章也一样）。每一本书都如同一道菜，出自不同厨师之手，必有不同的颜色。同时我也情愿相信，书是有味道的，即使是同一道菜，每位厨师烹制出的味道也不尽相同。

而读者们会像品尝菜肴一样选择自己喜欢或感兴趣的书来读。不同的是，菜是用嘴巴品尝，而书是用心来品尝的。

后来，我遇到了一本值得珍爱的书，无论是它的颜色还是它的味道都让我着迷。不管我身在哪里，处在何种境况下，它都像影子一样伴随着我。看到它，我就会立刻想起我遇到它的那个时代以及那个时代的我，还会想起当时的情形和我当时的状态。当然，最突出的还是这书的品质——它的"颜色"和"味道"。

20世纪70年代中期，我实习的那所医院的图书馆里正在进行图书大清理。除了专业书籍之外，一本本不同规格、不同品质的书被扔上卡车运往造纸厂。据我所知，这已经不是第一次了，十年动乱初期，大部分图书已经经历了这样的浩劫，眼下，不过是横扫残余罢了。令人震惊的是，一所医院的图书馆竟会藏有几卡车的"四旧"，可想而知，当年的图书馆馆长定是位品位很高的"文化人"。

望着堆在阶前的那些书，我想，等待它们的将是粉身碎骨的结局。然后被重塑，再以一种崭新的面目出现在这个世界上，才算完成了它脱胎换骨的"改造"。已不难想象，图书馆馆长的命运比它们也好不了多少。正站在那儿胡思乱想时，一本书不轻不重地落在我的脚边，我下意识地捡起它，不经意地翻了翻——那不是本新书，已被许多人读过。封面上印有四朵环绕在一起的玫瑰，它们虽然娇嫩，却已经褪了些颜色，但在当时那个灰、绿色成灾的世界里，它昭然醒目，令人暗自欣喜。而封面下方的书名《铁灯》无论如何也无法与那漂亮的玫瑰相提并论，于是我好奇地将它带进了一间无人的教室，极想知道，这书里的故事到底和玫瑰有关，还是与铁灯有关。

当这本书以它独有的语言方式向世人们展开它的故事之前，并没有忘记给一张照片介绍它的作者：季米特尔·塔列夫，一位具有绅士风度的老者正用他那双忧郁而沉思的眼睛望着这个多变的世界。看那鼻梁上的金丝边儿眼镜，稀疏略显凌乱的头发，紧闭的双唇和浓密的胡须——这脸上的每一个细节都透着学问，你立刻就能相信，他的书值得你花时间细读。

在我看来，千百卷中它不是最好，但它终被列入了我的最爱。作者是保加利亚现代著名作家，他像一位厨师，将一道可口的名菜推到了我的面前，让我回味无穷，经久不忘。经过袁湘生先生精彩的翻译，这部作品在我心目中的颜色就如同封面上那四朵橙色的玫瑰，热烈、奔放、刚劲、细腻又不事张扬。塔列夫不是一位厨师，而是一位医生、哲学家和作家，他先后在萨格勒布学习医学，在维也纳攻读哲学，后又考入了索非亚大学斯拉夫文学系。曾主编《马其顿》报，从 20 世纪 20 年代末开始写作。继长篇小说《铁灯》之后，季米特尔·塔列夫又创作了《普列斯巴的钟》和《伊林节》两部作品，这是三部各自独立而又由一个中心主题贯穿起来的作品，书中故事始于 1833 年，终于 1903 年。著者的表述手法远离俗套，他以雄伟的气势和细致、抒情的笔触，详细地叙述了那个时期里马其顿人民生活与斗争的历史。这三部小说成为当时保加利亚最卓越的文学成果，并于 1960 年获得保加利亚人民共和国季米特洛夫奖一等奖。贯穿在这三部小说中的一条主要线索，是斯托扬·格拉乌舍夫一家人的故事。作者通过这个大家庭的遭遇和他们周围人物的命运，反映出了当时的社会矛盾和时代面貌，反映了当地人民民族意识的觉醒。普列斯巴城的市民与希腊教会的矛盾冲突构成了全书的主要情节。那时的普列斯巴城亦如保加利亚的其他城市一样，隶属于君士坦丁堡总主教，这使得希腊人控制了教会并乘机同化当地居民。《铁灯》成功地描述了为了争取教会独立，保卫民族语言和民族文化，当地人民与希腊教会进行了百折不挠的斗争，并最终获得了胜利。生活在这座城市里的少男少女的爱情故事，也随着斗争的深入和展开而变得矛盾和复杂。

我之所以认为它神奇，是因为它把我带进了一个神秘而奇特的世界，使我的那个下午、那个傍晚都变得十分独特。它的情节、语言、场景、人物以及书中的故事深深地吸引我、感染我。于是我便断定，世界上再难找到一本类似的书，它为我 16 年的生命经历又增加了新的一页——原来，世界竟然如此的温馨，如此的美妙！虽然有苦难，它却是生活的必然；虽然有屈辱，它也是生活的一部分。生命虽有尽头，这尽头兴许会使整个生命变得灿烂！因为生命的过程里有美丽的梦幻、有甜美的爱情、有钟爱的事业、有苦与甜交织在一起平凡而离奇的经历，还有明天不同于今天的惊喜！

这本书一直伴随我至今，它给了我一双善良的眼睛和一副美好的心境，并帮助我营造起一个乐观、坚强的精神世界，让我全情地投入生活。为此，对它我一直心存感激。我禁不住问自己：你还想要什么？难道这还不够么！如果你感受到了这生命的真谛，你永远都不会贪婪！

当我拿起这本书，重温初读它时的心境，时光仿佛又在倒流。这时我会无一遗漏地想起书中人物的姓名和他（她）们的容貌。他（她）们仿佛是我多年的朋友，始终让我感到亲切、友好。无论我走在哪里，书中的人物就会出现在哪里。校园里的图书馆，在我眼里似乎就是普列斯巴城中那栋古老教堂的翻版。瞧，怀抱图书，从那"教堂"里走出来的英俊少年不就是普列斯巴城的城之骄子拉扎利吗？有了"拉扎利"，这校园里就一定会有"妮雅"、"波让娜"和"卡倩林娜"！有谁会让这些人物分家呢？他们坚强的个性以及他们浪漫的情怀，永远都让你感知不尽。

几年前，当我经过一条北京的旧式街道，偶见"低悬的屋檐把那狭窄的胡同遮得暗森森的，火炉烟囱在无数发黑的屋顶上耸立着，古老的果树把它们的枝桠从高峻的围墙内伸出来"的时候，我便误以为自己正走在普列斯巴城里的街道上。正疑惑，一位健壮的高个儿女孩双手提着一篮又红又大的李子从我身边走过，一缕汗香随风飘散……这使我想到了书中的另一位少女——吃苦耐劳的斯托伊娜。

当那盏铁灯熄灭的时候，有谁能断定它不会再度燃起？即使有一天你迷失在黑暗里找不到方向，陷入莫名的屈辱里，生活在不公正的待遇里，就像当年被抛弃的那堆书，而你也绝不会抱怨生活。你会一如既往地热爱生活，锁定方向，拥抱未来。因为你有自己的生活态度，那便是心灵的逾越，精神的超然。沉沦和自弃永远与你无缘。

就是这么一本书，让我的心情时常充溢着愉快的成分，我便以这愉快的心情去体验人生。每一次对人生的感悟，似乎都是由那盏"铁灯"为我照亮方向，将我引领。好像我从来就生活在一个梦幻的世界里，真实而又虚无，简单而又复杂，即使面对艰难也仍然满怀信心。

——这就是为什么有人一帆风顺却总会感到寂寞痛苦，而有人历经沧桑却始终积极快乐的原因所在！

于是我说，一本书足矣，足以照亮一个人的精神世界。就如同一万元足矣，足以创造出一个人终生的财富。

我愿意以这书中的一首当地民歌作为我本篇拙作的结束语：

……时间到了／红玫瑰开了／红玫瑰和石竹／白罗勒全开了／在鲁默里亚的辽阔空间／飘泛着一片芬香／从比托利到普里累普／从普里累普到沃罗斯／从沃罗斯到萨罗尼加／我们的人民也觉醒了／他们摆脱了沉痛、阴郁的恶梦……

勾勒与渲染

——读木心

在网络文学充斥耳目、恶搞红色经典、红楼梦选秀掀起重重热潮、赵丽华诗歌引发声声质疑和争论的当下，中国图书市场上忽然出现了木心的名字，让人新奇不已。我也像那些刚刚听说木心名字的人一样，探问道：木心是谁？当我赶到第三极书局的时候，木心的作品集已销售一空，继而又到中关村图书大厦，我才买到了已经所剩无几的《温莎墓园日记》、《哥伦比亚的倒影》和《琼美卡随想录》。它以另外一种看似平静悠然的姿态和色彩，矗立于繁华的文学市井中，自然让人耳目一新。

读一个人的作品，就是读作者其人。所以读木心的作品就等同于解读木心先生的品质、禀赋、才华和风格。木心生于1927年，原籍中国浙江。上海美术专科学校毕业，1982年侨居纽约，2006年回国定居。其间，他的文学作品陆续刊载于美东地区的重要报刊媒体，散文集、诗集和小说集受到了读者与专家的推崇。

在一个秋天的上午我翻开了这本走了两个书城才购得的黄皮新书。于是木心笔下的第一个女人出现了："戴帽，背影窈窕，腿纤长，侧首时帽檐闪露下颌、尖，口唇、薄。服式经过悉心调理：白衫白裙白袜，黑高跟鞋黑绸腰带黑皮包黑草帽，帽缀白结——我笑了一下，为了风格，宜涂黑的唇膏。……"

柔和的晨光中，那亭亭玉立的女子重又向我走来，我便以一个男人的目光迎接、审视、欣赏她。我知道她不再年轻，也不漂亮，但是她迷人。她出自画家之手，于是她的影像便在文字和色彩之间遨游。她的神情、举止、形态、声韵活灵活现，仿佛真实地存在于我的面前。

当我又一次欣赏她的时候是在午后时分。橘红色的阳光斜射在书页上，那女子再次朝我的方向走来。衣着依旧，神态依旧，可我惊奇地发现，此时她带给我的心境却与以往不同。主人公随着时间和景物的变化带给读者不同的感受，我问：这是为什么？

我相信，解读一部作品，每个人都有自己的立场和方法。我眼里，木心先生在以他独特的手势为他的人物揭开层层面纱，循序渐进、步步为营地将他们的真实面目展示在读者面前。尤其对待女主人公，木心就像对待他的模特，由外而内地表现她们的外在气质和精神世界。对于每一个特定场景，他多以绘画般的描述给予轻灵、精当的关照，让读者跟随着他的指引，走进那个早已精心布置好了的景象之中。

故事结构的勾勒与现场情绪的渲染，以文字的形式结构出一幅幅美丽的画面是木心先生作品的特点；在刻画人物上也有"木心式"的独到手法，寥寥数笔，不急不躁，给人以唯美、质朴，还有那么一点点莫名其妙的惆怅之感，既有港台小说的清新风格，也有古典文学的丰沛韵致，还有西方文化的艺术情调。他常以欣赏和赞许的目光打量或猜度一个美好的化身，比如《上午的喜剧》。而我更注重他的《完美的女友》、《芳芳NO.4》、《魔轮》、《月亮出来了》和《明天不散步了》这一类作品，在那些平和的文字中，不但包含着对日渐远去年代的怀念，更记述了主人公安详空灵的心境，它以一个时代的流言和传奇，请读者与他共同体验一段段美好的时光和再造当下的巧妙。

木心先生擅长描写女人，这抑或出自于画家的天性？他笔下的赛阿哒泰、芳芳、女雕塑家和那个兀立于楼下人行道边的女士，均以栩栩如生的美丽触动着人的审美欲望。这些女人多半是超群脱俗的典范，我猜，木心先生日常就偏重于对这类女性的赏识。

木心先生的作品笔调清新、自然、简洁。无论是叙事、抒情、议论还是描景，看似平常，但这背后却渗透着作者的好恶、激情以及思想内涵。他的深入浅出、细致入微、毫无雕琢痕迹的文体表达方式，蕴涵着令人回味的艺术能量。

陈丹青先生称木心为"'一个异数'，双重性质的'异数'"。说他"自身的气质、禀赋，落在任何时代都会出类拔萃"；梁衡先生则说他是"精神世界的旅行家"。说他的散文是"唯其意象繁富，所以采用明快的节奏，取得整体的基调，然后构成其意念的深度、广度、密度，使人追索不尽"。

以我直接的感受，是木心的文字始终传递着一种古老与现代同在的信息，那韵味自然会显现出悠久与当下交融的痕迹。新鲜、质朴、自然而然，还有那么点儿难以琢磨的味道。所以就需要静下心来，细细品味作者心灵的意图与创作的动机。在《哥伦比亚的倒影》这部书里，作者于若无其事间描绘出的大千世界、四面八方和百态人生，使人了悟勾勒与渲染和现实世界的微妙关系，而勾勒与渲染的结果势必导致读者联想的发生。换一个说法，木心的笔在轻描淡写之中便激发出了读者奔逸的思维倾向，以及游离文字之外的神奇世界。

在他的《哥伦比亚的倒影》一文中，涵盖着一个丰润多彩的天地，你很难准确地丈量到，在他飘忽不定、一带而过的话语背后那个庞大的精神世界。他将存在过的景物、建筑、生态环境、文化现象以及人在特定情形下的交往状态、思想情绪，全部投射在一条河水的倒影之中，以超脱的方式总结他的人生体验："前人的文化与生命同在，与生命相渗透的文化已随生命的消失而消失，我们仅是得到了它们的倒影，如果我转过身来，分开两腿，然后弯腰低头眺望河水，水中的映象便俨然是正相了——这又何能持久，我总得直起身来，满脸赧颜羞涩地接受这宿命的倒影……"

《明天不再散步了》，作者似乎在漫无目的地向读者讲述一些平常事，而在这琐碎平常之间，似孕育着不平常的生活哲理。跳跃性的叙述方式让人有点儿不知所措。我总是性急地问：您打算说什么呢？当我把文章通篇读完了，还是一知半解。虽然不情愿，也希望彻底读懂，不然功夫不就白费了？于是又读一遍。

作者说豪雨中，他和他的朋友共撑一把伞行走在曼哈顿纵横如魔阵的街道上，原本要去图书馆看书，结果友人的鞋底漏了，袜子被雨水浸透，便改主意不去图书馆了，继续行走在街上。于行走之中看到、听到、联想到许多事，从植物到战争，继而说与战争相对立的是音乐，因为不论到任何国族，每闻自童年就熟悉的音乐，就仿佛在风雨之夜里迷航的船只，蓦然间靠了故乡的埠岸；从迷航想到人和犬有个共同特点，就是把往事贮存在嗅觉信息中。飘来的花香又将他的思绪神速引到学生时代的某个春天。校园附近有条殖民地小街，街上有花铺、书店、唱片行、餐馆、咖啡吧、法兰西的租界，住家和在那里经商的大多是犹太人，而他们却要把那里弄成似是而非的巴黎风格。那一带的书店很安静，唱片行里播放着音乐，番茄沙司加热后的气味和花铺里的馥馥浓香在街上飘散，免费咖啡有一半精华送给了过客品尝。

作者尽情描述当时的情形——晴暖的午后，郁郁霏霏的众香在街上飘荡，康乃馨和铃兰的馥郁清甜最可辨识。阳光透过树丛，小街上一段明一段暗，偶见一对已告诀绝的恋人迎面走来……同学们经常出没于那里的书店和酒吧，喝几杯樱桃白兰地，便为他们伟大的前程伤心。谁会料想将来的命运会不会与街上酗酒行乞的白俄罗斯人相似呢？

一路走来，他看到铁栏里不黄不白的花便想到了中国的菊花，继而联想到槭树、杜鹃花、鸢尾和水仙。想到人类盘根错节的语系，想到人的哭声、笑声、呵欠、喷嚏声全世界都是一样的。而动物没有足够的语言，所以就显得呆滞，时常郁郁寡欢。人类呢，他觉得人类也一样，设立了许多语言学校，照样沉寂，闷闷不乐。工作在桌上，睡眠在床上，生育恋爱死亡都必须有屋子。他评价说，琼美卡区的屋子都有点童话趣味，介乎贵族传奇与贫民幻想之间。请看：贵族下坠摔破了华丽，贫民上攀遗弃了朴素。然而生命呢，作者忽然提出生命是什么这个严肃的问题。不等有人回答，他便自答道："生命就是时时刻刻不知如何是好。"

以他画家对物体的敏感度认为，有些房子的线条、材料的质感和表面涂层的色感是错误的，而看到造对了的房子让他欣喜。继而担心，造好的房子里住的是又笨又丑的人，建坏的房子里住着聪明美丽的一家。他说如果教堂中走出的是神父，站在寺院台阶上的是僧侣，便可免除这样的忧虑。

却原来往复其中的，作者要表达的，是一个人生大题：生命是什么。

"生命就是时时刻刻不知如何是好。哀愁是什么呢，要是知道哀愁是什么，就不哀愁了——生活是什么呢，生活是这样的，有些事情还没有做，一定要做的……另有些事做了，没有做好。"——"明天不散步了"。

作者透过不起眼的、相互交织的生活意象，建构、总结出了一幅幅世景图，他将芸芸众生的大千世界规避以现实，以轻松、纯真的方式阐述着发人深思、每个人都绕不过去的人生课题，于是，在幻觉的倒影和沉思中，无论是思想观念，还是文学语言，所具有的美学意义和对人生的态度便显而易见。

我读卓娅和舒拉

17 岁那年，我正在护士学校读书。一个与我同龄的女生向我讲述了卓娅和舒拉的故事。她告诉我，他们不仅在苏联卫国战争中表现得英勇顽强，而且才华横溢，还是"明星"呢。显然，崇敬之情溢于言表。几天之后她将一本《卓娅和舒拉的故事》郑重地放在了我的书桌上。

我迫不及待地拿起这本书仔细端详：它一定经历了许多人的传阅，封面上主人公的照片已经有些模糊并且出现了细小的裂纹。书脊也有磨损的痕迹，整个书略显松散，书的本身也一定比它崭新的时候增厚了许多。

实在没想到，几行过目就再也无法放手。我被姐弟俩动人的故事深深地吸引。也不知时间过了多久，我竟没有察觉教室里只剩下了我一个人。太阳渐渐西斜，灰暗也悄悄布满了教室的每个角落。直到有人来上晚自习开亮了教室的灯，我才如梦初醒，急匆匆地把书揣进挎包，奔向食堂……

多少多少年过去了，当我再一次捧起这本书的时候，依然能感到它在我手上的分量。在我看来，它不仅是一本书，一本与我久别重逢的书，它还是过去了的光阴重现，这光阴里有它带给我的充实和力量。而如今，它又牵起我的手，去寻访当年的日子……

当时正是十年动乱的中后期，能够得到这么一本书看极为不易。那是一个美好的时节，春意正浓，槐花正香。虽然正忙着准备迎接《人体生理解剖学》和《外科基础学》的阶段性考试，可我怎么也不忍辜负了这本书和窗外明媚的春光，我悄悄爬上楼顶的平台，去感受阳光的沐浴、槐花的馨香、心灵的洗礼……整整一个上午，我把重点复习、课堂辅导，所有的事都抛在了脑后。随着作者的笔走完了一段起伏跌宕的心路历程。

我走到外面，学校四周全绿了：看，它们是孩子们双手植下的树。我觉得，我听到了卓娅的声音："我的椴树是第三棵——请记住，妈妈。"

——我怀着崇敬的心情读完了这本书的最后一段文字。

当我把书还给我的女友时，我相信，我的激动和兴奋一点儿也不亚于她。

书中的情节久久萦绕在我的心头，激励着我向上的热情。我敬重卓娅和舒拉并被他们在卫国战争中英勇无畏的献身精神深深地感动着。我敬重他们的母亲，感谢她为我们讲述了一个真实动人的故事，同时又为她失去这样一双好儿女感到心痛。

放下《卓娅和舒拉的故事》，便匆匆拿起了《人体生理解剖学》和《外科基础学》讲义。可要想在一个下午背下全身 206 块骨骼的名称，弄懂全身每块肌肉的形态结构、分布和特点，全身各大系统的组成及功能，还有那难以区分的体循环和肺循环的不同路径，谈何容易！我和我的女友互相测题时又禁不住将话题转向了卓娅和舒拉，以致于在后来的日子里，只要接触到与外科学或解剖学相关的词，就不免想起那个明媚的春天，馥郁的槐香和那本《卓娅和舒拉的故事》。我仿佛又看到了女友为我讲述这本书时的情形……

记得那天黄昏，我们手牵着手穿过薄暮笼罩着的操场走向教室。阵阵晚风吹过，掀动着我们的额发和衣襟，却带不走我们临考前的重负，可我见她手上还拿着那本与考试毫不相干的书。这时，迎面走来了严厉而又风趣的外科大夫——我们的课任教师兼考官，她慌忙将手中的书藏在了身后。只可惜，再狡猾的狐狸也逃不过好猎手的眼睛，老师见我们躲躲闪闪的样子竟然笑了。他宽容的一笑，让我们如释重负。

以"爱"取胜的墨西哥老片

70年代初，中国文化正处于单调、封闭的落寞阶段，我们的青春、爱情、欲望、娱乐似乎也变得麻木不仁。这一时期，陆续由国外进口的故事片触动了国人麻木已久的神经，其中的两部墨西哥影片《叶塞尼娅》和《冷酷的心》使我们大开眼界。在当时的计划经济体制下，一切都由国家分派、包办，看电影也不例外，无论市里上映国产片还是译制片，各单位包场必看。国家把组织人们看电影列为职工福利之一，不分年龄与职位，每个职工都能享受到几毛钱一张的电影票待遇。

这两部墨西哥电影其共同的主题思想是宣扬真善美，强调人性与道德的力量。就故事本身而言，不带有任何政治色彩和盈利目的，它既不像朝鲜影片有着较重的政治腔调，也不像阿尔巴尼亚和罗马尼亚电影具有浓烈的火药气味。吉普赛人洒脱不羁、不拘小节、忠贞、张扬的性格特点，以及影片浪漫的情调、明艳的色彩吸引着人们不止一次地走进电影院。那碧蓝的大海、沙细滩平的海岸、茂密的椰林、清澈的流水，还有豪华的庄园、考究的陈设、华丽的服饰，以及难得一见的大草帽、拖地彩裙……挥舞着异邦风情，荡涤着国人的眼睛。

墨西哥是个文明古国。那里气候干燥，景色宜人，地理位置为北美洲，属拉丁文化，面积1964375平方千米，属于拉美第三大国，是中美洲最大的国家。玛雅文化、托尔特克文化和阿兹台克文化均为墨西哥印第安人所创造。同时，浪迹于墨西哥的吉普赛民族勤劳热情、能歌善舞，行踪飘忽的流浪生活和占卜算命的传统巫术，也为墨西哥蒙上了一层神秘浪漫的色彩。

依我看，影片《叶塞尼娅》更像一部戏剧，其中充满了戏剧化的冲突与转折。它讲述的是19世纪中期南美小国的一个风流故事：一贵族小姐未婚先孕生下了一个女婴。贵族老爷怕因此败坏了家庭名誉而将女婴送给了一位吉普赛族女人抚养，取名叶塞尼娅。叶塞尼娅在部落伙伴的友爱和靠卖艺赚钱糊口的磨砺中长大成人，20多年后，她已经是一位漂亮、带有几分野性的"吉普赛"姑娘了。不久，她恋爱了，爱上了华南士军队的上尉军官奥斯瓦尔多。一次偶然的机会，叶塞尼娅认识了自己同母异父的妹妹路易莎，不幸的是，这个患有严重心脏病、性情柔顺的姑娘也爱上了奥斯瓦尔多。命运的安排折磨着这三个善良的人，最终路易莎决定退出，成全了姐姐的幸福。

这就是《叶塞尼娅》大致的情节。

影片以朴素、舒展的姿态讲述了一个浪漫、曲折的爱情故事。叶塞尼娅忠诚、倔强、个性十足。她美丽的外表被当时中国的年轻观众津津乐道。她被亚热带阳光造就的棕色皮肤，那富于表情、鹅卵形的脸，高高的鼻子，流盼的眼神，披肩的黑色卷发，直视人心、从不躲避邪恶的眼睛，不拘小节的风采，与那些矫揉造作的宫廷贵妇形成了截然的反差。还有影片中欢快、奔放的舞曲，美丽的田园风光都散发着张扬的魅力。吉普赛民族乐观开朗的性格，不受任何拘束的特点，对一直处于封闭状态、难以了解自己也无从获取外来经验的中国人来说，真是太神奇了。然而，中国百姓由于多年养成的政治习惯，依旧以自己的经验审视着这姗姗来迟的异邦风情。

毋庸置疑，那时候我们从影片里学到了很多东西，包括适时的使用文明用语，像"谢谢"、"对不起"，哪怕跟自己最亲密的人也毫不吝惜，它给了人一种亲近感。

我们还看到，"忠贞不二"是吉普赛人对爱情的态度："除非世界上有那么一天，小麦、面包、酒和盐都不存在了，爱情才会终止。"这样的誓约只有在那个时代才会产生出咄咄逼人的力量，所以我怀疑，当今的年轻人还会用如此沉重的语言盟誓吗？

影片中那些经典台词听来美极了，它们一点儿也不比举世闻名的热带风光逊色。因而它们也顺理成章地成为被反复模仿的典范。对白设计得极其精妙，多一句嫌多，少一句又嫌少。只有这么表达才对，才是恰如其分的：

"当兵的！你不等我了？你不守信用。"

"我已经等了你三天了。"

"我没跟你说我要来。你现在去哪儿？"

"我想去你们那儿，去找你，非让你……"

"怎么？哦，瞧你呀，你要是这么板着脸去，连怀抱的孩子也会吓跑的。"

"你就喜欢捉弄人是不是？我可是不喜欢让人家取笑我。我现在要教训教训你……"

"我教训教训你，倒霉蛋儿！你以为对吉普赛人想怎么着就怎么着，

那就错了！我不想再看见你了，听见了吗？怎么，他流血了！你这是活该！怪谁呢？你死了？你这家伙别这样，求求你把眼睛睁开。你要是死了，我就得去坐牢的。"

"哦，你想杀死我吗？"

"是的，是你逼得我。"

"你就这么讨厌我亲你？"

"只有两厢情愿才是愉快的。如果强迫，只能让人厌恶。"

"好吧，对不起，我不该这样。可这还是你的错，你没发现自己长得很美吗？这能怪我吗？"

"你要是再来亲我的话，我马上就砸碎你的脑袋。我们吉普赛人说了算！"

"不，我只想看看你的眼睛。"

"我不是来看你眼睛的。你别胡思乱想！"

"你的手真重。"

"……"

"可我心里的创伤比头上的伤还重。没想到我会这么喜欢你，我不像你那么会算命，可我觉得我配得上你。我爱你，吉普赛人。"

……

刚刚步入青春期的我经历了一次心灵的震撼。当那热吻的场面突如其来地映入眼帘时，我的心随之突突地狂跳，手心也沁出了热汗，仅仅六秒钟时间，却仿佛格外漫长。我的眼睛不知道该继续看银幕还是看别处，好像周围的人都在暗中窥视我，而我正干着一桩不可告人的勾当。当时我无法知道，这是一种多么美好的人生体验，是何等神圣的情感表达方式。

那少有的浪漫场面，唤起了我们这些涉世不深的少年对美好事物向往与追求的朦胧意识。拥抱接吻的镜头让人触目惊心，缠绵抒情的乐曲令人毛骨悚然，现实生活中那些无法实现的对生活的理解和表达，从此便寄托于由电影所赋予的想象中，年轻人的感官和心灵同时受到了前所未有的冲击。

"看！她们把头发做得多漂亮呀。"

"看他们的军官，还有那战马！人高马大，真是帅极了！"

那时候"帅"是最时髦的比喻。打那以后，中国的姑娘们开始喜欢高个儿头的男人，像仙鹤一样的两条长腿，风度翩翩。她们先是嘴里喊着"当兵的！你不等我了？你不守信用。"随后就投入了当兵人的怀抱——高个儿头的，并且是上尉军衔。

难以想象，这就是一部电影的魅力！

接着，上海电影译制厂译制出品的又一部墨西哥故事片《冷酷的心》在中国上映。故事发生在19世纪末的波多黎各，纯洁、貌美的莫妮卡爱上了就要与姐姐结婚的雷纳托律师，因而她不得不克制自己的感情躲进了修道院里。姐姐阿依曼是个轻佻、放荡的女子，偶然中她与"走私犯"胡安相识，并鬼混在一起。在她和雷纳托的婚礼上，阿依曼为了逃脱罪责，对雷纳托谎称莫妮卡是胡安的情人，胡安将计就计对其实施报复，他当即宣布与莫妮卡结婚。

由于精神受到刺激，加上淋雨，旅途中莫妮卡患上了支气管炎，胡安立即将她送到牙买加进行医治，经过胡安的照料，莫妮卡死里逃生恢复了健康。在与胡安相处的过程中，她看到了胡安的慷慨和善良，逐渐对他产生了爱慕之情……

影片借鉴了好莱坞警匪片的人物模式，塑造了"魔鬼胡安"这个具有双重性格的主人公形象。他由墨西哥著名影星胡里奥·阿莱曼扮演。

《冷酷的心》的节奏要比《叶塞尼娅》慢半拍，随着情节的递进向观众揭示出了人物的本质：看起来玩世不恭的"走私犯"是一个从奴隶制的枷锁下解救儿童、把自己的土地平分给渔民、抢救同父异母兄弟性命、悉心照料生病妻子的善良硬汉。而那个道貌岸然的庄园主，胡安的异母兄弟雷纳托倒是一个压榨、勒索奴隶，虚伪、势利的小人。

这个故事要告诉人们的是："恨是不能带来任何好处的。"一个人应该勇敢、善良、宽容和富于自我牺牲的精神。

除此之外，由译制而来简练、风趣的语言表达方式，玩世不恭的调侃与义正词严的对话模式也感染着当时的观众，对这种陌生的语言结构，无论观众是欣赏、嘲笑，还是认可、轻蔑，都已成为一个时代的反映：

"谁允许你来这儿的？"

"你以为你漂亮，这儿的一切就是你的？"

"你像是命令我。"

"是个命令。"

……

"少啰嗦，阿依曼在哪儿？"

"我没必要告诉你。"

"你别那么傲慢。"

"你真无耻！"

"哈哈！我就喜欢你这样的性格，真没想到修女还那么富于女性美。

你为什么那么漂亮？"

"我马上叫个佣人来，把你从这儿赶出去！"

"不不不，求求你！你可别吓唬我……"

如今，重新拉开《冷酷的心》的序幕，呈现在眼前的还是那一望无际的大海，一艘与风浪搏斗的孤船和把握着航向的船长——"走私犯、魔鬼"胡安。

不错，由这个海岸低地热带雨林中飘来的神秘气息，和茂密的松林、金黄的玉米地、果实累累的芒果树、郁郁葱葱的甘蔗园所抒发出的旧情，照样令人向往，依然显得有情有义。

而时间的流逝却是无情的，掐指算来，30 多年过去了。如今墨西哥被人们誉为世界上最大的游乐园，三月里的阳光带来了大自然的复苏，"帝王蝶"飞行的声音打破了冬季遗留下的宁静，生态旅游正在大行其道。每年都有几百万游客在那里掷下几十亿美金，尽情游览。眼下墨西哥常驻人口已经达到 1.1 亿，仅首都墨西哥城就高达 3000 万人口，善良的民族理所当然的会日益强壮起来。

当我们匆匆走过 30 年的时光后，不知道饰演妹妹莫妮卡的演员安赫丽卡·玛丽娅是不是美艳如初，她可是当年女孩子们效仿的偶像，她身上散发着一种东方女性的神韵：温柔、真诚、漂亮。我曾经以为她是世界上最完美的女人。当我们匆匆走过 30 年的时光后，却很少再有机会像当年那样，享受到单位组织观看一部译制影片的待遇了。没有了这样的待遇，生活的选择更加自由和宽广，而身处开放后的中国，再看这两部故事片的时候，会觉得，它带给我们的启示和教义要比当年更具现实意义。当年我们艺术目光的聚焦点不在人性上，而过分渲染高大全，这结果势必导致假大空，使人们盲目的慷慨激扬，而忽视甚至抵制人类最根本的属性、道德规范和人文立场。然而那异样的表达恰好迎合了中国百姓向善的本能和压抑已久的情感，它为日后中国的文化回归乍泄出一缕春光。

有评论说，《叶塞尼娅》是完全按照情节剧的模式打造出的商业影片。路易莎的退出，叶塞尼娅与奥斯瓦尔多终归于好的结局，在一定程度上掩盖了墨西哥的社会矛盾和吉普赛人的悲惨境遇。十多年后，中国再次购买了《叶塞尼娅》影片的版权，电影放映时我们看到，观众的热情不减当年。

今天，国人思想和大众目光虽已从旧日的故事中转移开来，思维方式也变得开阔，对艺术欣赏的选择更加自由，谁也不会只停留在昔日的记忆中咀嚼陈年的味道，尽管那是精华。但记忆是不会被时间完全磨灭的，它如实地坚守着那份信仰，传递着爱的"声音"。

"传递"这声音的还有李梓、乔榛、刘广宁、尚华、童自荣等一批老艺术家，他们的声音是很难用简单的字眼去评价的，因为，那不仅是配制电影的声音，还是一个时代的文化符号。

在这里不能不提到的还有那悠扬、抒情的电影主题曲《叶塞尼娅》，它贯穿于电影的始终，30 多年来一直经久不衰，已经成为世界音乐舞台上的常选曲目之一。

当本文将要收尾的时候，我耳边响起了一首墨西哥民歌，歌中唱道："在那棕榈树丛旁，我遇见了一位姑娘，粉红小嘴像珊瑚，一双眼睛比星星明亮。当她走过我身旁，我问姑娘家在何方，姑娘含着眼泪回答，她家就在棕榈树丛旁。我是个孤儿，从小就失去爹娘，也没有朋友，没有人和我来往。愿你常来看望我，我就住在棕榈旁，就像大海上的波浪，孤单寂寞多凄凉。"

歌曲让我想到了路易莎那张可爱的娃娃脸，纯洁、明媚、善良。

我们看《创伤》的日子

20 世纪中叶，阿尔巴尼亚劳动党曾是中国共产党在欧洲最坚强的盟友，阿尔巴尼亚被中国誉为"屹立在亚德里亚海上的欧洲社会主义明灯"，那一时期，两个国家在社会制度和意识形态上基本相似，有着"同志加兄弟"般的亲密关系。在这样一个历史背景下，中国引进了一批阿尔巴尼亚故事片，于是，中国的少年们对西方最初的认识以及对二战欧洲战场的战况、军事知识基本由此而来。

某些艺术作品对一代人的成长有着潜移默化的影响，对其人生观、价值观和世界观的形成起着微妙的作用，尤其是在十年动乱那样一个没有更多的参照标准可以拿来借鉴的年代，"外面的世界"就显得格外精彩。

然而要想走近这个国家，更好地理解影片所表现的内涵，就需要大致了解它：阿尔巴尼亚国土面积为 287 万平方千米，位于东南欧巴尔干半岛西岸，山地和丘陵占全国面积的 3/4，西部沿海为平原，属亚热带地中海型气候，拥有约 313.4 万人口。

阿尔巴尼亚属欧洲小国，至今也被列为欧洲最落后的国家之一。20 世纪六七十年代，生活在点电灯不如听收音机、沿用老式手摇电话机的阿尔巴尼亚山区的山民们，正积极筹备 52000 米电线和 1000 根电线杆，为家乡实现电气化做着努力。可是我们从电影中认识阿尔巴尼亚大都市的时候却有另外的感觉，那里西洋的生活方式、西方文化传统的体现以及对物质对审美的态度，使我们耳目一新，也让从未冲破过心界的少男少女们第一次对生活产生了梦想。

随父母在"五七"干校那一时期，我们观赏了当时所有允许上映的国内外故事片，其中包括由八个"样板戏"拍摄的电影。由于文化生活的匮乏，能看的书籍又极少，看电影就成了我们几乎唯一的心灵寄托和情感需要。只要有电影，什么时候放，我们什么时候看，即使是同一部电影，放映多少次我们就看多少次，乐此不疲。漆黑的夜幕下，我和我的小伙伴们拿着小板凳涌向场部的大操场，不知是担心漏掉故事情节，还是为了和电影更加"亲近"，我们总是坐在离银幕最近的地方。今天想来，那些顶着寒风或酷暑，在夜幕的关照下看电影的感觉真是幸福极了。

当时阿尔巴尼亚影片所宣扬的主导思想，在某些方面与我们的国情有着不谋而合的巧妙。影片的基调、主题及其教育意义，正好符合我国当时的形势和政治教育的需要。有一个晚上放映的是阿尔巴尼亚黑白故事片《创伤》，它是1969年拍摄的，是阿影片中为数不多的、反映阿尔巴尼亚人民在和平年代从事社会主义建设的现实题材故事片，就片名已经很吸引人了，更别说，其中还有种浪漫主义色彩。

影片一开始，我们就被女主角那张冷艳的，表情凝重、专注的面孔所打动，于是维拉便成为我们心目中又一位令人艳羡的银幕形象。电影的每一个镜头，每一个情节都让我感到新奇和舒畅，尤其是维拉的神气，那流露着心中不满和对丈夫怨气冲天的傲慢气质。在影片中她虽然是被教育的对象，在当时也很难与现实生活中的某一个人相对号，但她很特别，就是因为这特别，让我顷刻间喜欢了她。那种满足感是今天不能体会的。

故事的背景是地拉那一对年轻夫妻之间的矛盾得到化解的过程以及促使事态发生转变的人文环境。在这环境中，每一个人都有自己的立场、观点、处理问题的态度和方法，所以，这对夫妻间矛盾的化解便是顺理成章的了。

妻子维拉在一家大医院里做外科医生，她一心想营造一个温馨的家，不被打搅，在业务上不断提高，有所成绩；她的丈夫纳依姆是位地质学教授，在去矿区一线考察工作的过程中，被那里工人们的工作热情所感染，他最深切的感触是，下去像教授，可回来像小学生，已经落在生活的后头了。他希望维拉和他一起置身于沸腾的生活激流中，当一线需要的时候不退却。于是便决心离开部里的工作，投身到矿山那火热的生产第一线去，为此夫妻俩产生了分歧，一度不可调和。故事执意要表达一个鲜明的立场，虽然你难以说清，维拉所表现出的是小姐脾气还是贵妇秉性，但无疑她是一个贪图安逸生活、轻视劳动阶层的小资产阶级的代表人物，她的丈夫纳依姆坚定地站在了与她对立的一边。

对生活，每个人都会有自己的看法和选择，而化解矛盾，通常是由其中一方做出让步的，维拉的转变过程以及旧观念与新思想的冲突形成了故事的主线。影片的主导思想沿用了传统的道德理念。

电影被拍摄得恬静、幽然，黑白色调又给人以朴素、雅致的感觉，即使是纷争的场面也闻不到半点儿火药味儿。它让我们坚定地认为，所谓的欧洲文明就是影片中所描绘的那样。女主角不俗的气质、仪表、风雅以及她的配饰、服装，激活了人们心中审美的欲望。维拉在户外常穿一件黑领子、黑白线相间的粗呢大衣，过膝，没有赘感，宽松而不夸张，配她娇小的身材，很得体。主人公家居陈设简洁、洋气，生活节奏不急不缓。演员们没有装腔作势的规范性作派，也没有修饰做作的痕迹，一切都像真的，如同真实生活的重现，这对我们来说也是一种新的感受。它让我们看到了，和平年代的一切是那么美好。欧洲人的礼貌、品位和生活方式，通过剧情、人物和故事，通过语言、场景和氛围传达给我们，它就像一部现实意义和浪漫主义色彩并存的中篇小说，生活气息浓厚，语言简洁明快，富于教育意义，成为我们念念不忘的经典。

像"同朴实的人在一起可以纯洁灵魂"，比如"蔑视别人是可耻的，对于一般人来说这并不光彩，而对一个医生就更贬低了人格"，以及"手术室造就不了医生，而医生却可以造就手术室"，"医学不是我们借以搞个人事业的一门科学，我们的义务是使所有的病人健康地回到工作岗位上去，这是医学的唯一目的。你应该从中找到做医生的乐趣"，还有"意识不到的，有些思想总有一天会涌现出来阻碍你进步，要战胜自己的确不是件容易的事"。

当我有机会再次观看这部电影时是在两年以后。那时候我已经回到保定市，是河北省职工医学院护士班的一名学生了。我实习和工作的那所医院，接收了一批三十八军的进修医生，他们为了对医院的老师和领导表示感谢，特意为我们放映了反映医学界生活的影片《创伤》。

照样是这部电影，依旧是在夜幕的关照下观看，而感触却比以往更加深刻。尤其是那些职业化了的语言，竟是我们实习中或查房时经常听到的：

"他的体温有点儿高。"

"一般情况是这样。"

"位置正常，现在要注意防止感染，继续用抗生素。要耐心观察。"

……

"总的来说，基尼的健康情况很好，伤口已经完全愈合，他的胳膊可以活动了，对吗？我看星期一他可以出院了。"

"罗迪在埋怨，每顿饭以后他就感到烦躁，他说咽东西的时候疼，给他拍个片子吧。"

还有些话就像当时由中国人民自己发出的声音：

"现在党多关心我们，我们要感谢党，同志们，没有党，我们会像过去一样……"

"我这胳膊不是一双袜子能报答得了的，我要好好劳动，报答党的恩情……"

任何一个历史时期，医生这个职业都是为人们所尊重的，也是社会需要的。我不能确切地知道，这部影片对我日后选择从事医务工作是否产生过决定性影响，但我知道，从这部影片中我明确了，医务工作者应该具有怎样高尚的职业道德情操。

就是由那时起，我们的举止和谈吐也在不经意间追求着文明的表现方式，我们学会了昂着头、潇洒自如地行走在病房的走廊上，向对面走来的同事道一声"你好"；对患者的态度也随之变得礼貌客气了。

影片中，地拉那并不宽阔但洁净有序的街道、明亮的店铺橱窗、疾步行走的人群和他们时髦的穿着也给我留下了深刻的印象。我坚持认为，一部影片的气质和风格应该首当其冲，故事倒是其次。还有，在这影片中，富于内涵的风趣和调侃体现出了欧洲人幽默的性格特征：

维拉："他（纳依姆）没有审美能力，他是个乡下佬。"

父亲："那你呢？我的孩子。"

维拉："我是在地拉那长大的。"

父亲："你爸爸是哪儿长大的？"

维拉："不过，爸爸你一点儿也不像农民。"

父亲："怎么才像农民呢？"

维拉："至少，走路的样子，像纳依姆，一步就跨两公尺。"

纳依姆："你呢？穿短裙，跨一步还不到25公分呢！"

父亲："你们说，我看见过这样一个女人，短裙太瘦，跨不上公共汽车，堵住了车门，后来来了个士兵，把她往上一托，当这士兵转身要走的时候，那女人就对他说：'老粗，不要脸。'"

维拉："要是我呀，我就说：'谢谢，请你明天再来！'"

纳依姆："她（维拉）这么跟我说：'如果，你也一样套上短裙，可以纠正步伐。'真会想象。"

维拉："我们的步伐一向不一致，他呀，总是拖着我走。"

我们在影片里看到了富有生活气息的格律与情调，维拉和纳依姆也像当今中国许多年轻的夫妇一样，每逢周末回家看望父母，与他们共享天伦之乐。于是老人们在这一天里也心甘情愿地戴上围裙下厨房，做些好吃的东西款待女儿和女婿；夫妻产生矛盾的时候，女儿就会跑回娘家寻求父母的支持和安慰。这些情节的安排虽然凡俗，但并不乏味。你会从他们之间那和谐、亲密，甚至直言不讳的批评声、反驳声中找到血脉流动的声息，体会到亲情的真实和可靠。

人世间许多事物都有着多种可能性，人对前途、命运的把握和选择也有着矛盾的两面性，有着无奈的割舍，不能两全的尴尬。维拉毕竟选择了农民的儿子做丈夫，成长背景及所受的教育不同，对生活的看法也会不同，由于这不同导致了维拉在现实面前的让步，也就是她所说的被纳依姆"拖着走"。

自然，本文的本意不是要讨论这类难解的社会问题和家庭问题，影片的主题思想也不在此，而我想说的是，无论肤色、民族、信仰以及社会制度有多么不同，人类在生活中所面临的课题往往是相同的。影片叙事的生动、自然和巧妙，人物所表现出的矛盾心理和传统观念对于今天中国社会的意义，丝毫没有被时间所掠夺，想起来还是那么生动、清晰、耐人深思。

饰演维拉的年轻演员 R. 阿那克诺斯蒂漂亮的外表给那个时代烙下了一个美好的印记，而她的优越气派和内在气质确是难以模仿的。她那双睫毛浓密、深不可测的眼睛里聚积着丰富的内涵，影片在不同的情境下需要她表现的无论是愤怒、快乐、彷徨，还是专注、犹疑、温柔、屈从，都由这双眼睛传递给了观众，这是一个演员的魅力、实力和她所具有的能力。随着中国改革开放的进程，我们看到了不计其数引进和国产的电影作品，直到今天，我依然坚定地相信，她是迄今为止为数不多的、能够很好地运用眼神来表达内心世界的演员之一。

李梓的配音为我们更好地理解人物起到了推波助澜的作用，使声音与银幕形象构成了完美的统一。让我无法想象的是，如果阿尔巴尼亚演员听到中国演员为他们译配的声音时，会是怎样一副神情？而相反，我们某些演员的表演太注重模仿，往往让观众有种咀嚼剩馍的感觉。实际上，演员比的拼的不是技巧，是生活。要想使人过目不忘，演员就要拿出自己对所担当角色的准确理解，能够付出对"这个"环境研究和剖析的耐心来。在后来的岁月里我们注意到，有不少反映医院生活的影片，女医生的作派几乎都是一样的，她们不苟言笑，神气十足，像维拉那样把双手插进白大褂两边的口袋里。样子是学到了，但一点儿味道也没有，像东施效颦一样的生硬和做作。

如今，将近40年的时光过去了，当那居所、矿山、医院、街道重现眼前时，一切自然而然，没有陌生感。看到无影灯下紧张实施手术的场面，你甚至能够闻到经紫外线灯光消毒过的味道，听到影片中的配乐，就会想起同一时刻维拉急促行走在街上的脚步。我想，这就是电影的神奇和魅力吧。

爱情独白
——《生死恋》的启示

1979 年夏季的一天，我父母的一个朋友来我家串门。他兴致很高地讲述了当时电影院里正在放映的一部日本彩色宽银幕故事片《生死恋》。他说："这片子不错，去看看吧！"

"那你说说怎么'不错'？"我父亲问他。

他简单地介绍过剧情后，评论道："'生与死'，'爱与恨'。影片中就三个人物！三个人的心理活动被描述得细致入微……另外，服饰漂亮，风景漂亮，故事漂亮，人也漂亮。"

不要说在当时，就是现在听到这样的影评，也会令人心驰神往。

"爱情"是人类特有的情感，属于上层建筑领域。它美好的文化内涵不言而喻。然而中华民族命途多舛，"文化"一度遭到了令人惊心动魄的毁灭。傅雷家中的一景可谓当时中国社会的真实写照：庭院中的玫瑰花还是开了，而家中的收音机里传来了"文化大革命"的号角声……厄运在 8 月 30 日那一天降临。园中的玫瑰花被连根拔起，长达四天三夜的大抄家和批斗，使一向安静高雅的傅家书斋，成了大革文化命的战场。

那是 60 年代中期，我们的年龄很小，虽然我们没有经历过炮火纷飞的战场，却不可避免地置身于文化革命的浪潮中。在这种境遇里成长起来的我们，对"爱情"的理解处于一种模糊状态。缺少了文化的滋养，日后的"青春期"也是名存实亡。

《生死恋》的故事发生在上世纪 60 年代末的日本，当时中国社会正处在内乱而封闭的状态里，"傅雷们"的悲剧还在继续，"爱情"远不属于个人意志支配的范畴，人们以故意冷漠的态度回避着这个实际上每个人都躲不开的问题。而《生死恋》在中国出现，正是社会发生新变化、改革开放的初始阶段。最直接最微妙的改变，就是我们看电影的地点已经由露天广场转移到了电影院。人们开始谈"情"说"爱"，试着接纳"外面的世界"，珍惜着当下每一个细微的变化，这些变化预示着一个广阔的、从未有过的前景继往开来。人们伸开双臂，敞开心扉，大口地吸吮着由那些遥远国度飘来的神秘气息。因此也难怪，每上映一部新片，人们就不约而同地来到电影院，沉下心来，屏息静坐，像参加一个神圣的仪式，两只眼睛不敢怠慢，一丝不苟地凝视着黑暗中的银幕。

一个沉稳、清晰、慢条斯理的声音在影院中回响："日本松竹影片公司出品，《生死恋》，原名《爱与死》。编剧：山田太一，根据武者小路矢祖的小说《友情》和《爱与死》改编。导演：中村登，摄影：竹村博。主要演员：栗原小卷、新克利、横内正。"

那一刻电影院里安静极了，静的甚至有点瘆人，人们等待着银幕上将要发生的一切。

电影《生死恋》是当时中国引进的一部经典爱情片。剧中人物一个是在制药公司研究药理学的科学家，一个是在海角研究所研究鱼类的生物学学者，另一个是娱乐片的导演，这三位俊男靓女，讲述了一个悲欢离合的爱情故事。

这故事带给我们的是青春的躁动和梦想，而更重要的还是为我们固守已久的思想观念开辟了一个新的途径。影片中穿插着数不清的独白，这不仅是中村登导演的特色，仿佛也成为这部"散文化"电影的必须。它以自然而然的方式为影片拉开了一个全新的序幕："我叫大宫，在水产研究所工作。不知怎么的，我从小就爱上了海洋。大学毕业以后，我实现了自己的愿望，干着我所喜爱的工作，专门研究鱼的生活。最近，我调到离东京不远的海角研究所工作，这，使我和我的高中同学，也是我的好朋友野岛又见面了。他现在已经是拍摄广告影片的导演了。这天，野岛带我来到网球场，也就是从这天起，我的生活发生了巨大的变化，我掉进了爱情的漩涡，在以后这短短的几个月里，爱情的痛苦、欢乐、不幸，都一个接着一个地闯进我的生活中来。我第一次见到夏子的时候，她正在打球，打得很好。她那厉害的球啊，好像故意刁难似的，尽打对方的空档。说起来，那一天是我一切的开始，她改变了我。"

电影被拍摄得极其美丽。幽深的庭院，深邃的海洋，潺潺的溪水，静谧的森林。而在这悠然的背后却是心潮的澎湃。

夏子在野岛的陪伴下于网球场上和大宫相识。故事展开23分钟后，夏子的态度趋于明朗，她拒绝了与野岛的继续交往。此时野岛也预感到了他与大宫之间的距离，以及相关的情感危机正在自己身上悄然发生。于是他迫不及待地连夜冒雨赶到了大宫的住所，想从他那里证实心中的疑惑。

连夜冒雨开车赶赴大宫的住所，可见野岛在这个时候坐卧不安的心情。场景的安排是为塑造人物服务的，此时，用不着更多的语言便揭示出了野岛焦躁、痛苦的心情。

面对这样一个尴尬的局面，大宫要做的，就是帮助野岛弥合与夏子之间的情感裂痕，为了对夏子说明野岛比自己优秀，大宫有意识地表述道："我跟野岛是高中时的朋友，后来到大学也没遇到像他这么好的人。我老家在邱田是种地的，我在城里的伯父说，要想进好的大学就得在东京念高中。我这位伯父现在也回到邱田了，总之从乡下出来，上了东京附近的高中，在那儿遇到了野岛，我很幸运，我们没有相似的地方，可是好像为了要赶上他，我就学了很多东西。"

然而"应该说的都说了，应该劝的都劝了"。大宫的努力不仅没能使夏子回心转意，倒听到了她对自己的表白："也许无论怎么说都会被认为是在为自己辩解，但回想起来总觉得并不是什么对爱情冷了，而是从一开始就没有爱情（对野岛）。在我的周围，确实，野岛是最能吸引我的，所以我才把对野岛的感情误认为是爱了。但是从心底里，怀着'这就是爱'这样明确的感情和野岛相会，可以说，一次都没有过。难道这就是爱吗？难道这一点点心潮就算是爱吗？我心里始终这样怀疑着。现在也许你会认为我轻佻。讥笑我吧，蔑视我吧，说我是轻浮的女人吧（实际上她对自己的行为也产生着质疑，这情感是否合乎道德规范，是否纯洁，能否端得上台面），我自己也不止一次地对自己这么说，但是，我心里……有了你。"

为了逃避这场情感是非，星期天大宫没有再去打网球，他主动承担了假日里的海港调查工作，到横滨港口去了。

此时，三个人同时陷入了尴尬的境地，这尴尬伴随着不同的心境：矛盾与惊喜，自责与彷徨，愧疚与失落，幸福与悲伤，几种情绪以最快的速度相撞，使得三个人的命运在短暂的时空内发生了戏剧性的突变。

事情的发展远不像大宫所想象的那么简单。夏子对这份感情的坚持让大宫束手无策，他想到一个既不接触夏子也不接触野岛的世界去。于是便申请去八户，完成为时两个月的技术合作项目，进行人造岩礁实验，想以此逃避难以面对的情感局面。而夏子对爱情的执着终于让大宫的心理防线土崩瓦解。经过了一番含蓄、自相矛盾、激情澎湃的痛苦挣扎之后，大宫承认了他对夏子的爱情。当他决定接受这份感情时。去八户的申请也被批准了。

一个富家的小姐，一个农民的儿子，出身门第悬殊的两个年轻人获得了属于他们自己的爱情。门第的悬殊在这里并不是症结所在，而在于这对恋人在感情上的态度和心理抉择。他们在获得爱情的同时，饱受了心灵的责难——大宫失去了与野岛的友情，正如他日后所说："爱情就是这样难以驾驭啊！就这样，我和夏子常常见面，没有多久，我们已经是难舍难分了。我们俩沉浸在幸福之中。可是，我总觉得有一种难言的内疚搅痛着我的心，在我的幸福中留下了阴影……爱情也许本来就是丑恶的，它不管别人的不幸，只要自己幸福就行了。"

爱情的确难以预料，如夏子的一句名言："爱情是怎么来临的？是像灿烂的阳光，是像缤纷的花瓣，还是由于我祈祷上苍。"它试图告诉人们，恋爱不在于时间，不在于门第，甚至不在于阶级、种族和年龄。

它不仅让当事者迷茫，也给了观众一个措手不及。让处于直线思维状态下的我们重新认识了爱情的本真面目乃至意义。原来爱情并不像我们以往所理解的那么单纯，更不像现实灌输给我们那样的循规蹈矩。爱情的本质生动而流畅，它充满了诱惑与活力。以至让我们伸出束缚已久的左臂，还试图认识右臂的潜能。在这样的细究之下，剧情的发展必在情理之中。

当历史渐远，人们再回过头去遥望这故事的时候，日本影评人黑井和男却不记得有这么一部电影；饰演大宫的演员新克利在接受中方记者采访时，也表示他不把这部影片视为自己的代表作，所以就没什么可谈的；野岛的扮演者横内正同样拒谈《生死恋》；就连本片的副导演田中康义也说，要重看影片才能够回忆起其中的情节。可是《生死恋》曾经影响过中国一代人的恋爱观，由于时空的错位和诸多的不同，影片的创作者们不会理解中国观众热衷于它的原因。

审美总是和高尚和悲剧紧密相连。在大宫身处八户进行技术合作的两个月当中，往返于大宫和夏子之间那些字短情长的书信至今还洋溢着爱情的力量：

"从现在起，还有一个月13天，时间过得多慢呐！"（夏子）

"还有一个月十天。"（大宫）

"还有一个月八天。"（夏子）

"还有一个月六天了。"（大宫）

"还有一个月三天！啊，怎么这么长啊。还有一个月零两天，那么多日子简直要昏过去了，恨不得马上飞到你那儿去。真的不能去吗？"（夏子）

"恨不能马上飞过去，离结婚的日子还有31天，无论走到哪里，你的身影总是出现在我的眼前。"（大宫）

"终于只剩两天了。这是最后一封信，我再也不愿意写信了，真的不愿意。我等待着有声音、有眼睛、有脚有手的你早些回来。一个骄傲的小姑娘变得温顺了，我不想破坏现在的幸福，不敢得罪上天，屏住呼吸，静静地等待着你的归来。"（夏子）

几乎同时，大宫收到了一封电报，电文是："今晨 10 时，夏子死于爆炸事故。"

为了发展 Q202，引入氯原子合成衍生物，在这个改良九号实验就要完成的时候。由于同事的不小心，引起了实验室的爆炸事故。

无疑，这消息对所有人来说都是个晴天霹雳。

接下来的情节不难想象——镜头在网球场上左右摇动，雨中传来了有节奏的击打网球的声音，还有夏子的画外音："对不起，太高了，太高了……"

野岛打着一把黑色雨伞走到大宫身边："我找你半天了……"

故事以悲剧的形式宣告结束。编导者为影片设置了一个意外的结局，这结局不带有任何因果关系，更不具宗教色彩，因此就不必大惊小怪。影片的开始和结束都设在网球场上，不同的是，开始是三个人，结束时只剩下大宫、野岛两个人。他们最终消失在六月的蒙蒙细雨中，那渐行渐远的背影给人以苍凉之感。

只有饰演夏子的演员栗原小卷记得这部影片，也深知它对于中国观众的意义。如今虽然容颜见老，但风韵犹存，"夏子式的微笑"似乎已经成了一个时代的记忆。我认为她的这部作品带给中国观众的审美享受不仅仅是富有浪漫激情的异国情调，还有令人耳目一新的风景、服饰以及人物丰富的思想内涵；剧情表现得既不是固守传统观念的恋爱模式，也不是千金之诺被轻易打破、逢场作戏的卖弄。而是一次情感头绪的梳理与回归。

然而，在那样的一个大环境下，我们却又不得不逃避这敏感的话题，一些人甚至将它置于不齿的境地，真性情的流露则不可避免地成为反其道而行之的范例。

当下的时代，重新定位爱情甚至移情别恋已是司空见惯、无可厚非的事了。我不知道当今的年轻人是否看好这样的爱情故事，但我相信，他们已不再用唯一的传统方式看待婚姻和爱情了。随着时代的发展，国人的思想意识、道德观念、情感模式经历了 30 年的洗礼与完善，已远不是当初的状态。故事的创造者们似乎没有必要记住它，这影片对他们来说或许真的不具备特殊意义，而实际上它的文化内涵对当时的中国观众却是意义匪浅的。它引导人们重新定位道德底线和恋爱观，并颠覆了我们这代人心目中对爱情这种美好事物的认知，让人重新审视以往对传统爱情观的期许，疏通了更深层次的思维路径。从那时起，年轻人开始对爱情有了新的理解，也赋予了它新的含义。历史的发展，尤其是文化的发展，在许多时候是伴随着颠覆及重建的意识跳跃着前进的，这颠覆、重建和跳跃，通常来自于域外的影响。当我们回顾历史时就不难发现迅猛的跳跃、理性的回归，还有循规蹈矩、原地踏步的足迹。那么《生死恋》属于哪一类范畴呢？对于国人来说，它既是迅猛跳跃也是理性回归的翻版，所以，它曾引起当时一些人对这似乎违背东方伦理道德和价值观的影片施与奚落和非议，也不足为怪了。

自然也是一种美

海上宫殿

　　著名的英国豪华游轮奥丽安娜号（ORIANA），被誉为世界上唯一的"豪华游轮主题乐园"。她全长 260 米，高 52 米，宽 33 米，船舱面积 6 万平方米，总吨位 42000 吨，是世界上的四大名船之一。

　　游轮虽豪华，但当您第一眼看到她的时候，会不由自主地用您的心去衡量她的安全系数。尽管您并没有这方面的经验，也不具备衡量她安全度的标尺，但由于泰坦尼克号（TITANIC）的提醒，出于人类自我安全的保护意识，您仍然会用您的感受和您的直觉去打量她的每一项安全设施。当您很快看到船舱两侧的甲板上吊挂着的那 12 艘救生艇时，心中的疑虑自然就会打消多半。因为这 12 艘救生艇便是她对您生命的承诺，其分量，我想至少是以超出船体总吨位的重量为砝码的。

　　或许就是因为这承诺，中国才会出巨资慷慨买下这艘巨轮，让她永远的属于了东方。似乎也源于奥丽安娜号 40 年来不间断地在大洋中的航行历史，曾与中国大陆无数次地隔海相望，才赢得了我们国人的信任和青睐。于是她便像位骄傲的公主，盛载着"日不落帝国"的美誉，向着东方款款驶来，最终栖居在我国大连的游览胜地星海湾广场。

　　42 年前，她以伊丽莎白女王号姊妹轮的身份驶入大海，成功地完成了她的处女航使命，从此她便成为了人们身份的象征。当年的王室贵族、巨商富豪、政界要人、演艺名流纷纷来到奥丽安娜号上，"登上奥轮今生无憾"已成为当年有身份的人所追求的时尚。

　　奥丽安娜号当年曾以"最大、最昂贵的划时代巨轮"著称。造船人采用了诸多新技术精心打造了她，使她成为游轮中舒适、高速及完美的典范。由于精良的设计，游人们可以直接将海天一色的美景一览无余。加之休闲、娱乐、运动设施的完善与健全，以及救生、消防、医疗、通讯等一系列完备设施的配套，使得"奥轮"成为了一座名副其实的"海上宫殿"。

　　"奥轮"设有 13 层电梯，为游人们提供了上下自由的方便。她有九层楼高（另设底舱四层），在此基础上还建有露天甲板、眺望台、啤酒花园，当然也少不了奥丽安娜头等客舱（头等舱里包括华丽的客厅、餐厅和卧房）、水手餐厅、行政办公区。另外还设有会议中心、休闲广场、守望者及航海者酒吧、伊丽莎白餐厅、黛安娜长廊、亚历山大大厅、爱德华广场、维多利亚大厅、莎士比亚影剧院、世界游轮展示馆、奥丽安娜历史长廊、奥丽安娜艺术长廊以及威廉娱乐厅。轮船的一层建有伦敦街、奥丽安娜大堂和奥丽安娜红磨坊。

我猜这一切一定是在泰坦尼克号的基础上，英国造船业追求安全与完美结合的再创造。

她先后造访了世界上的108个著名港口，平安航行了650万千米。每到一地，无不是万人空巷，人们争相目睹"白色公主"风采的景象。在她全部的航程中，曾遭遇过数次风险：海盗、飓风、海底火山喷发，甚至与美国的一艘航空母舰相撞，然而"奥丽安娜"都安然无恙。

这样的景况，倒让人联想到了不幸沉入海底的泰坦尼克号，它曾是爱尔兰造船家夸下海口的"不沉之船"，号称"上帝都沉不了的船"。1912年4月10日，这艘气宇轩昂、不可一世的豪华客轮从英国南安普敦港首航横渡大西洋驶往纽约，于五天后与冰山相撞，船体迅速下沉，在短短的2小时42分钟后，便告别了春夜灿烂的星空和这个多彩的世界，全船沉没于3821米深的海底。

1997年，美国耗费巨资将这个故事搬上了银幕：1996年，泰坦尼克号在沉没了84年后被打捞上来，一位侨居美国、年逾百岁的老妇人露丝，从电视新闻上看到了打捞沉船的消息后，在孙女的陪同下前往沉船打捞现场。当年她就在这艘船上，与画家杰克邂逅并相爱，船沉时，他们彼此将生的希望留给了对方，结果露丝获救，杰克却被海水吞没……

在船难临头的时刻，有人依然坚信它的不沉，不知死神已经逼近；有人为所爱宁愿不上救生艇，毅然留在船上；也有人男扮女装，不择手段地抢登救生艇。唯有这一刻，只有这一刻，才能够体现一个人最基本的品质。随着泰坦尼克号的下沉，1517条性命从此消失于大西洋上，仅712人获救。

就这样，泰坦尼克号造就出杰克与露丝这段悲壮而美丽的爱情故事，她伴随着泰坦尼克的命运起伏、跌宕、升华。深藏在船舱里的动人故事就像那巨轮的名字一样，被永远地载入了史册，永远地震撼着人心。于是，便有了那首风靡全球、长盛不衰的歌曲《My Heart Will Go On》。

《泰坦尼克号》获得了1997年第七十届奥斯卡11个奖项，影片主题歌《My Heart Will Go On》获得了奥斯卡最佳电影歌曲奖，由当红的加拿大歌星席琳·狄翁演唱，歌曲曾在热门排行榜的冠军宝座上久踞不下。

然而被载入史册、震撼人心、风靡全球、久踞冠军宝座的，自然也少不了这艘奥丽安娜号。她之所以骄傲，正是因为她的勇敢、她的智慧和她的不沉。夜色中，她就像一座灿烂辉煌的海上宫殿，闪耀在苍茫的云水之间，如果您是在月光的陪伴下登上这艘客轮的话，她就是那个夜晚里沐浴在堂皇中的一颗耀眼的明珠了。令人迷醉的小夜曲迎来一阵阵轻柔的海风，让人以为这里正在举办一场规模盛大的宫廷酒会。金碧辉煌的大厅、璀璨夺目的广场、灯火通明的长廊，还有那晶莹剔透的装饰品、招摇过市的艺术展览、诱人心魄而又不乏文明的酒吧、富丽堂皇的影剧院、精雕细琢的门窗、造型别致的天花板、光润的地板、华美的地毯、典雅的楼梯扶手、夺魂的大型壁画、钻石般的水晶吊灯、精致的瓷器、餐具以及无处不在悉心炮制的每一个细节，加之舞台上那热烈欢快的草裙舞……眼前的一切，似乎都在向世界展示她鼎鼎妖娆的魅力。置身于"奥丽安娜"，您甚至能够相信这座美仑美奂的"宫殿"是用百万黄金堆砌建造而成的。英国的造船业已得到了世人的公认，一扫昔日由泰坦尼克号的沉沦带给他们的悲哀和沮丧。"奥轮"以航班巨人的雄姿满载 3000 来客游历海上，成为大洋上漂游的休闲圣地。当这艘巨轮到达美国的旧金山时，海上的大小船只无一例外地喷射水柱向奥丽安娜号致意。世界小姐史泰拉·马贵依芝热情地向奥丽安娜号的船长克里伏德·埃德杰坎布赠送礼品，以表示敬意。世界名模曾在"奥轮"的甲板上展示以"奥丽安娜"命名的泳装以及她的系列品牌产品，来炫耀这笔巨大的财富。

人类从此再一次追问自己，审视自己，总结自己。人类便在这无数遍的追问无数次的审视无数回的总结之后，变得越来越冷静也越来越聪明了。源于历史的发展，也源于这冷静这聪明，英国人将不再呆板，中国人将不再狭隘，美国人也将不再自负。

人类无法杜绝灾难的来临，但人类却可以抵御邪恶，力争与自然界友好相处、和睦并存。那奥丽安娜号一次次有惊无险的航程，不就给我们人类的进步以偌大的启示吗？

如果有人问奥丽安娜号到底象征着什么？我一时难以准确地回答。但至少我相信，登上她，已不再是身份的象征。或许她是座海市蜃楼？是座世外桃源？是座庞然的水上行宫？还是屹立在人们心中的一座丰碑呢？我想没有人能够找到一个确切的比喻来形容她，也没有人愿意以他笨拙的笔触，将一个完美的化身演绎成一个残缺不全，甚至黯然走样的替身展示于世人面前，尽管他能够尽力。我想，如果有人试图诠释她的话，那么这个人就是我了。当我把这篇精心描绘的拙作展现给读者的时候，我能够告诉大家的，是请宽谅我平庸的文笔和描述水平。最好的办法就是您登上奥丽安娜号，亲身去体验一次。体验她的豪华，体验她的辉煌，体验她的魅力，体验她的神秘，体验她那独一无二的梦幻之感以及她优良的品质，饱览她的风姿，成为一个"今生无憾"的人！

　　而我的遗憾，恰是没有登上奥丽安娜号，我所乘坐的游轮环绕着她漂游一周，只是与她擦身而过……

自然也是一种美

跨世纪的繁茂与优美

　　驰名海内外的天津"五大道",坐落在天津市的和平区体育馆街,"五大道"是指天津市和平区成都道以南,马场道以北以及之间的睦南道、大理道和重庆道,为早年的英租界。也有人说"五大道"指得是马场道、睦南道、大理道、常德道、重庆道、成都道。依我看来这都无关紧要,虽然在它周围还遍布着数不清的街道,但只有这"五大道"最令人神往,它之所以引人关注,是由于在这五条道路上排列着姿态迥异,具有异国风采的建筑,它们使这里成为了世人瞩目的"万国建筑博览会"。近年来,天津市政府正计划对五大道进行整修和改造,让眼前这个具有百年风情的区域增添几分现代感,使它成为津城里独具特色的风景旅游区。

　　横贯于河北路的"五大道"如今依旧向世人们展示着它的风采:马场道的繁茂,睦南道的静谧,大理道的洋气,常德道的华贵,重庆道的唯美,成都道的从容都是这个世界上独一无二的。它的独树一帜,它的幽深宁静,和它丰厚的历史积淀以及淳厚的异国情调,让每一位走近它的人都忍不住唏嘘惊叹!而我之所以记住它,欣赏它,珍视它,除了因为它曾经是外国佬的租界地,因为它分布着许多名人故居,因为它有着不同凡响的历史,因为它独特的优美和宜人的环境之外,还因为这里曾经是我的栖息地。

　　43年前,河北省政府的所在地就设在天津市,我的父母亲都是省直系统的干部。当时母亲还很年轻,是河北省文化厅秘书处的一名干部,她的工作单位就在同属于租界地的桂林路上。我的家住在马场道的一处名宅里,在那里,我度过了一到两岁的幸福时光。

　　美学理论中的一条重要定义,就是"距离产生美"。已经远离它43年后的今天,我和丈夫带着女儿到天津旅游,无论其他地方有多精彩,而"五大道"一定是我观光的重点。"旧时王谢堂前燕,飞入寻常百姓家"。如今这儿的一幢幢漂亮洋房和花园寓所里住着百姓人家,那一处处玲珑、娟秀的楼房,伟岸、豪华的名宅有的已被国家或公司征用。一排排花草掩映着的庭院,一尊尊石砌的粗犷围墙,在荫影的遮蔽下显得幽静、舒适,凸显着津门神秘而独特的异域风情。它的尊贵典雅,洒脱向上,会让人抛

第一辑　勾勒与渲染

开浮躁，感受安静。当我置身于街道中央，环顾四方时，恍若时光倒流，回归到童年，重新体会自然、体会心灵、体会人生的初始状态、体会这里蕴涵着的鲜活和厚重。哦！只有天知道，这个我记忆里仿佛不存在的地方，已经让我惦念了43个年头。一直以来，我把它珍藏在心灵深处的一个角落里，固守着这片净土并视它为我生命中的精神家园，绝不允许世故与恶俗近它一步，让它永远保持着我当时那个年龄看它时的纯真与圣洁。

于是，我在心灵深处为它腾出了一片神圣的领地，我愿意坚守、探究并保存发生在这里的那些鲜为人知的故事……据说自1919年到1926年这七年间，英租界工部局利用疏浚海河的淤泥填垫洼地来修建道路。重庆道便在1922年建成，先被命名为爱丁堡道，后为剑桥道、重庆道；在七年之后的1929年，大理道、睦南道、常德道、成都道先后落成，当时它们一律被冠以英国街名。

"五大道"以西式建筑群体景观和建筑的私密性，构成了深幽寂静的街市风景，近代许多政客买办、达官显贵居于此地，从而使"五大道"成为了近代名人的荟萃之地。它有22条马路，总长度为17千米。拥有20世纪二三十年代建成的英、法、意、德、西班牙不同国家建筑风格的花园式房屋2000多所，汇集了罗马式、罗曼式、日耳曼式、哥特式、希腊式、俄罗斯古典式、文艺复兴式、浪漫主义、折衷主义的经验组合。其中风貌建筑和名人名居就多达300余处。

马场道建筑的颜色红白相间，庄重、和谐。它是"五大道"地区修筑最早、最宽、最长的马路。路长3216米，路宽20米，还设置了街心花坛。19世纪末，因它通往英租界跑马场而得名，是近代天津达官显贵云集、交错、往返的一条主要道路。据资料记载，末代皇帝溥仪，清朝各色遗老，民国党下野政客，失意的军阀、贵族均在此路留下足迹。道路两侧的西式建筑交相辉映，一派欧陆风情。坐落于马场道的第121号小洋楼，当年为英侨学者达文士所居住，所以被称为"达文士楼"。这座典型的西班牙式花园别墅成为"五大道"上最早的建筑。坐落于马场道上的还有北疆博物院和工商学院，北疆博物院是中国早期的博物馆之一，"工"字型建筑，具有罗马式风格；工商学院是一座三层并设有地下室的建筑，顶部外檐为大块蘑菇形石面，曼塞尔式瓦顶，楼体正面镶有圆形大钟，具有典型的法国罗曼式建筑风格。如今这两座建筑均留存于天津外国语学院内。

沿着马场道旁边的小路，右拐穿过居民区，就走进了睦南道。它全长1968米，拥有风貌建筑74幢，名人故居22处。最早被称为香港道，后改为镇南道、睦南道。街道两旁的法国梧桐高大繁密，房屋错落有致，行人稀少，显得异常幽静。睦南道 20 号原本是国民党军阀孙殿英的住宅，建于1930 年，是一幢三层带地下室的西洋古典公馆，颇为豪华气派。睦南道 24号是中国近代外交家颜惠庆的旧居，外形极尽欧洲古典建筑的风貌。位于睦南道 28 号的罗马柱廊意式公馆原是天津八大家"李善人"后代，原天津殖业银行经理李叔福的居所。睦南道 50 号为原国民党总司令张学良二弟张学铭的故居，红砖清水墙，坡瓦顶，精致、厚重，为英式庭院别墅。

回首远望，道路两旁的树荫掩映着风格各异的洋楼，花束在楼栏前摇曳。漫步其间，忽然有了一种奇妙的感觉，就仿佛钻入了英国女作家达夫妮·杜穆里埃为我们设下的圈套："多年前那彩图明信片上的雄伟大宅，优雅、精美、一无瑕疵，比我梦中见到的形象更加完美！宅子由平坦的草地和绒毯似的草坪环绕，庭院平台倾斜着伸向花园……走到小径的尽头，鲜花在我们头顶构成拱形，我们不得不弓着腰从下边钻过去。当我再次站直身子，抹去头发上的雨珠时，我发现幸福谷已同杜鹃花和树林一起被抛在后头。"

带着这诗幻般的感觉我们又转入了大理道。它原名为新加坡路，全长1745 米。该道以拥有各种欧式的单体小洋楼而著称。在"五大道"上坐落着两幢中西合璧的公馆，其中一处是大理道的 3 号和 5 号，为原江西督军蔡成勋的旧居。3 号为主楼，外观呈法国罗曼式，内装修使用了中式木雕；5 号则是中式四合院家庙，无论是垂花门或是门窗隔扇、砖、木、石雕，无一例外地显示着悦人的精道。

当我们步入常德道，呈现眼前的是另一番景致，它是"五大道"中较短的一条道，全长 1219 米，原名为科伦坡道。或红或白的各式楼房鳞次栉比，让人赏心悦目，集中体现了"万国建筑博览会"的风貌。

重庆道和大理道的建筑多以白色调为主，洁净、典雅。重庆道全长1900 米，多为英国联排式高级公寓房屋。如今这条路上娱乐餐饮场所有好几家，也不乏风情万种的酒吧。"五大道"的另一处中西合璧的优美建筑就设在这里。55 号是"五大道"中唯一的一座王府——庆王府，是清王朝庆亲王第四代传人爱新觉罗·载振的公馆。它由两层楼的四合院构成，西式外檐，中式天井，顶层被尊为祖先堂。庭院东部为中式花园，设有假山、石洞和六角凉亭，别样的园林景致，为重庆道增添了另一番情趣。

最北端的一条是成都道，它全长 2206 米，原名叫作伦敦路。在这条道上有不少茶馆和酒吧供人们休闲消遣。它和睦南道的建筑多为红色调，热烈而不事张扬。人们说它就像一串珍珠项链，展示着"五大道"华贵与典雅的风范。

当年深居"五大道"洋楼的大多是军政要人、商人和社会名流。军阀袁世凯，实业家孙振芳，南开大学第一任校长张伯苓，美国第三十一任总统胡弗都曾在这里生活过。北洋政府大总统徐世昌，国民政府军事官员张作相，军政要人曹锟、顾维钧，湖北督军王占元，天津裕蓟盐务公司经理孙季鲁，文化、医学界名人严修、方先之、范权的宅邸如今依旧伫立在"五大道"上。喜欢京剧的人都知道，马场道与河北路交界的"疙瘩楼"，便是京剧名家马连良的故居。

解放后，这里的王氏宅邸曾经是天津地委、专区的所在地。新中国成立后的第一大贪官，原天津地委书记刘青山、天津专区专员张子善的工作地点和居所就在这里。不难想象，当时的"五大道"首当其冲地成了达官显贵们希图安逸、颐养天年的大别墅，每幢官邸都凝缩着天津近代历史的沧桑。

当我故地重游，重新感受它的呼吸触摸它的体温时，仿佛依然嗅得到当年道路两旁棵棵草木所释放出的馨香气息，看得到43年前轻落在那一座座门廊上的尘埃、鸟羽。在我眼里，它是那么的神秘与神气，在我心里，它又是那么的神圣与神奇。我缓缓地走近它，静静地欣赏它，轻轻地触摸它，我的心告诉我，这里，不知道在这里的哪一处曾留下过我稚嫩的指纹和蹒跚的步履……

或许就在这齐肩的铁艺矮墙前，我依偎在天津奶奶（我的保姆）的怀里，她将伸出墙外的一枝红杏折来递到我张开的小手里；或许就在那豪华气派的官邸拱型门外，我紧抓住雪白的围墙栏杆笨拙地迈出了人生的第一步；还或许就在某个傍晚时分，于夕烟的笼罩中，我跟随母亲的引领寻觅着鸟儿归巢的踪迹……

我是这里的孩子，虽然这里不曾给我留下什么记忆，但我对它并不感到陌生：广场上刚劲宏伟的雕塑，街角处格调优美、线条流畅的屋脊，半掩着高窗的丝织窗帘，亚麻的镂花桌布，还有依傍着房子生长的那棵老树，树下仿佛正有人透过低矮的花砌围墙与旁边的邻居打招呼……此时，我仿佛回到了梦中的家里，感受着它的熟悉、温暖和气息，我渴望了解和理解这里的每一寸土地、每一个季节、每一次细微的改变，还有它的每一个故事……

为此，在幽美、洁净的重庆道上，我默默地望着那一扇扇安静的家门，等候着有人出现在屋檐下，拨开藤蔓缠绕着的花篱，热情地为我打开低矮的欧式院门，将我让进屋里，为我讲述我还没来得及有记忆的时候在这里曾经的生活和那些我永远都不可能了解的趣闻、逸事……我等候的执著，一点也不亚于杜鹃候着夏天的来临。然而，我的执著却是毫无意义：

久久没有人走出房门，更没有人为我打开院门，那白色的、雕着花纹的工艺门无一例外地直直地静穆在那里，紧闭着，它们用毫无表情的眼睛呆呆地望着我这个盘桓小住的外来客。

　　心怀着无奈，我回转过身。柏油路不声不响地横贯在我的眼前，偶尔才有一两辆轿车驶过。车少人稀，静谧非凡，仿佛远离了喧闹的尘世，使得这并不宽敞的街道倒显得绰绰有余。听母亲说过，当年这五大道是不允许行驶汽车的；除此之外还有一个特别的现象，就是居住在这里的人们只说国语，不讲天津话。我猜，那一定是津城蓝天下的一处仙境了。

　　这时我忽然想起，在这附近有座"能吃的博物馆"，于是便向迎面走来的一位大婶打听它的位置，她热情地告诉我们走到睦南道与河北路的交口处就是了。我向她道谢，并目送她远去，我知道她的家就在附近，我甚至猜测她会不会是我家当年的邻居，或是母亲早年的同事？年轻时的她可曾见过我在这路边蹒跚学步？

　　这离奇的猜测让我哑然失笑，当我又一次回转身时，见一位手挂拐杖的老先生蹒蹒跚跚地横穿过马路，走到花坛跟前小心翼翼地坐下，他是来享受秋日里花的芬芳和阳光的温暖的；不远处，两位十七八岁的少年正聊得火热，温爽的秋风不时地传来他们一声声笑语。道路两旁各色的秋菊沐浴在午后的阳光里，尽情地展示着它们的妩媚与娇艳，致使蓝天、白云和那一幢幢红色尖顶的小楼也摆脱了寂寞的纠缠。

　　无论是移步换景的美妙，还是奢华招摇的浪漫，多少年来莫名其妙地根植于我的心中，回放在我的梦里……

　　梦里，在一个春日的午后我来到过这里。雨后的彩虹高悬在睦南道尽头的天际，嫩绿的青草刚刚破土而出，深院里的一棵老树顽强地吐露着它的新绿。花衣喜鹊在树上骄傲地跳着、叫着，仿佛春天就是它的殖民地。我握着一枝柳丝，摇晃着不稳的步履，朝着我的天津奶奶高声地叫着——妈妈不在身边的时候，她就成了我全部的依靠。

　　梦里，在一个夏日的清晨我来到过这里。初升的太阳把马场道装扮得既明媚又大气。一幢幢红白色洋楼的玻璃窗上反射着耀眼夺目的光彩，街道两旁的树木挺拔在清爽的微风中，家家户户院落里的花草俏皮地顶着薄雾赏赐给它们的滋润，庄重而又无羁地将枝条顺着围墙的铁栏杆伸向外面的世界。

　　又是梦里，在一个秋日的傍晚我来到过这里。西下的太阳不情愿地挪动着它懒散的脚步，大理道的夕烟给整座街道罩上了一层神秘的蔚蓝。我揪着母亲的后衣襟，踩着她的脚印，笑着、闹着，昂着头，和她一起欣赏着老燕领着小燕归巢的情形。

还是梦里，在一个冬日的雪夜我来到过这里。重庆道上沿街的院落和洋房笼罩在一片洁白之中，它们在黑夜里闪着耀眼的寒光。各家铁门两侧的石柱上除了皑皑的白雪还亮着一盏盏圆形的磨砂路灯，一路望去，整齐而壮观，雪夜仿佛顿时就要融化在其中。雪虽寒冷，风虽刺骨，但一步就可以跨进温暖又温馨的家门。

那是一个被母亲怀抱焐热的年龄，永远都不会担心风刀霜剑的袭击，永远都不会有明枪暗箭的威胁。母亲的怀抱就像避风的港湾，母亲的双臂就是温暖的护栏，这港湾这护栏挡住了海河的风，拂去了世间的尘，营造起了一个安全、舒适的世外桃源。

就这样，津城"五大道"成了我心中永远的世外桃源。面对它，让人感受到的不仅是来自岁月悠远的韵味，还有异国温馨的情调。海河两岸的风流、南市食品街的热闹、劝业场的繁华、水上公园的闲雅都代替不了它在我心中的位置。它有一种动人心魄的美丽，还有一种缓释人们内心焦躁与压力的神力。无论是红白相间的尖顶楼房、西洋式的华美壁炉，还是小巧的独门庭院、雕花的窗棂；也无论是宏伟的名宅、铁艺的转角楼梯，还是高耸的烛台、古扑的印花地板，都会引领着我的心绪超越过时空的距离，去体味一个既陌生又熟悉的太平年代，一个装载着无数故事的神奇世界。

伴着落日的余晖，我们告别了"五大道"。而我什么时候还能再来这里？当我又一次走近它的时候，说不定它已然是一个地道的旅游圣地了。而我并不期望它以一个景点的身份被世人们观望，我情愿它是一个家，一个静谧的，神圣的，充满了温馨，弥漫着奶香和粥香的家。

回到北京后，巧遇北京科技大学学生会的三名学生来联系公务，他们不够纯正的普通话让我很快猜出他们是天津人。他们问我的听力为什么这么好，我说我小时候曾在天津住过，还告诉他们我的家当年住在马场道。三个可爱的年轻人不约而同地惊呼起来：

"棒啊，马场道！"

"哦，就外语学院那条道！"

"'五大道'是天津的黄金之道啊！"

可见，"五大道"不仅是我心中神往的地方，也是天津人的骄傲。

梦幻之都
——首尔

韩国首尔市是世界上变化最快的都市之一，20 世纪 60 年代以后，韩国实行了对外开放政策，成功地实现了经济振兴，与中国的台湾、香港、新加坡并称为"亚洲四小龙"。2007 年秋季，我送女儿去位于韩国首尔的国民大学读书。因为有了这样的机缘，也就产生了想了解她的愿望。

韩国位于亚洲朝鲜半岛的南部。南、东、西三面环海，面积 99937 平方千米。人口 4700 万，是民主共和制国家。首都原译名汉城，后改为首尔，人口 1000 多万，是朝鲜半岛最大的城市，也是韩国政治、经济、旅游、文化的中心，为世界著名城市之一。首尔市有许多宫殿，因而有"皇宫之城"的美誉。韩国第一大河汉江由东向西穿城而过，将首尔市分成江南和江北两个城区。首尔在 1988 年奥运会期间，对江南地区进行了大规模的改造，继而成为韩国最繁华的商业区和最昂贵的居住区。

3 月至 5 月是韩国的春季，迎春花、樱花、油菜花、木莲花竞相盛开；7 月至 8 月转入夏季，这个时节多雨，气候比较炎热；10 月才是最迷人的季节，秋高气爽，景色宜人；11 月下旬，喜欢滑雪的人们就蠢蠢欲动，这种天气要持续到转年的 3 月份。

初冬的时候，当我们再去首尔时，正是韩国总统大选的前夕，无论在马路中心还是街道拐角处，经常会遇到为总统竞选争取选票的市民。这当中有服装艳丽的年轻人，也有彬彬有礼的中年人。他（她）们站在冷风里，手举纸制的韩国国旗，不停地对过往的路人伸出两个手指说道："请选二号（指李明博）"、"请选二号"。也有的说："请您选四号，请选四号吧。"他（她）们热情地对你微笑着，美妙、殷勤的余音在寒风中环绕，这时你会深切地感受到韩国国民高涨的政治热情，总统竞选就像他们的家事一样，几乎所有的人都在关注，在参与。

时隔不久传出了消息，李明博当选为韩国总统。

2008 年 3 月，由韩国发来信息说，李明博总统 3 月 10 日第一次领到了他的月薪。青瓦台副发言人裴庸寿解释道："总统 3 月份的月薪是 1400 万韩元，再加上 2 月份五天的月薪 247 万韩元，总金额为 1647 万韩元"。

据悉，韩国总统的年薪为 1.7 亿韩元。

南大门

2007 年 12 月，我们去位于韩国首尔市中心的南大门市场购物，那个时候，著名的南大门以它庄重、威严、古老的姿态吸引着各方游客。没想到两个月后，一名 70 岁的蔡姓男子纵火将它点燃，致使它一日之间化为废墟。当我在新闻里看到这个消息时，首先想到的是它的始建年代——1398 年。

这座经典的汉阳（首尔）古城门，在漫长的岁月里，见证了高丽民族历史发展的进程。它意外的毁灭让韩国人痛心疾首，当天一位首尔市民对记者说："今夜首尔会有很多人失眠了。"

南大门又叫崇礼门，城门中部呈拱形，为两层木造楼阁，是首尔历史最悠久的国宝级建筑之一，它的脚下是南大门市场，零售兼批发，生意非常好。优越的地理位置和名目繁多的商品招揽着不少外来游客。

南大门市场从朝鲜时代起至今已有 600 年的历史。日客流量高达 50 万人次，它主要经销食品、皮革制品、首饰礼品、人参、陶瓷、小商品、服装和进口商品，特别是服装类商品以物美价廉而著称。南大门市场的设施、规模和商品的种类均居韩国市场之首，这里还有知名的新世界商场。韩国商人不习惯跟顾客讨价还价，购物时你很难把价格压下来，或许是为了赚到外国人的钱，他们几乎一分钱也不让，如果你的语言不通，身边又没有翻译，就很难达到想要的结果。

周末时，我女儿经常和她的学姐们来这里逛街，购得便宜好看的服装，还能了解韩国社会，体验那里的生活。我们去的时候天气特别冷，便在那里选购了毛衫和大衣。

韩国人一生中要吃无数的烤肉。在南大门附近，随着老板娘"请进来品尝这里的烤肉"的招呼声，我们走进了她的烤肉店。正值傍晚时分，她的生意非常好。店堂虽然不大，但人气很旺。店员在食客们中间忙碌着，老板娘对中国客人格外热情，进了店堂才知道她是中国朝鲜族人，深谙中国国情，也了解韩国文化。她一边热情地为我们上菜，一边和我们聊天，问女儿是不是在这里读书，读几年级，聊一些家常话，还不住地夸奖我女儿漂亮。她知道中国人来这里吃烤肉从不吝惜钱，所以建议我们点牛肉。她说，韩国人不舍得花昂贵的价钱吃牛肉，他们通常要五花猪肉。

在韩国吃烤肉每人需要一万元韩币（1000 韩币相当于人民币 7 块多

钱），对韩国人来说已经很便宜了，所以在许多大学周围，各种烤肉餐馆人满为患。韩国的牛肉价格为世界之最，据说这是由中间商人和零售商从中牟取暴利以及不合理的流通渠道所造成的。由于国家小，自然资源匮乏，对内不得不施行农业保护政策，导致了物价偏高，国民实际生活水平便打了折扣。韩国统计厅以 2003 年的统计为基础，对 43 个国家的牛肉价格进行了比较，结果显示，韩国（首尔）牛肉价格最高，每公斤达到了43.67 美元，其后依次是日本（东京），每公斤为 37.79 美元，瑞士，每公斤为 22.78 美元，挪威（奥斯陆），每公斤 21.10 美元，因宗教原因价格最低的印度（孟买），每公斤为 0.76 美元。农村经济研究院畜产观察组组长郑敏国表示："1998 年发生金融危机时，韩牛饲养总数从 270 万头减少到 180 万头，随着停止进口发生疯牛病的美国牛肉，牛肉供应减少。"所以有人戏称：韩国是一个买得起汽车而吃不起牛肉的国家。一些从来没到过中国的韩国人，一向以为中国是一个贫穷的国家，而来过中国之后他们才惊异地发现，原来中国这么富强，可以随便吃肉。

对吃惯了上好肉类食品的中国人来说，烤五花肉真是难以下咽，口感和味道都是我们不情愿接受的，可它却是韩国人最喜欢的菜肴之一。他们常常把刚烤好的五花肉放在碧绿的生菜叶上，抹上大酱，再放上小青椒和蒜片，将生菜卷起来一咬，看那表情，真是幸福极了！据说他们又在这道菜上加进了一种西式元素——用西方的葡萄酒将五花肉浸泡，使肉质变得柔软，也让味道更鲜纯，这样改良后，我想，一定比原来的味道好多了。

在韩国，如果能带上几斤肉或者排骨去看望朋友是最有面子的事，猪肉或者牛肉是他们走亲访友，相互往来的上乘礼品。这在我们看来却是件不可思议的事。

南大门一带有白带鱼街和新堂洞辣炒年糕街，这是一条著名的小吃街，汇集了 30 多家专营炒年糕的餐馆，当场翻炒，客人们随到随吃，物美价廉，热热闹闹。在那里我们先后品尝了韩式寿司、韩式速食面、油炸鱼丸汤和甜饼。

有诗情，还有画意

9 月份我们去首尔时住在了位于市中心钟路一街的首尔观光酒店，这里距首尔市政厅、美国大使馆、清溪川、仁寺洞很近。韩国酒店均按照它的设施、规模、服务质量分为五个不同的等级。酒店门脸上以韩国的国花无穷花（也称木槿花）作为标记。特一级为五朵金黄色无穷花（相当于国内白金五星级）；特二级为五朵绿色无穷花（相当于国内五星级）。一级为四朵，二级为三朵，三级为两朵。具有韩式家居风格的首尔观光酒店为一级，门前标有四朵绿色的无穷花（统称四花酒店，相当于中国的三星级酒店）。客人进门需要脱鞋，睡觉打地铺。从迈进门槛的那一刻起，你就要入乡随俗地感受本地生活方式和那样一种文化。酒店为客人准备了雪白、厚实的被褥，屋内有洗澡间、梳妆台、电冰箱和彩电。连梳子、吹风机、护肤液这样的生活用品也准备的周到齐全。牙刷、香皂和沐浴液是要另收费的。韩国的多数酒店并不豪华，但它的整洁和舒适使宾至如归。室内的冰箱里有为客人储备的各种饮料，对照价目表可以各取所需。当时人民币对韩元的汇率比价为 0.8 元比 100 元。一听 250 毫升的咖啡标价为 2500 韩元；啤酒 3500 韩元；鲜果汁为 3000 韩元；红酒 1000 韩元；冰咖啡 2500 韩元；红参饮料 2500 韩元；胡萝卜汁 3000 韩元。另外需要加付 10% 的服务费。

首尔观光酒店虽然不属于顶级规格，却很有名气。外国首脑、原首尔市市长一类的高级官员、演艺名流多曾在此下榻。观光酒店附近的街道上聚集着大小餐馆，以韩式餐饮为主，另有美国快餐店麦当劳和肯德基。

我们住在三楼房间，停留了六天。凭窗俯视，是酒店院落和门前的小街，小街上排列着几家韩式餐馆和一家便利店。平时这里很热闹，清晨却显得空旷、僻静。在太阳升起之前，街上行人寥寥无几，酒店看门的大叔正在打扫庭院，偶尔可见一两位肩背挎包的年轻女子匆匆走过。对面餐馆的老板进进出出，为新一天的开张做着准备。忙活过一阵之后，他就静静地伫立街头，吸着香烟享受这清晨的安详气氛。

清晨下过雨，还有几分凉意。我正要转身离开时，一位手拄拐杖、步履蹒跚的老人闯进了我的视野。正巧小街上驶来一辆出租车，老人举手示意，车子在他前边两米处戛然停住，随后从驾驶室里下来一位中年司机，他急忙上前搀扶老人，打开车门小心翼翼地扶老人上了车。出租车开走了，这不过两分钟过程，让我看到了一种高度的社会文明和理想的人文秩序。

秋季的首尔总会遇到短暂的阴雨天气。一个雨后的下午，我们来到了仁寺洞。西方人称它为"Mary's Alley"，意思是仁寺洞的外国人很多，因而常会遇见叫"Mary"的朋友。这里的地形设计很特别，它以中央大街为中心，四周连接着多条小巷。那些深藏在小巷里的店铺，经营着古代美术品、现代美术品、韩国民族服装、陶瓷艺术品和旅游纪念品。很多小玩意儿在中国北京王府井的商店里都能够见到。其中韩纸工艺品和金属工艺品很有特色。仁寺洞最著名的就是那些大小不一的店铺和画廊以及古物店、工艺美术店、艺术用品商店。"月鸟只想月亮"是一家茶馆，它以美丽的韩国古董为店内装饰，客人们在这里用茶时，还能够听到鸟儿的鸣叫和清澈的流水声；"闵家茶轩"则是一家以传统的韩屋改建而成的韩国食品店，中午，它是经营香草拌饭的餐馆，而当夜晚来临时，它便成为各路来客品尝各色美酒的小酒吧了；"年糕厨房生活文化博物馆"让游客们了解到了韩国人的厨房生活，以及韩国的年糕文化，在一楼的年糕咖啡厅里，你还可以品尝到各式年糕。总之，置身于此，让人立刻就感受到了空气中流淌的艺术气息。每年的 10 月份，这里会举行仁寺洞节，节日期间有风物表演、乐器表演，还展示地方饮食和特色食品。据记载，自 20 世纪 70 年代起至今，这里已经陆续开设了 70 多家画廊，不仅营销、收藏美术作品，举办画展，还经常组织各种文化活动。其中最有名的是"仁寺洞艺术中心"和"耕仁美术馆"。仁寺洞已成为韩国国民以及外国游客、艺术家们最喜欢光顾的地方之一。

首尔最多的还是餐馆，仁寺洞也一样。这里有韩国料理餐厅、传统茶馆和西式糕点厅，是游客们购物、聊天、交流艺术信息和吃东西的好地方。

钟路是一条洋溢着年轻人气息的街道。沿着路边钻进狭窄的胡同走下去，会看到数不清的餐馆，其中有些店家出售年轻人喜欢的米酒（马格力）、冬冬酒（酒面上漂浮着米粒的韩国传统酒）和烧酒，店主还为你准备了配酒的油炸小吃或者煎饼。

傍晚时分，街边酒吧会如雨后春笋般地冒出来。道边一家餐馆的老板娘也不慌不忙地打开了店门，准备迎接晚上的顾客。她见我伫立道边，便微笑着鞠躬跟我打招呼，我也以同样的方式还礼。她浓妆艳抹、体型微胖，是典型的韩国妇女模样。时间尚早，还没有顾客光临，我虽然不准备在这里用餐，但很想了解她用什么样的美食招待客人。橱窗里有一道韩国美食叫作辣炒年糕，颜色诱人，想象那味道也一定不错。透过明净的玻璃窗，可以清楚地看到她的料理步骤：她先把洗净切好的洋葱和胡萝卜放在油锅里翻炒，等锅里爆出香味后加入清水，接着放进辣白菜和韩式辣酱，等锅里的水煮沸再把年糕放进去，加入葱段，收汁儿翻炒，几分钟时间，这道韩式美食就出锅了。

与辛辣甜腻的美食唱反调的是那里清洁透明的空气，即使是雨中的街道也不见泥泞，一天走下来，鞋上纤尘不染。雨过天晴后在街上走走会很舒适。

艺术品和天才们的乐园

赴韩国之前，作家肖凤前辈叮嘱我一定要去参观首尔奥林匹克公园和韩国国立现代美术馆，她认为这两个地方值得一看。

12月4日这一天，天气晴好，我们便有所期待地前往位于京畿道的韩国国立现代美术馆。

韩国国立现代美术馆坐落在京畿道果川市的莫溪洞山，在首尔大公园内。由明洞乘坐四号线地铁，在大公园站下车。再转乘每隔20分钟一趟、专程开往现代美术馆的巴士就可到达。我们按照路线图的指引走出地铁站四号出口，四周却空空如也，由于人迹稀少的缘故，寒冷的空气更加逼人。这时候，从地铁出口上来一位身穿运动装，手拄拐杖的老人，我的女儿便迎上前去问路。老人热情地建议我们乘缆车，他说乘缆车翻山过河去美术馆会别有一番情趣：乘缆车去，尝试一下吧，会有一种全新的感受。老人告诉我们他经常来这里登山锻炼，所以对这里很熟悉。他将我们带到山脚下的售票处，已经走出很远了，还能看到他向我们挥手告别的身影。

那是一次"全新"的体验，也是一段不该错过也没有错过的旅程。缆车在空中游走，寒风在耳边呼啸，除此之外山峦间一片空寂，真有种"高处不胜寒"的感觉。放眼四望，山川葱郁、天空碧蓝，仿佛与北京差了一个季节，低头俯视，是清澈见底的河流、美丽的人造景观。缆车不紧不慢，生怕你眨眼之间就错过了观赏美景的机会，可这样的行驶速度让人难以忍耐，我紧紧地抓住缆车的栏杆，真怕一不留神就被大风吹出去了——这是多么可怕的假想！实际上为了保证游客安全，轨道下面已经铺设了一条坚固的路网……20分钟后我们的缆车终于接近了目的地，只见工作人员用力向我们喊话，用手势示意我们双脚落地后要迅速地向两边撤离。

完成这样的孤独之旅，在中国是不可想象的。那一刻乘坐缆车翻山越水的只有我们。说来奇怪，韩国有1/4的人口居住在首尔，而时下这里竟成了我们的天下。

到国立现代美术馆参观之后，我才真正体会到肖凤前辈的美意。它是一座传播现代艺术的综合性场所和重要的文化机构。在这里，不仅包罗、展示、介绍韩国的美术动向，也捕捉、展现世界美术潮流，它是韩国唯一的一所国立美术馆。馆内会定期开展美术讲座，举办周六全家同乐免费电影节，经营管理着美术社区网站，还有供人们鉴赏古典音乐的免费音乐会，放映与美术相关的影像资料，进行儿童美术教育，举行各种文化盛会。

韩国国立现代美术馆始建于 1969 年，那时候馆址设在景福宫（朝鲜王朝宫殿，是举行国王即位大典和文武百官朝礼仪式的地方）的小展览馆内，于 1973 年迁至德寿宫（朝鲜王朝第九代国王的王家私邸，后改为后宫。曾被日帝强占，现仅存石造殿）的石造殿。又于 1986 年迁至果川享有世界级规模与设施美誉、设有露天雕塑花园的美术馆新址，德寿宫便改为国立现代美术馆分馆。

这里陈列着各种流派的现代美术作品，展示了韩国自 1910 年以来美术的发展概况。一幅幅形象逼真、色彩自然的油画作品与画册上看到的感觉不尽相同，磅礴大气、栩栩如生。一幅描绘韩国妇女的肖像画引起了我的注意：精心梳理过的传统发式，光泽柔嫩的肌肤，朴素淡雅的民族服装，沉稳恬淡的神情，显示出她生活的优裕以及内心的平静。只有那红得像夏日里初放的玫瑰般的、稍稍开启的双唇，仿佛在诉说她心中的希望。我想，每个人心中都会有希望，画家们的希望，就是通过画面中那些微微开裂的颜料，让世人领略冲破伪装的过程。而在这之前，却让人无心揣摩画面的最终效果。然而你后退几步，就能够为眼前的主人公揭去朦胧的面纱，走进画家的内心世界。让人明白，越是虚幻的就越是真实的，越是模糊的就越让人感觉不到假象这一聪明的道理。

那些宽大的画布安静地伏帖在雪白的墙壁上，上面描绘着美丽壮观的场面。我站在陈列室的阳光里，被散发着高雅艺术气息的作品所吸引。举世无双的名家珍品被陈列在不同的展厅里，那些艳丽夺目的花卉，昭示着异邦风情。抽象的、写实的绘画作品，带着从容不迫的质感占领着这个重金之地，同时也经历着时光的考验。它们让眼前的长廊变宽，给了观赏者一个与以往不同的经验。

最具特色和代表性的展品是被誉为视频艺术之父、著名的美籍韩裔艺术家白南准（1932～2006）用 1000 台电视机构筑而成的艺术造型，自展厅的一层毫不犹豫地伸展到三层，蔚为壮观。能在这里欣赏到白南准先生的作品的确是一种荣幸，有人说，为世界所景仰的韩国艺术家有音乐指挥家郑明勋、女中音歌唱家曹秀美、芭蕾舞表演艺术家姜秀珍、小提琴演奏家郑京和。然而更多的人把影像艺术家白南准，视为韩国最伟大的艺术家，因为与其他在各自艺术领域里取得世界瞩目成就的人相比，白南准可谓创造艺术新形式的鼻祖，他用大量的作品提供了新技术与新艺术观念相统一的成功经验，留下了许多经典作品，并影响带动了 80 年代、90 年代国际艺术的发展。

儿童们的作品占据了美术馆一个不小的空间，可见韩国美术界对其发展前景的关注与重视。

美术馆另外一个重要收藏，是包括韩国在内多位世界级画家的美术作品，这一收藏也提升了韩国国立现代美术馆的声誉和威望。

现代美术馆的展厅面积约为 14 万平方米，露天雕塑花园为 33 万平方米，建筑总面积达 34 万平方米。自然美与人工美相融合，传统空间配置方式与现代艺术基本理念和谐交汇，成为国立现代美术馆的重要属性。展馆的建筑造型是以韩国古典的城郭及烽火台为篮本，烽火台形的核心塔以斜坡通道连接着城郭形雕塑馆、椭圆形绘画馆及各展览大厅。它的门外，是一座优美的雕塑花园，造型各异、生动传神的石雕作品散落四野，自然洒脱，似无意而为之。

雕塑和绘画完美地结合在一起，成为这里内在的灵魂。人类的完美，就在于将艺术理想化。而雕塑工艺的完美，在于它不像绘画作品那样娇贵，不堪承受光线和黑暗的反差。绘画作品一定要在光线柔和，采光适中的陈列馆里栖身。而雕塑作品却从不畏惧日光的直射。不远处的一尊青铜色雕像引起了我的注意，我走上前去就着阳光仔细端详，那是一个套着沉重枷锁的年轻人，发丝微卷，怒目圆睁，他用一只手臂撑地而起，另一只手扶着颈部的枷锁。他的表情僵持而坚毅，用力昂起头颅，以表示他心中的愤慨和宁死不屈的气概。我不知道他为什么要受到这样的屈辱和惩罚，也不知道他从哪儿来，到哪儿去。我想，作者有意将他塑造成一位为真理而斗争的民族英雄，让观赏者体会到，他的头颅是高贵的，他血管里流淌的血液是沸腾的，他的内心充斥着反抗的激情。以我的经验，这样的石雕代表着世界上所有不向邪恶势力妥协的勇士形象。

有人说，雕塑工艺的最大挑战，就在于它能让人们忘记材质的重量。美术馆门前左侧的一尊石雕作品，奇妙地印证了这一说法。阳光下，四位体态标准的男子从不同的方向向前推滚一个巨型铁球，阳光反射在铁球表面，熠熠生辉。铁球像一面镜子，将四周的山川、大地、蓝天、树木、春夏秋冬、风霜雨雪、人来车往的景象反射得一览无余。推滚它的男人们俯首弯腰，双臂用力，姿势规范，态度十分认真，他们脸上的纹理逼真，衣服上的褶皱清晰可见，你忽然会有种想上前抚平它们的冲动。那个似乎有生命显现的铁球，恒定在这四位男子的手上。

这机智幽默的想象力令人惊叹不已。不怪有人说，艺术家多少都有点儿痴迷。"痴"字耐人寻味的还有它的结构：一个病字头加一个"知道"的"知"字，说明明知道艺术行为里有"病"的元素却还义无反顾，所以也就有人说，美术馆是艺术品和天才们的乐园。

虽已是初冬时节，看似并不遥远的山峦树木依旧充满着生机，黄绿相间的树木草坪连为一体，一望无际。抬起头来仰望湛蓝的天空，放开视野是致密的草坪，一切尽在不言中。宜人的空气，静谧的环境，给我以亦真亦幻的感觉。人们总是在愉悦或者痛苦的时候想到自己的家乡，异邦文化激起我无尽的遐想：此时这里如果是中国，假设是北京，倘若是海淀、是朝阳，抑或是我的家，会是怎样一番情景？

而回国以后，我倒时常想起在韩国的日子。冬日的午后，当我坐在起居室临窗的沙发上眺望远方时，不经意地会回忆起在韩国国立现代美术馆雕塑花园中，于夕阳下漫步、拍摄的情形。此刻满足之余，内心竟夹杂着一丝若有所失的惆怅。

"上帝与我们同在"

自朝鲜战争结束后，韩国基督教迅速传播发展，基督教信徒数量呈连年高速增长态势。据资料统计，韩国基督教信徒约有1800万人，占韩国国内总人口的40%，已成为韩国第一大宗教。圣诞节是韩国的法定节日，每年的这一天，基督教徒和非教徒共同欢度。在首尔，到处可以看到大大小小的教堂。时值12月初，首尔已被装点成了一个五彩缤纷的世界，尤其到了晚上，大小商业街以及宾馆饭店、大商场的门脸儿披红挂绿，灯火绚烂。首尔人发挥出他们独特的设计才能，利用各种艺术手段，试图把这个神圣的节日置于无与伦比的美妙境界，贺卡满天飞，人人都把"圣诞快乐"四个字挂在嘴边。走在街上，随处可以看到站在寒风里朝你微笑为你赐福的圣诞老人，五彩的飘带，还有布满彩灯的圣诞树……眼前的一切不断地提醒着置身于这里的人们，无论你是哪里人都不会感到孤独，因为上帝与我们同在。

慈善和博爱的潜能，形成了一种推动社会向着和谐方向发展的力量，这种力量常常让人感受到前所未有的温暖。假如你不懂韩语用英语或汉语问路，总能得到热情的回应和有效的帮助。

乐善好施是人类推崇的美德，也是人类共同创造的一种人文景象。记得刚去那天，我女儿的两位学姐到仁川机场接我们去首尔，在钟路一街下车后寻找已经预定好的首尔观光酒店。我们拿着地址向一位大叔问路，虽然他也不确定酒店的位置，可还是热情地带着我们边走边问，问了好几个人才找到了这家酒店，他的不厌其烦和热情自然让人觉得很温暖。

到达首尔的第二天我们陪女儿去学校报到。在地铁站里，正当我们对照交通图寻找转乘入口时，一位身材瘦小、满头白发、衣着整洁、举止温文尔雅的老人走过来，她用手势和不太流利的英语问我们去哪个方向。原来她已经注意了我们好一会儿，看我们举棋不定的样子便主动来帮忙。问明了我们要去的地方后，她一直把我们领到转乘入口才继续赶自己的路，这情形让我很感动。

当人们身处陌生环境时，许多境况就像做梦一样，当它真切地呈现在眼前的时候，惊异之余，也许会觉得这正是你所期望的。那段时间里为女儿办理与入学相关的事宜，我们多次往返于酒店和国民大学之间。为了方便和节省时间便选择出租车出行。首尔的出租车司机多半是60岁以上的白发老人，但看上去挺精神，他们动作娴熟，驾驶技术很好。如果遇上这样的老司机就会带我们抄近道，选择山路行驶。山路崎岖，路面狭窄，每逢错车时我的心都会随着车身的起伏跌宕而忐忑不安，可司机师傅却显得胸有成竹，他们很少减速。

车道两旁是茂密的树木和住家的院落，神秘而幽静，就像小说和电视剧里描绘的场景。眼睛望着窗外，紧张的心情却让我无法观赏路边的景致。人与人之间即使语言不通，心灵是可以相通的，我随时都能够感受到司机师傅有意识地在为我们节省时间和金钱。全程15千米，不堵车，到达目的地算下来，走这条路线会比走繁华的街道节省大约1800韩元。

对于生活在商品社会中的人来说，金钱固然重要，而获取金钱的方式，则是反射人心的镜子，决定着人与人之间的关系是否和谐。一次我在君主酒店对门的便利店购买饮料，遇到一件事让我很有感触：一位老者选购了一瓶烧酒，出门前不慎失手，酒瓶掉在地上摔碎了。正当他不知所措地打算收拾残局时被店员拦住了，那小伙子从货架上取了一瓶同样的烧酒递到他手上，老人掏出钱来要付款，店员告诉他不用再付钱，那瓶酒的损失由店里来承担，说完鞠躬行礼，非常礼貌地将他送出了店门。我相信这不是我的巧遇，而是一种社会风尚。我时常追寻它的根源，想知道是什么样的经营理念和道德标准左右着他们的行为方式。最终还是无处不在的圣诞气氛为我做出了回应，连我这个不信教的人也不得不正视他们的信念："上帝与我们同在"。

——难道这就是他们对爱的审美和来自爱的力量？

自然也是一种美

韩国的大学生活

有关韩国大学校园的生活，在我的散文《你总得放开妈妈的手》中有所描述。我的朋友圈里，有多位研究中文的学者，他们都有过在韩国讲学的经历。像中国传媒大学的肖凤教授，中国社会科学院的李晓虹教授，还有清华大学中文系的杨民教授，他们或多或少地都向我介绍过韩国大学生的在校情况。通过我女儿在韩国留学的经历，使我对韩国的大学生活也有了些许了解。最深刻的感触是，相比之下中国在校的大学生很幸福。

韩国的校园环境优美，学术和人文气息浓厚，尤其首尔一些著名的公立大学，校园的环境和设施更是让人耳目一新。学校设有国际交流处，为留学生提供全方位的服务和管理，有懂汉语的工作人员专门接待中国留学生，指导并解决他们学习期间的各种问题。无论你是来自哪个国家的留学生，进校之初，都会领到一本用你的本国文字印刷的《大学生生活指南》。上面介绍了本校的历史、校园环境、各学院概况及课程，还有签证信息、离境检查程序、医疗保险和帮助、市内交通概况、国际及公用电话、市内文化场所以及到达的路线和所需费用、市内主要书店及购物场所、校园网站及各院系电话号码。还告诉你校内宿舍、教室、图书馆、邮局、银行、网球场、博物馆、电算室、学生社团的位置以及办理相关事宜的程序，并附以图示。从指引你下飞机后有哪些途径和交通工具可以到达学校，如何办理入学注册手续和外国人登陆证，到进入学习阶段的全过程，所需要的信息全部列在其中。除此之外还给予提示，到校园的什么地方就餐、购物、娱乐、健身、视听、复印和制本，最后两页是两种文字对照的首尔市地铁交通图。来到这里哪怕你一句韩语都不懂，也能在学姐、学长的帮助，以及这本《指南》的引导下，完成你所有的愿望，融入那里的生活。

国外留学生入学后，会随着语言的逐渐成熟，参加学校的社团活动。有舞蹈社团、表演社团、音乐社团、社会活动社团。通过参加这些活动体会大学校园轻松、活跃的氛围。每到重大节日或纪念日，韩国知名主持人和歌手就会被邀请到校园里为大学生们表演节目，也有电视台来校园组织各种演出活动，学生们可以参与比赛和表演，体验一下当明星的感觉。

而大学生在校读书的时间很少。从3月初开学到6月初放假，再从9月初开学到12月上旬放假，一个学期只有三个多月时间，还会赶上许多节日，像元旦、春节、寒食节、植树节、端午节、儿童节、大学生节、光复节、中秋节、开天节、圣诞节等一些节日是韩国的法定休假日，在这期间要组织参加一些祭祀活动，同学们聚在一起唱歌跳舞，饮酒作乐，这样的情形要持续一个星期不能上课。一个学期下来，他们读书的日子就所剩无几了。

国民大学留学生公寓的环境不错，学校给每个房间配备洗浴室、电话、免费卫生纸和香皂，给每个学生配备书桌、书橱、衣橱和台灯，公寓厨房配给家用电器。公寓的管理制度非常严格，凭磁卡出入，绝对禁止异性进入。

校园里各种设施齐备，也表明着一个国家国力的强盛。学校里有教授餐厅、普通餐厅和西式餐厅，遇到节假日就关门休息。中国留学生搬到校外居住之后基本上是与同学合伙做饭，或在附近小餐馆就餐。

我女儿有个喜欢讲笑话的同学，她说去年有个叔叔来韩国考察，出国前他的公关部经理提议道："买点方便面带上吧。"这位叔叔说："韩国那么发达，用带泡面？"于是他带了些榨菜，还遭到同事的奚落："韩国泡菜那么有名，你还带什么榨菜呢？"没成想来到韩国每顿饭四菜一汤，这已经非常好了。四菜就是四小碟泡菜，像我们通常见到的餐前开胃菜，一汤就是一锅白菜汤，一点油星儿都不飘。他带去的榨菜也被周围人瓜分了，害得那位叔叔夜里两三点钟出来找东西吃，语言又不通，非常狼狈。他每天想的事情就是，下顿能吃什么呢？看到街上有卖馒头的，站在那里看了好久，最后还是没有买，原因是太贵了。

"回国后，我们还拿这位叔叔的奇闻逸事开玩笑呢，大家笑的差点岔气，当时想不到一年后，自己也有了这样的生活体验。"她的话虽说有些夸张，但韩国餐饮的味道确实有点儿单调。

自1988年汉城奥运会之后，韩国对外交往的意识大大增强，对外语的掌握也给韩国的发展带来了质的飞跃。他们把英语放在了一个重要的位置上，尤其是经历过汉城奥运会的人多少都懂些英语。大学生们出国留学首选美国和英国，或者费用较低的澳大利亚。他们把打工挣来的钱更多地用在了外语补习上或者作为出国留学的费用。

90年代初中韩建交，两国开始了频繁的交往。基于双方政治、经济、文化等方面交流的需要，继英语热之后，中文成为韩国最热的外国语，一些公司开始有意识地招聘懂中文的雇员。这种热潮很快波及到了大学校园内，各个大学相继成立了中文系，大学生们纷纷报名参加汉语补习班，或者来中国留学。非中文系的学生也去选择汉语课程学习，或者与中国留学生结伴互助，韩国学生教中国留学生学习韩语，中国留学生教韩国学生学习汉语，这已经成为大学里被普遍认可的一种学习方式。学校国际交流处会出面为学生们介绍互助对象，有些非中文系的学生选择休学来中国留学，当他们经过一两年的汉语学习后，再回校继续读原来的专业课程，这时他们的汉语水平会远远地超过中文系的学生，这样就会拿到很高的学分，可以得到全额奖学金。韩国大学生的自主能力很强，他们善于根据自身条件和兴趣爱好来确定未来的学习目标和发展方向。

韩国政府规定男青年必须服兵役。在大学读书期间，许多学生休学去当兵，两年后回来再继续读书。于是，学生们进进出出成为常规，在韩国大学里，中途休学、复学是很自然的事。

韩国是一个以市场经济为导向的国家，韩国公司的普通职员年薪在 7 万至 14 万元人民币之间，白领阶层年薪 30 万至 45 万元（人民币），大约是中国普通员工的 6 到 10 倍，中高层人士年收入约 40 万至 60 万元（人民币）。而食物价格大约是中国的 20 到 50 倍。中国留学生来到韩国后，逐渐受到韩国国情的影响，也要以市场需求来主导他们的生活方式。韩国的大学生一入学，就要面临变动不居的生活，这和中国大学学生"两耳不闻窗外事"，"三点一线式"的读书生活完全不同。在中国，大学生考入大学后只需要安心读书或者从事与读书相关的活动，而在韩国，学生入学后就要考虑如何安排自己的食宿以及打工助学的问题。韩国大学的宿舍只提供给外地来本地读书的学生，但即使是家在外地的学生，一年后也要自己去校外租房住，这时就需要比较、研究租哪里的房子划算，是一个人租住还是和同学合租这些具体问题。校园周围会有很多出租的民房，为学生的学习生活提供了方便。这一经历也为大学生今后步入社会打下了基础。

由于这样的经历，韩国的年轻人很早就有了独立意识，他们要自己赚钱支付房租和生活费。无论家境贫富，几乎所有的学生都有打工的经历。他们多是找一个短期工作，例如在菜市场卖肉；在冷饮店、面包店做糕点，卖咖啡和冰激凌；在餐馆里打工，送外卖；或者去人家里做家教。同学或者老师来餐馆用餐时，打工的学生像对待其他客人一样，跑前跑后地为他们服务，跪在地上端饭烤肉，添酒加菜，有说有笑，非常自然。而有一天，他去其他餐馆吃饭遇到在那里打工的同学时，也会享受到同样的待遇。

女儿的一个同学介绍说，她们的班长是个小伙子，课余时间做了一份外教的工作，时间不长就用赚来的钱买了一辆小跑车，每天开车来上学。当时她们还以为他很"牛"呢，后来了解到韩国的车价，才知道他这辆车的车价不过就相当于中国一辆电动自行车的车价。

韩国是一个流动的社会，体力劳动者的报酬是很高的，他们认为，无论你在哪里，干什么工作，都是为了生活得更舒适。虽然人们希望得到一份体面的工作，进入白领阶层，比如做律师、教师、医生或公务员，然而他们也并不因为自己是清洁工、搬运工或农民而感到自卑。在人们看来，靠劳动吃饭，挣钱生活，心安理得，并不觉得有什么不光彩。通常也能听到学生们这样介绍他们的父母："我爸爸在屠宰场工作。""我妈妈不工作，是家庭主妇。""我爸爸是清洁工。""我家在农村，靠近海边……"

我在首尔街头所看到的清洁工人和人力工，他们穿着体面，神气十足，谈笑风生。从行为举止中能够体察出他们的心满意足和当家作主的自尊。我想，这与他们的工作能够得到社会的尊重有着直接的关系。

韩国非常重视教育，崇尚师道尊严。除了上课之外，学生和老师很少有交流的机会，但学生只要看到老师，很远就会站起来，把香烟藏在身后立正鞠躬。毕业时，学生们要请老师吃饭，名之为谢师会。懂事的学生，还会给每位老师送上大概 100 美元的红包，以表答对老师的谢意。

是歌曲还是心声

在异国土地上看到中国节目时就会觉得特别亲切。在韩国，许多中国电影和电视剧没有被翻译成韩语，只是标着韩文字幕在播放。不知道是因为一向固守本土文化的韩国人太忙了无暇顾及，还是对汉语高昂的热情所致，或许他们认为欣赏原版很自然，能更好的体现剧情。

近年来韩剧和韩国电影不仅在亚洲，而且在欧洲、中东、美国都拥有超强的人气。在坎城、威尼斯各大影展中获得多项大奖。去年之前，我是不看韩国电视连续剧的，更不用说听他们的流行歌曲了。我一向认为韩剧剧情平淡、简单、拖沓、琐碎，很少有抓住人心的情节。

韩国在国力、人力和物质资源上无法与中国相比，而韩国人追求生活品位，国民的总体素质和文明程度比较高。或许是由于这个原因，使我对他们的民族文化和人文意识产生了兴趣，于是也试着去观赏韩国的电视剧。像《我怕恋爱》、《浪漫满屋》这类电视连续剧在中国一度播放得很火，虽然知道这会占用我很多时间，但还是坚持看了。这一态度的转变让我意识到，人的欣赏水平和对美的评价标准，通常会随着环境的改变而重新改建。一部好的影视剧，不但能够让人随着演员的表演很快进入剧情，还会使人不断地产生联想。

《我怕恋爱》是一部抒情剧，编导将它做得很像一篇散文，观众们体会意境比欣赏剧情更有滋味，剧情虽不复杂，却能够打动人，需要静下心来慢慢欣赏；而《浪漫满屋》却是在一片喧闹声中制造出一个接一个的小悬念，让人看到爱的多种形式和言不由衷的可能。在观看这部戏时，我的思绪常会不由自主地游离于剧情以外，那种感觉奇妙极了。故事讲得是网络小说家韩智恩父母双亡，她的父亲留给她的唯一财产是一所名为 Full house 的寓所。韩智恩的两个好朋友看中了这所房子，便骗她来中国上海旅游，在此期间偷偷地将她的房子卖掉了。

韩智恩在飞机上邂逅了韩国明星李英宰，并向他讲述了自己的身世，这给彼此留下了深刻的印象。韩智恩回国后发现房子被人卖掉了，而房子的新主人就是刚在飞机上认识的李英宰。李英宰看韩智恩无家可归，便留她住下，并雇用她做保姆以维持其生计。

李英宰一直暗恋着从小一起长大的女孩儿慧媛，慧媛却一心爱着被李英宰称为哥哥的柳民赫，李英宰得知后，一气之下当众宣布与韩智恩结婚。而这个婚姻并非当事人所愿，于是李英宰和韩智恩签下了结婚合同，假扮夫妻，没想到在吵吵闹闹的生活中两人真的产生了感情。

慧媛向柳民赫表白爱情遭到了拒绝，就来李英宰这里寻求安慰，韩智恩知道李英宰一直爱恋慧媛，黯然伤神。

柳民赫在与韩智恩的交往中，被她活泼善良的本性所打动，逐渐爱上了她。同时，李英宰与慧媛的绯闻被媒体披露，也揭开了李英宰、韩智恩协议结婚的真相，为了不让韩智恩受到舆论的伤害，李英宰决定与韩智恩离婚。

多年后，韩智恩已是一位颇有名气的小说家，而李英宰却一蹶不振地躲在寺庙里。韩智恩一直惦记着李英宰，所以拒绝了柳民赫的求婚。

李英宰听说韩智恩生病了，赶紧回到 Full house 看望，两人坦诚地表白了内心的感情。由于李英宰主演了根据韩智恩小说改编的电影，他再度走红，两人也真正走到了一起。

这剧情早被中国观众所熟知，在这里，我之所以将故事梗概重捋一遍，是因为读剧情和看剧情的感触并不完全相同。剧中那幢洋溢着地中海风情的 Full house 给人以似曾相识的感觉，倒置的伞状洗面池，五彩的马赛克，宽大的落地窗，绿草如茵、开阔深远的窗前美景如我所居——新加坡地产开发商的"作品"遍布在世界许多国家的主要城市。

剧中 Full house 的新主人李英宰由 RAIN 饰演，这位身材健硕、单眼皮、小眼睛、圆耳朵、一口雪白的牙齿、笑容天真的小伙子原是庆熙大学音乐系的一名学生，后转入首尔大学就读。在《浪漫满屋》中，他是一个任性的富家子弟。而媒体评价他说，RAIN 不仅歌唱得好，而且具备了孝心、爱心、谦逊之品德，曾获得过最佳歌手奖、最受欢迎男歌手奖、最高人气奖、媒体新人奖、最佳表演新人奖一系列奖项，是当下韩国，乃至整个东南亚最具实力的偶像明星。

RAIN 的照片在首尔明洞一带很招眼，即使是隔着马路透过敞开的大门，也依然能感受到它们的神采和魅力。RAIN 在中国也有不少追捧者，很多年轻观众将他视为偶像，希望探寻到他成功的秘诀，一家出版社看好这一市场，把 RAIN 的成长经历做成青春励志书来吸引他的拥护者。

韩剧喜欢用小提琴和钢琴配乐，曲式虽然单调，却很抒情。

> 好像花儿与春相依
> 我迷恋你的樱草香气
> 你是我永恒的美丽
> 不知从哪一天起
> 没有相会就要别离
> 我已无力再对你叹息
> 岂为一时以往的证据
> 最近怀恋那些记忆
> 只有执著地爱着你
> 生命才可以延续
> 没有人能懂我是爱着一个人
> 还是在迷恋那一种香气
> 我是多想忘记那个人
> 只留下樱草气息
> ……

不少韩剧插曲如泣如诉，委婉动人，让人浮想联翩。以前我从没细想过，世界上还有这样一种声音，一种令人踏实，让人感动，使人心里充满了温暖的声音。我经常听着这些歌曲阅读美文，不知道是文章让歌曲变得优美，还是歌曲提升了文章的品位，总之那一刻，它使人的感官和心灵同时得到了享受。

享受美好

韩国与中国相邻，种族差异不大。但由于社会制度不同，文化背景不

自然也是一种美

同，导致了思想观念、民族立场上的差异。韩国人的民族意识很强。国土很小，可总是把交通图画得很大，我们随处可以感受到他们对自己国家的热爱。在一部电视连续剧里我看到过这样一个情景：一位年轻的汽车设计师从瑞士回到祖国，面对脚下的河山他感慨道：

"好美呀，真是太棒了！"

他的朋友问：

"在优美的阿尔卑斯山下住过的人，看别的不会觉得逊色吗？"

"才不会呢！我旅行所体验到的，地球上任何地方都不能藐视我的祖国，我的国家在任何地方都有她的意义，还有她的价值。"

这话似乎有点儿狂妄，可他们确是认真的。被称为韩国歌坛巨星的RAIN 曾这样描述首尔："首尔没有变，她一直是这样，那么伟大，那么漂亮。首尔是我的家乡。"

首尔是个时髦的城市，居住在那里的人们享有高品位的城市生活。狭鸥亭 Apgujeong 聚集着国际知名品牌商店和精品百货公司，是世界与首尔时尚潮流的交汇处，被冠以"时尚名街"的美名。巷弄里还有来自欧美或日本的自营品牌，光顾这里的多是年轻女性和明星。

与之相契合的是韩国的汽车业，在设计和制造方面的确很棒。车的价格也很便宜，据说在一般公司供职的年轻女职员，平时生活节省一点儿，一年下来就有能力买一辆便宜的现代车了。首尔街上跑的大多是由韩国"现代汽车集团"生产的现代车，而韩国最贵的现代国宾车，像 2005 年登陆中国的"百年世纪"EQUUS 只合人民币 30 多万元。这种车通常是社长、会长之类的人物在使用，可他们一旦来到中国就不一样了，要坐奔驰S600，并且要黑色的 2003 款。

我家住在北京望京的一个社区里，这里居住着大量的韩国人，周围说韩语的人仿佛比说汉语的人还多。他们在这个国际化都市国际化社区里平静自然地上班下班，生儿育女。清晨时他们也牵出狗来在花园中散步，傍晚时他们会在社区门口等候送孩子们放学回家的班车。韩国在望京设有自己的小学和中学，许多孩子毕业后就在中国读大学。这些韩国人已经在这里生活了十几年甚至更长时间，我不知道他们对北京的印象，可我知道他们在这里的生活是舒适、安逸的。可见世界越来越像一个地球村了。

韩国人对中国人的态度大致分为两种，一种人对中国人有偏见，表现得不太友好，这种情绪是从他们骨子里渗透出来的，很容易就能让人察觉到。近年来，中国发展速度很快，给周边国家造成了一定的压力，由于不少中国人在韩国就业，引起了他们的反感。另外，有些中国人素养较低，给人留下了不好的印象。还有一种人对中国人是友好的，他们热爱中国文化，尤其一些具有传统观念的贵族世家子弟，祖上懂中文，也看重中国古典文化，有传统继承的意识。

韩国已经进入了老龄化社会。那里的老年人在家庭和社会上都拥有至尊的地位和待遇。地铁车厢两端有专门为老年人设置的席位，老人们会很自然地坐到那个位子上。如果车厢里没有老年人，即使乘客再多，那两排位子也会空着没人去坐。

首尔市面积不大，却拥有 12 条地铁线，每站都可以换乘。地铁车厢和地下通道都很宽敞，线路四通八达，转乘方便，被公认为世界五大地铁城市之一。为了方便乘客，每条线路用不同的颜色给以标识，在报摊和地铁售票处都可以索取到地铁交通图。我们出行经常乘坐的地铁四号线是用天蓝色来表示的。地铁是首尔人出行的主要交通工具，清晨以及傍晚，地铁通道里上下班的人们会在同一个时间向着不同的方向流动，小跑着追赶时间，首尔的生活节奏也在这里得到了体现。

"夜不闭户，路不拾遗"是人类社会所推崇的一种境界。于是双肩挎包或无拉链挎包的盛行，便成为良好社会治安的标志。在韩国便是这样。无论是年轻人还是中年人，都习惯背一个"双肩挎"，腾出双臂可以做其他事。那些出自韩国设计师之手的名牌挎包，样子美观、质量上乘，像 RABEANCO 牌女包，销往香港、东京、旧金山、新加坡、伦敦，当然也在首尔销售，很多款式都不设拉链，只在开口处加一个按扣就万事大吉了。

首尔闹市区有数千家服饰专卖店，当之无愧为流行时尚中心。平日里走在安全、宁静、惬意的街道上，不难体会梦幻首尔的真正内涵。从人们的服装款式到生活方式，所传递出的信息简洁、明快、浪漫，集中了当今流行的时尚精华。明洞街上有不少高级名牌店铺，两旁的胡同里，遍布了具有韩国特色的购物小店。韩国现在的城市，尤其是几座大城市很西化，在首尔明洞一带表现得尤为突出，那里有著名的乐天百货商场，还有一条条挤满店铺的商业街，就像北京王府井或英国牛津大街。夜晚来临时，店铺门前就会摆满各类商品，主要有服装、日用品和化妆品。陈列在橱窗里的名牌产品倒显得有些低调，但你没有理由不承认它们的典雅与庄重，价钱当然不菲。这里被人们誉为购物的天堂，年轻人喜欢聚集在摊前挑选个性张扬的服饰，享受生活带给他们的快乐。

乐天百货商场的卫生间引起了我们的兴趣，它的面积很大，由走廊连接着休息室和洗手间。四周摆放着绿色植物和花卉，墙壁上挂有壁画，中央设有沙发，所有设置华丽而别致，空气中流动的乐曲还会放松你疲惫的身心，这里不但让人感觉舒适，且富有文化内涵。在首尔，随处可见洁净的、各具特色的公共卫生间，学艺术设计的孩子们愿意把那些具有艺术感染力的公共卫生间拍摄下来作为资料保存。国民大学校园里的卫生间更具新意，男卫生间是绿色门窗绿色内墙；女卫生间则是粉红色门窗粉红色内墙，色彩鲜明，标示明确，让人一目了然。

韩国的文化潮流瞬息万变，这里拥有许多电玩城和电玩酒吧，如今的电玩新城已经取代了电影院的地位，它们以不同的方式吸引着迷恋高科技的年轻人。打高尔夫球是跻身于上流社会的标志，在韩国已经成为一种潮流。

终生以酒为伴是种生活方式。韩国人一生中要喝掉大量的烧酒，他们高兴了喝酒，失意了也喝酒。在明洞附近的深巷里，有数不清的餐馆和酒吧。入夜，忙碌了一天的年轻人喜欢聚集在这里，在昏暗的灯光下喝酒消遣。走过那里你会不断地遇到由于饮酒过量蹲在路边呕吐的年轻人。

明洞是我往返次数最多的地方，12月初再去首尔时，我们特意预定了明洞附近的君主酒店。想起那些白天和晚上，迎着寒风我几乎转遍了明洞的每个角落，用不太地道的英语或生涩的手势与店主对话。如果女儿随行，那就要简单许多。明洞所售商品多数是韩国货，高中低档的商品都能买到。老板们在向顾客推销商品时总会炫耀说：这是由韩国设计师设计的产品！有些年轻的店员懂汉语，这会使你获得更多的商品信息，于是，在那里购物便成为一种享受，一种时尚。特别是购买高档商品时，店员会为你提供最好的服务，也会有小礼品奉送。

这样的购物过程令人很愉快，接受了款待总应该表达谢意："北京奥运将欢迎你们的到来。"他们似有疑惑地追问："'奥运'？是奥林匹克吗？"然后微笑着点头。最后，他们会热情地道谢，送你至门外。那种充当上帝的感觉的确好极了。

入夜的首尔依旧繁华，充满活力。黑夜，三星大厦闪烁起神秘耀眼的光彩，给人以浪漫的遐想。靠近大厦顶部的22—33层是由三根钢筋圆柱支撑起的空阁，白天看上去如浮云般悬挂在空中，成为首尔独特的象征。它的脚下有数不胜数的餐馆和店铺，经营着各色服饰，韩式传统菜肴，西式和日式美食。透过喧嚣的人潮，或许也能寻到安静的去处——在清幽的路灯下，那令人迷恋的温馨。就这样，在三星大厦的注视下，人们走进了首尔的夜生活。这里有醉人的美酒、迷人的玫瑰、嘈杂的人声、女孩子们靓丽的身影，还有恋人们互诉衷肠的窃窃私语……

2007 年的两次首尔之行给我留下了深刻而美好的记忆。沿着无名小街散步，享受璀璨灯光妆点着的首尔夜景；去大学路 Roman Holiday 喝咖啡，窥见西式餐饮在这座城市的面貌；到地铁商铺选购护肤品，感受时尚潮流冲击内心的快乐；来明洞用晚餐，品尝奇怪的美味……几天下来，我似乎已经和首尔的生活脉率溶为了一体。

虽然民族与民族之间存有许多差异，以我们的眼光看，甚至有不尽人意之处，但我还会自作多情地想起那里，时常回味起在空中飞翔的快感：白云在身边飘浮，蓝天时隐时现，阳光明媚地照射在机翼上，光泽耀眼。1 小时 20 分钟后飞机开始降低高度，朝着仁川机场靠近。俯视窗外，透过明净的空气看到的是绮丽的山川、晶莹的河流、错落有致的房舍和绿洲，它们在我眼前一寸寸地被放大——如诗如画。

自然也是一种美

渐入佳境
——台湾行

第一天　初到台湾

选在隆冬时节，我和单位一行人去台湾观光游览。当我们走出桃园国际机场时天色已暗，感觉有点像北京秋天的深夜。树叶在头顶上摇曳，"刷刷"作响。我穿着羊绒衫，外边罩了件风衣，仍然觉得冷飕飕的。从机场到台北驻地的酒店，还需要半个小时的车程。

一路上我不禁问自己，人类为什么不辞辛苦地像候鸟一样迁徙远行？一时间竟想起段炼博士曾在一篇名为《为何不远行》的文章中的一段话，算是给了自己一个回答：

"出门远行，除了看画，也是看人。所谓世态万象固然是一方面，洞悉人生又何尝不是另一方面。20世纪初的波兰犹太女作家罗森堡，因领导反政府运动而被捕。她在自传里写到，狱中同室女囚是一个贵妇，冷艳高傲，让人仰视。罗森堡一开始甚至不敢同她说话，后来熟悉了，一谈，却发现这贵妇胸中无物，谈吐俗得像个村妇。

有些女子美若天仙，却既无魅力，也不性感，徒具一副漂亮的面孔，一开口，便知其浅薄，索然无味。有的女子看上去可能相貌平平，但一接触，却发现魅力无穷。这魅力该有两种，一种是 charm，兼容了细腻和温柔，让人怜爱。那些嚣张和冷傲的美女，若能多一点温柔细腻便不会那样轻狂。另一种魅力是 attraction 或 attractiveness，这不仅仅是天性使然，更是一种修养和谈吐。如果温柔细腻而又谈吐迷人，当是人中极品。

看画，识人与读书，其实是一回事。不管到哪个国家哪个城市，我都喜欢逛书店。有次在东京银座的一家书店，买到一本东京市景摄影画册，叫《东京无人时》。东京是这世上最拥挤的城市之一，满街熙熙攘攘。当夜幕降临，街灯将银座照得如同白昼。可是，这本市景画册里的照片，无一有人，连银座的大街也空空如也。或许这摄影师阅尽了人间百态，转而追求大智若愚的禅境。我想，聪明的极致定是大智若愚，要不，米罗的画为何充满了童趣?"

"为何不远行"，该是个问句，因为作为标题便将问号省略了。每个人都有他远行的目的，而我远行的目的是什么? 决定台湾行的理由又是什么呢? 自然是看景看人看文化看历史。怀着好奇的心，求知的欲，不远千里，不仅为远行而远行吧。

台湾之行给我的感受是我事先没有预料到的。这次行程让我对这块充满诱惑的土地有了一个全新的认识。"渐入佳境"，一点都不错! 我之所以用这四个字作为本文的题目，还是受了台湾导游黄先生的启发。刚到台湾见到黄先生时，他就用这四个字概括了以往观光客的状态。他的本意是说，游览台湾，从北到南，再从南到北，围着台湾岛环行一周，其中游览士林官邸花园、台湾故宫博物院、日月潭风景区、中台禅寺、莲池潭风景区、英国领事馆、佛光山风景区，到台湾最南端的垦丁国家公园，之后去台东温泉之乡"知本"洗特色的硫磺温泉，参观珊瑚中心，经花东海岸线往北沿途浏览三仙台、北回归线标志和石梯坪景观，然后参观台湾的第二大公园——以其高山、峡谷最负盛名的太鲁阁国家公园，后经苏花公路历经野柳风景区返回台北。在台北参观国父纪念馆、101 大厦，逛西门町夜市。这一系列的活动下来需要七八天的时间，由一个景点到另一个景点，按照例行的方向，全程超过了 1600 千米，平均下来，每天行程 200 多千米，所以我们的大部分时间是在车上度过的，有时要连续乘车三四个小时才可到达目的地，这是游览台湾的特点。头两天时，因为有些游客不习惯这样的长途旅行，身体会出现一些反应，比如晕车或气候原因引发的不适，需要一个短暂的适应过程，几天过后，便渐入佳境，会玩得很开心。

面对这样一位语言文明、服务周到、有着一副绅士外表的中年男子，不难想象，台湾民众的生活并非我们过去印象中的状况。"经济发展"、"世界大同"已经成为时代发展的主流方向。对新一代两岸中国人而言，相互敌对、排斥似乎已是上个世纪的话题。随着历史演变的进程，旧有概念已经和我们的时代格格不入了。我忽然觉得，认识台湾，首先是从认识黄先生开始的。台湾的民众和大陆的民众究竟有哪些不同? 台湾的人文环境和风土人情与大陆相比又有哪些区别呢?

我们无从知晓。在这近八天的时间里，唯一和我们朝夕相处的台湾人就是导游黄先生。他能够带领我们游览哪些地方? 他会告诉我们什么呢? 我期待着。

乘上开往下榻酒店的巴士，黄导热情地说："欢迎各位来台湾观光游览，在游览过程中，我们有两个"不谈"，一是不谈论政治，二是不谈论宗教，我们的目的就是参观游览台湾岛的美丽景观，感受台湾当地的风土人情。"这样的情形对我有所触动，为了两岸的和平，发展经济建设，双方在民间交往上都做出了努力，尽量回避那些不利于沟通的敏感话题。这对隔阂了61年的两岸关系来说，不能不令人感慨。

然而最让我意想不到和动情的，是台湾同胞的真诚。他们对祖国的思念之情，对大陆同胞的友好态度和绅士风度让人觉得很温暖，"我们同根同源，同是华夏子孙"是许多台湾民众与大陆人交流的开场白，这样的语言如果在大陆，只是用于正规场合或是外交辞令，虽也诚恳，但不免有客套的感觉。而今这语言出自台湾民众之口，民间交往之中，竟显得那么真挚自然。

追根寻源自然是人类的本能，有时我想，对于身居大陆的我们，很难体味对方的心境。如果大陆还有他们的亲眷，对海峡彼岸半个多世纪的翘首企盼、望眼欲穿的系念，那是难以用语言表述的。在两岸的共同努力下，1988年开放了台湾民众赴大陆探亲，改变了40年来两岸可望而不可即的局面；20年后的2008年两岸直飞通航。今天的台湾人亲热地把马英九称为"小马哥"，称胡锦涛为"涛哥"。我想，如果我们都以真诚的方式改变周围的环境和未来的世界，那将是一个多么美好的前景。

来到这块土地，我们便开始认识台湾。台湾是受了欧亚大陆板块和菲律宾海洋板块的挤压而隆起的一个岛屿，整体形状如同一只长形番薯，北回归线经过这里，森林覆盖率为55%。全岛山势高峻，地形海拔变化大，高温、多雨，平原狭窄，地震频发；由于地形和气候的影响，呈现出热带、亚热带、温带多样化的自然生态环境。1949年前后，约有200万国民党军人和民众跟随蒋介石败退到台湾，大部分人是乘船过去的。当时台湾本地原住民有600万人。大概是便于区分和记忆吧，当地人形象地把本省人称为"番薯"，把外省人叫做"芋仔"。那里的少数民族们至今还理智地保持着传统的价值观念，还有对过去时代生活方式的尊重。

我们在台湾期间，台湾正预备进行"五都"选举，沿途可以看到不少街道的醒目处树立着竞选者的大幅照片和相关的文字介绍。

第二天　台北市　日月潭

路途上消耗一天时间，我们在台湾游览的内容从第二天开始。

台北是个摩登的城市，繁华、安全、秩序良好。第一个晚上我们下榻于隶属洲际酒店集团的"台北深坑假日大饭店"，酒店高大、敞亮，拥有来自全球近百个国家、接受7种不同品牌服务的旅客，光卧房就有3800套。它的欧陆式餐厅"Sam's Café & Lounge"可提供自助及单点服务，它的广东餐厅"悦"特聘了大师级名厨，掌厨粤式菜肴。除此之外，还有一个可容纳800人就餐的宴会厅及五间多功能会议厅。去看看我们的卧房，嘘！宽大、整洁、舒适。花架上摆放着迎客的紫色兰花，以我的经验，很多人见到它时都会情不自禁地上手摸一摸，以证实它的真假——当然是真的！房间设施虽谈不上顶级豪华，却能感觉到主人待客的热情。从这里出发，只需9分钟的车程就可抵达台北世贸中心和101大厦，酒店紧邻着高速公路交流道和辛亥、信义快速联络道入口，应该说，交通条件甚好。拉开窗帘俯瞰窗外，清新的空气扑面而来，一队队明亮的车龙在夜色里穿行，一幢幢楼房排列得错落规整。想想看，这里居住着台湾1/10的人口，不难看出，台湾人在建设这个美丽岛屿的同时，也在以这块土地和文化遗产而骄傲。

第二天一早，我们登上巴士前往台北的士林官邸公园。车子行驶在南北走向的"建国"高架桥上，它是台北市区建造的第一座高架路，属于蒋经国时代的产物，距今已有30多年的历史了。正是早晨的上班时间，路上有点塞车。要知道，在台北市有95%的人出行时会选择公交车或者捷运（地铁）。

"士林官邸"是一座生态花园，为日据时期总督园艺的所在地。从1950年起蒋介石和宋美龄就居住在这里，直到1975年4月5号蒋介石去世，他在台湾生活了26年。

庭院里种植着药用植物、各类盆景和花卉，生态园区的亚热带植物遮天蔽日，葱郁茂密，潮湿的韵律在空气中流荡，让人神清气爽。此前这个官邸属于不对外开放的禁区。1996年陈水扁担任台北市市长后，认为"士林官邸"是台北市市政府的财产，而不是国民党的财产，决定将它收回来，作为大型公园向民众开放。

行走在台湾蒋介石的故居，自然会想到北京。这里的光景和气候就像北京的初秋，感觉很舒适。我欣赏的是那些参天大树，和叫不上名来的亚热带植物。在北京，除了西山植物园的暖房，其他地方是看不到的。中西合璧的士林官邸公园设有10个参观景点，如果把这些景点细细看完大概需要半天的时间，由于时间的关系，我们只能粗粗浏览。站在新兰亭前环顾四周——玫瑰缤纷，梅花相依。

我问走在身边的导游黄先生："您到过北京宋庆龄的故居吗？"

他答："去过呀。"

我问："您觉得怎么样?"

他答："很好啊,比这里小,小多了。"

我说："风格不一样,就好像两个世界。"

他点头笑了。

今天的阳光特别好,上午是一天中的黄金段,应该好好利用才是。我们赶紧奔往另一处此次的参观重点:"台北故宫博物院"。

台北故宫博物院的建筑外形吸收了中国传统宫殿文化的基本元素,淡蓝色的琉璃瓦屋顶覆盖着米黄色的宫墙,清丽的白玉石栏杆环绕在典雅的青石基台上。台北博物院里陈设有书画、清代家具、青铜器、瓷器、玉器、漆器、珐琅、雕刻、文具等工艺品。早听说,台湾故宫博物院最有名的镇馆之宝有翠玉白菜、肉形石和珠玉珍品白玉锦荔枝,都属于清朝工艺盛世之品。

在前往台北故宫博物院的路上,黄先生以他的历史知识对台北故宫博物院所藏皇家文物的来龙去脉作了一番介绍:台湾故宫博物院的文物来自于北京的紫禁城,多是些小巧的精品。1900 年八国联军攻占北京时,慈禧太后带着光绪皇帝跑到承德,北京城没了大人。但清朝还没有灭亡。到了1911 年,孙中山先生推翻了满清王朝,中国进入了民国时代。当时溥仪仍然住在皇宫里,14 年间,国家没给过他任何资金,他以变卖皇宫家产维持生活的运转。这引起了军阀冯玉祥的注意,于是冯玉祥成立了故宫博物院,收藏了紫禁城的国宝并对外开放。6 年后的 1931 年 9 月 18 日发生了九一八事变,中国东北被日本人占领。为了躲避战祸,北京故宫的文物开始向外迁移,途经陕西宝鸡,到南方,在南京存放,后迁至重庆。1945 年日本战败,宣布无条件投降,这些故宫文物从重庆迁回到南京。但好景不长,爆发了国共内战,从 1948 年年底开始,蒋介石将南京的 65 万件故宫精品文物转辗移至台湾的台中,在山区库房存放。1965 年才将它们迁至台北士林外双溪现址的台北故宫博物院展出直到现在(原话如此)。

黄先生的讲解始终在微笑中进行,他很在意他的讲解效果和我们的反应,根据听众的反应不断调整着话题。接着,他以这样一段话结束了对台北故宫博物院的介绍:"10 多年前,我曾经带团到北京参观游览,有位北京的导游跟我讲'我好想到台湾的故宫博物院去看看,好想啊。不过,只要这些文物还在,只要没有四分五裂出去,把它们保存好,无论在台北还是在北京,都是一样的。'他说的不错呀,历史在走,很难讲,有时只是一个人的一念之差就改变了行走的轨迹。"

第一辑 勾勒与渲染

我们这群来自帝王之都的外行，对这座展藏着巨多皇家精品的故宫博物院似乎并没有流露出多少惊讶之态，倒是分别买了一些自己喜欢的小物件，除了留作纪念之外，也打算回去送人。买得最多的就是翠玉白菜和肉形石的仿制品。台湾人在这两件物品上可谓做足了文章，不仅将它们复制成小摆设，还做成了饰品和钥匙链，把图形印制在茶杯垫和明信片上。

　　走出故宫博物院，我们离开台北市区南行，奔赴台湾最大的天然淡水湖泊"日月潭"。

　　台湾周围环山，属盆地地形。总人口为2312万（2010年1月统计），其中河洛人占多数，还有客家人、原住民、外省人和外籍配偶。总面积为36000平方千米。主要语言有国语（现代标准汉语）、台语、台湾客家语和各族群台湾原住民语。台北市市区面积不大，为260平方千米，被台北县包围，市区人口270万，台北县人口接近400万。整个台北盆地（台北地区），总人口超过了600万。

　　我们的巴士沿着位于台湾西半部南北向的高速公路一路南下。据黄先生讲，台湾的东半部是没有高速公路的，因为那里多是山川，人烟稀少。在台湾，只有5%的人生活在那里，其他95%的人口都聚集在了西半部。我们翻过了一座山，不知不觉间已经离开了台北市、台北县，进入了桃园县的区域。今天我们的行程计划是经桃园县、新竹、苗裔、台东，然后到彰化，一直在高速公路上行进。这时黄先生把整个行程向我们通报了一遍：我们昨天晚上住在台北，今天晚上住彰化，明天住台南，后天住高雄，然后到垦丁，转到台湾的东半边。台东住一晚上，往北行进，在花莲住一晚上，然后又回到台北市，就完成了我们的游览行程。

　　我们随之了解到，台湾是一个移民的社会，也是被殖民过的社会。移民多是从大陆的福建省、广东省过来的，那时没有飞机，只能搭船过来。他们渡过所谓的"黑水沟"，就是台湾海峡，据说有"妈祖"的庇佑才可能安全抵达，所以在台湾社会拜"妈祖"的人很多。我们现在走的这条是台北市很重要的一条道路，叫做"中山北路"。道路两旁排列种植着粗大的樟树，左手边经过了台北很有名的"士林"夜市，据说里面经营着许多风味小吃。夜市是要在天黑以后才能逛的，我们的行程里，安排的是高雄有名的"六合夜市"。

　　黄先生此时问大家什么叫历史。我猜，他是要讲有关历史的话题了。果然他说："历史的定义是，有文字记录下来的就叫做历史；没有被文字记录下来写下来的，那叫做传说、口述历史或叫做野史。对台湾来说，历史不长，怎么个短法呢？这要从公元1624年荷兰人从古都台南登陆的时候讲起。台湾有荷兰文写成的历史。在荷兰人以前这块土地上难道没有人吗？有人。那种人叫做"原住民"。原住民只有语言而没有文字，所以他们没办法记录历史。台湾的原住民可以分成两大类，第一大类是在平地生活的，这些人多生活在台湾的西半部，被称为'平埔族'；还有一些人生活在高山上，叫做'高山族'。早期福建、广东沿海居民渡海来台湾开垦，他们跟原住民平埔族接触的比较早，平埔族逐渐被汉化了，也就意味着这个族群的根基由此消失了。'平埔'就字面而言是'平地'的意思，'平埔族'就是'居住在平地的人群'的简称。"

黄先生说着一口带有南方口音，还算标准的普通话，讲台湾发展史很合我们的兴趣。他说："汉族，是一个强大的民族，如果打开历朝历代的历史会看到，汉族在元朝、清朝都曾被外族统治过，但与欧洲不同的是，中国被外族统治期间，连侵略者也在学习汉文化。而欧洲有法语和英语，假如一个区域被英国人占领了，这整个区域就要讲英文了，若被法国人占领了结果也一样。但中国大陆这一块从来没有被外族同化过。为什么？就是四个字：博大精深！汉文化历史悠久，博大精深。"

最早对台湾高山族群进行分类的是一位名叫鸟居龙藏的人类学家，他把台湾高山族分成了9个族群，后又细分为14个族群。如今台湾政府大力提倡保留高山族原住民文化，并由政府拨款建立了原住民电台，放送和记录保留原住民的传统生活方式、服饰特色、语言发音。因为政府意识到，如果不对此加以保护的话，所留下来的高山族原住民文化会继续被汉化，以至消失。

明朝后期，台湾曾被荷兰人所占据。荷兰人在台湾设立了军事据点和经济据点。从那时起，荷兰人就开始记录台湾的历史。清初，郑成功率军赶走了荷兰人，收复了沦陷38年的台湾领土。在此之后，郑成功统领台湾的时间只有21年。1681年郑成功的儿子郑经病死，郑氏内部倾轧激烈，康熙皇帝决定以武力解决台湾问题，委任施琅、姚启圣率兵攻打台湾。1683年6月，郑经之子郑克爽归顺清朝。从此台湾进入了长达213年的清朝统治时代。1895年中日甲午战争爆发，日本获胜，迫使中国割让台湾。1945年二次世界大战结束，中国以战胜国的姿态光复台湾。

谈到中国的历史，尤其被殖民和侵略过的那段往事，让人觉得有些沉重。台湾自古以来就是中国的领土，虽然相隔一条浅浅的海峡，但它永远是中国的一部分。望着车窗外迅速后退的路景，让人觉得既伸手可触似乎又遥不可及……我们正经过的山脉属桃园县境内，一路往南，感觉到阳光照耀得越来越明媚，风景也越发秀丽。

位于我们南部的是佛光山，东部是东台市。我们进入东台市以后再有半个小时的路程就可到达"日月潭"了。上午十点半钟，我们在码头乘搭游湖快艇环潭一周，在艇上遥望岛内，它的东北面湖水呈圆形，如同太阳，被称为"日潭"；西南面湖水形瓢如月，便被称为"月潭"，由此整个湖区被命名为"日月潭"。"阿里山"、"日月潭"一直是大陆人对台湾的情感寄托和对台湾整体印象的缩影，以前，对这里的山湖景色我们只能通过歌词加以想象，今天真的来到这里，感觉眼前的景致比以往的想象还要好。太阳照耀在湖面上，波光粼粼；微风将水上的雾气送至心脾，温度适中，让人感到周身舒爽。这里不仅有日月潭湖光山色所表达的自然景观，还有邵族文化赋予这块岛屿的人文景象。我们在"光华岛"码头上岸，这里是邵族祖先的起源地，处于日月潭的中央位置，由远处眺望，她就像浮在水面上的一颗珠子，故被称为"珠了屿"。邵族是台湾少数民族，属于高山族的一支，是少数民族中人口最少的族群，目前真正纯血统族民只有283位，还有一半血统源于外族。如果邵族人和外族人结婚的话，所生后代均登记为邵族。这样的混血儿大概也只有500名左右，不怪人们开玩笑说，邵族人比熊猫还要珍贵。据黄先生介绍，台湾政府每年给每个邵族小朋友拨发6万元新台币的生活补助费，直到18岁为止。台湾教育学制为国小六年，国中三年，三年后要参加联考，考高中。高中三年，读大学四年。少数民族家的孩子通常是一边读书一边做家务，政府考虑到少数民族考生教育环境条件的不足，考试时会给予加分的优惠，目的是让他们享有平等的教育资源，让更多的人接受高等教育。他们毕业后如果愿意，可以回到家乡工作。

我的同事问黄先生"6万块钱"在台湾是什么概念。黄先生说，台湾刚参加工作的大学毕业生，每月工资大约在3万块钱（新台币）左右，首先试用3个月。像科技业，大型工厂进厂起薪大约是4.5万元（新台币），折合人民币1万块钱左右。有很多商科学校的毕业生参加工作时是从3万块钱（新台币）拿起，通常是工作半年后调薪。

说着聊着，我们已经进入了日月潭边的邵族领地。在邵族文化村我们享用了邵族的特色午餐，了解了邵族的历史文化，还观看了年轻人为我们表演的民族舞蹈。接着，我们继续赶路，直奔溪头森林公园。那里的自然条件得天独厚，被当地人称为"氧吧"。这次来台湾观光我们之所以没能去阿里山，而改变主意去溪头森林公园，是因为阿里山正在修路，只有小型车辆能够上去，眼下山路还有不少滑坡，像我们乘坐的这种大型巴士还无法上山。

每年的 5 月到 9 月份，台湾都会遇到台风的侵袭，台风在关岛附近形成热带气旋，再移向太平洋西岸，之后通常于三个地方登上陆地：台湾南边的菲律宾、台湾本岛、或是台湾北边的日本。台湾正好在这两个地区的中间，因而发生台风的几率为 1／2。台湾东半部每年都会遭到台风的袭击，登陆后翻过海岸山脉，越过中央山脉，直奔西边。强烈的台风到了西半边后风力变小，越过台湾海峡到达大陆就逐渐消失了。黄先生说，中央山脉成了阻挡台风的最好屏障。

　　从日月潭乘两个小时的车程即到南投县，再到"溪头"游览区还需要两个小时的时间。车子开到南投区域时，看到车窗外的山坡上种植着大片的槟榔树，黄先生说，这种树的树根很浅，抓泥土抓不牢，一遇到风灾或者大雨来临经常造成泥土滑坡。最根本的方法，就是不种槟榔树，吃槟榔的人少了，种槟榔的人也就少了，造成滑坡的现象就少多了。

　　台湾很多人有吃槟榔的嗜好，吃后面红耳赤，像喝了酒似的，脸色很好看，就如苏东坡即兴写的诗句"两颊红潮曾妩媚，谁知侬是醉槟榔"。尤其是开车的司机师傅，为了集中精力要提神，缓解疲劳，他们最喜欢嚼槟榔。台湾卖的槟榔因为添加了食用石灰，和槟榔汁搅在一起就变成了红颜色。黄先生向各位介绍了槟榔的吃法，他说："先把槟榔一头的小硬壳咬掉，连叶子一起嚼，嚼出汁来，我强烈建议把第一口汁吐掉，因为它的刺激性很强，第一口汁你发现是红色的。在台湾吃槟榔最多的是司机师傅，他们一路开车一路嚼槟榔，打开窗户把第一口汁吐到外面去，来旅游的人看到街头这样的景象，就说：哇！台湾开车的师傅怎么那么拼命呀，累的一边开车一边吐血呀。其实不是，是他们吃槟榔的关系。"说完了槟榔的吃法，又说到长期吃槟榔容易得口腔癌。还说到："2009 年 8 月 8 号到 8 月 10 号这里连续三天降雨，三天的雨量达到了台湾一年雨量的总和。虽然台湾年降雨量在全球来说属于高的，但台湾还是属于缺水地区。这是因为台湾河流的走势都是东西向的，河流短，淡水留不住，很快就流到海里去了，如今东南部有些水库已经干涸，所以一定不要浪费水，平时在车上喝的矿泉水剩下半瓶，我就带回酒店继续把它喝完，水资源很宝贵，希望大家也要节约用水呦。"

　　我想，这样的告诫方式是最容易被人接受，也是最难忘的。

　　"溪头"是一处雾霭烟岚、竹林茂盛的"自然教育园区"，四季景色极有特点。眼下虽是冬季，却没有荒凉之感，步道两旁的山色和丛林依旧是绿意盎然。在台湾，"国家公园"和"国家风景区"有着不同的概念。

"国家公园"是以生态保护为主，被看作为"动物和植物的家"，不能破坏也不允许开发，需要向联合国申请保护；只有"国家风景区"才具有人类受教育和休息的功能，可以盖饭店、盖游乐场所，允许搞建设。台湾的"国家风景区"共有15处，像我们刚去过的"日月潭"就属于"国家风景区"的范畴；"溪头"则属于"国家森林游乐园"。

第三天　中台禅寺　台南

　　第三天的上午，我们的巴士转过一道道山路后，停在了亚洲最大的佛教寺庙"中台禅寺"门前。在台湾，大小寺庙遍布全岛，人们会感受到佛文化无所不在的玄妙。而"中台禅寺"的赫然出现，顿时打破了我们以往对传统寺庙的观念。寺庙的外形宏伟壮丽，从远处看去，就像一座金色的灯塔。庙宇顶部很特别：一个圆球落在莲花座上，太阳照在上面金光耀眼，十分精美。中台禅寺被誉为集传统与现代风格为一体的经典建筑、现代世界中佛教角色的典范，不仅具有宗教意义，还富有艺术内涵。这座庙宇是由开山方丈惟觉老和尚率众僧侣经过了三年的规划，历时7年，耗资40亿元新台币（相当于10亿元人民币），于2001年竣工。禅寺占地30多公顷，可同时容纳2000名僧尼和1000名居士修行居住。中台禅寺的一层设有天王殿和大雄宝殿，五层有大庄严殿，九层有大光明殿，16层有万佛殿，再往上有藏经阁和"金顶"。十六楼的万佛殿里有一座手工建造纯木结构的"药师七佛塔"，那是一座高7层的双重木塔，用泰国的柚木，以中国传统的榫卯技术建造而成，整个工艺没用一颗钉子。据说修建这座佛塔的工匠平均年龄为70岁。中台禅寺的"现代化"表现在建造过程中的科技含量、新工艺和新材料的运用上；寺庙中藏有大批的经典书籍，其存放设施和保护手段如同真正意义上的国家图书馆；此外，万佛殿南北两面被固定在钢索上的玻璃幕墙，宽16米，高30米，竟没设框架，当强风袭来，位移的最大幅度为43.9厘米，是目前世界上面积最大，科技程度最高的玻璃幕墙。这座寺庙获得了第23届台湾建筑奖和第20届国际灯光设计卓越奖的荣誉。2006年4月，中台禅寺与杭州的灵隐寺结为同源禅寺，在中台禅寺门前的"放生池"中，建有一座由灵隐寺赠送给中台禅寺的"同源"铜桥。

　　从黄先生那儿我们了解到，参观这座庙宇是不用买门票的，在台湾参观再大的庙宇或再小的庙宇都不用买门票。还有个特点就是，寺庙里没有人烧香，人们只带着一颗诚心到里面去看大佛。黄先生说他曾经带领一位大陆退休的大学校长前来观光，参观之后，这位校长感叹说：这才是真正的佛教庙宇。佛教庙宇讲究的是三个"jìng"字：一是安静的静，二是干净的净，三是尊敬的敬。开山祖师惟觉老和尚所倡导的"佛法五化"，同样让我们耳目一新："学术化、教育化、艺术化、科学化、生活化"，他推行的中台四箴行的 16 个字是："对上以敬，对下以慈，对人以和，对事以真"，这不仅限于佛教范畴，已被视为世间为人处事的行为准则。中台禅寺将佛教理念融入了生活的各个方面和教育领域，融会了现代科学和佛教文化的先进理念，并且创办了小学、初中和高中，赢得了社会的欢迎。

来台湾之前，很难听说这里的奇闻异事。知道这里有宝藏，但宝藏是什么？它们在哪里？跟着导游在行走过程中我长了不少知识。

台湾虽然地方不大，却拥有许多自然资源，像阿里山的神木和基隆港的金子，在日本统治时期曾被大量掠夺。当年清朝首任巡抚刘铭传奏准修建台湾省铁路，台北至基隆那段就是中国的第一条铁路网。1891 年台湾预备修建铁路时没有经验，就请了美国旧金山淘金的华人来帮忙。当他们经过台湾北部基隆河上游清洗便当盒时，习惯地舀起河沙，用水晃晃晃，晃出了一颗颗小金粒，原来这里有黄金！这让他们异常惊喜。消息传开了，引来了很多淘金的人。从此，来基隆河两岸淘金的人络绎不绝，三年后的 1894 年，就在基隆河上游的九份山发现了黄金矿脉。九份山从此繁荣起来，大批的淘金客蜂拥而至，原本只有 9 户人家的小山村迅速发展成了一个三四万人聚集的小镇。

甲午战争后，台湾被割让给日本，台湾进入日治时期。日本人及基隆颜氏家族相继拥有"九份"一带的矿权，九份山进入了金矿出产的鼎盛时期。日本人在这里连续开采了 50 年，获得了几万吨金子。那时，九份山大大小小的金矿坑有 80 多个，坑道像蜘蛛网一样四通八达。国民党接收台湾后又继续开采了 20 多年。据说那时的山城夜晚灯火辉煌，曾有"小香港"和"亚洲金都"的美称。随后，金矿的金子越来越少，含金量已经不具开采价值。近年来黄金的价格高升，很多国外开采黄金的公司一直在关注台湾，据很多专家分析，由于岩层板块挤压的关系，在中央山脉一带还有黄金矿脉存在。台湾的很多河流以及原住民的驻地都有金矿，中央山脉一带有很多好东西。在"老外"眼中，台湾是个"金银岛"。为了保护生态平衡，这里有很多国家公园已经被保护起来，为的是把矿产留给后代子孙。人们意识到如果继续开采下去的话，各类生态环境就会遭到破坏。

台湾被日本统治时期，日本人要把台湾建成殖民地的"典范"，在台湾修建了水库，开垦田地种稻子，建立了灌溉系统和医疗系统。后期阶段实行了所谓的"皇军化"教育，要求每个人读国小，唱日本歌，不许讲汉语，只能读日语。1945年以前台湾社会的街道上到处弥漫着木屐与地面碰撞的声音，各处招牌上写的是"食堂"（看病）字样。1949年蒋介石统治台湾后，强制推行国语，让国民讲普通话，要求高山族也要受教育，讲国语。在学校如果发现有人讲台语是要罚钱的，据黄先生说，他上小学的时候，校方发现谁不讲国语就要罚他一块钱。

当日，我们下榻在了有着"五步一神"、"三步一庙"之称的古都台南市。台南有很多古迹，最著名的有赤嵌楼、安平古堡、郑成功祠、旧炮台、文庙以及鹿耳门旧迹。一些学术机构，如成功大学、台南神学院、台湾糖业研究所也建在这里，它同时还是一个发达的工农业生产区，早期曾是闽、粤移民入台的首要口岸，是一个人文荟萃的地方。

第四天　莲池潭风景区　高雄

次日清晨，我和我的同事们出来散步，酒店门前的街道上行人稀少，车辆也寥寥无几。道路两旁种植着一排排椰子树和黑板树，静谧、安详。路边除去一些潦草将就的修理店以外，还有几家卖槟榔的商铺。我本想进去买包槟榔，但店铺门前冷落，看样子还没有开张。想找个书店了解一下台湾的书目行情，走了好长一段路却没见到一个跟文化沾边的商店。整个街貌被慵懒和闲适所笼罩，这是我们踏访过的城区里最静僻的一个地方。沿着街道步行一圈回来，仍是两手空空，这让我有点失望。同事们陆续回了酒店，我和我女儿却被一只圈在笼子里的"八哥"叫住了——"你好！"

我们惊异地返回身去，凑近了鸟笼。想起我在电视里看过一档介绍八哥鸟的节目，眼前这只鸟跟我在电视里看到的一样，有一身黑色的羽毛，额前那撮羽毛像一把羽扇似的朝天立着，嘴巴和脚都是黄色的。

我们逗它说话："你好！再说一句好吗？'你好！'说呀，'你好！'"它不说了，蹦来蹦去尖叫着看我们。我们不死心，非逗它开口不可："说一句'你吃饭了吗？'"。"是呀，说'你吃饭了吗？'"经我们轮番挑逗它终于说话了："你好，吃饭了吗……"我们对面是一幢居民楼。"八哥"鸟笼挂在一家门前的树上，门边趴着一只黄狗。这扇敞开的门不像住家，像一间店铺，朝里望去，隐约看到一些排列整齐的图书。我不是正想找个书店买书吗？我和女儿便朝着那里走过去。房间里光线暗淡，大概是因为太阳还没升起的缘故，哦不，这时我看到，靠左面那个偌大的玻璃窗上挂满了字画，遮蔽了光线，已经是上午9点钟了屋里还开着电灯。正踌躇着，

自然也是一种美

一位穿戴整洁，气质儒雅的先生迎过来，请我们进去坐。

"这里是书店吗？"我问。

"哦，不，这里不是书店，是我的艺术工作室。我姓王，这是我的名片，请多指教。"他彬彬有礼地说。

接过了名片我了解到，这位先生是替代医学和书画研究中心的教授，还是一位书画家，也搞诗歌创作。走进屋里才发现，这里就像一个文山书海的聚宝之地。

"请问你们从哪里来？"王先生问我们。

"从大陆来。"我女儿回答。

"观光旅游？"

"是的，游览观光。"我说。

"来台湾几天了？"

"今天是第四天。"

"哦，感觉怎么样？"

"应该说，很不错。"

这时从里面走出了一位女士，端来两杯茶水递给我们，王先生向我们介绍说，这位是他的太太。

经过简短的交谈，我打量起这个不算大但充满了情致的房间，四壁和玻璃窗上、画架上都挂满了条幅、字画和各类不同型号的毛笔，以书法和水墨花鸟画为主。台子上堆满了一叠叠写就的书法和字帖，台子下面是各种纸张，把角的木桌上放着紫砂茶具、饮水机、咖啡壶、熏香炉等物品。一个偌大的书柜上摆满了各式图书，以文化类书籍居多，最醒目的是一套紫皮精装版的《大不列颠百科全书》。书橱将房间一分为二，从屋顶上直垂下来一盏玻璃花灯，玻璃窗上挂有一副对联，上书"今天庆得重生"、"主恩永远同在"。我心猜，王先生是位基督教徒。果然不错，在后来阅读他发表的文章中，我的猜测得到了证实。

交谈中得知，王先生研究书法近40年，近20年来专业于书画创作和教学推广。主要研究延传了千余载的颜真卿书法，并在报纸上发表文章呼吁抢救颜真卿书法。

王先生还说到了他的大陆朋友，谈了他的艺术见解，也谈到了台湾艺术家在本地出书不易等话题，滔滔不绝，意犹未尽。此时我看了看手表，距我们出发时间只有十几分钟了，我们连忙起身向王先生及其夫人告辞。走出门来抬头回望，这才看到门楣上方悬挂着的由朱玖莹先生题写的牌匾"宝铎斋"三个大字。

一路上引领我们前行的是蓝天、白云、青山、绿水，还有卖槟榔的店铺和摊位。

"路边看到了什么？"黄先生问。

我们向车窗外望去，路边还有许多台湾才有的建筑物，多半带有北方不常见的走廊，造型和所用的材料都很简单。

"是环境的关系，像大陆南方的城市，比如广州，雨多，有了走廊，行走或买东西就不会被雨淋湿。因为这里频发地震的缘故，所以房子盖得很简单。"

李教授指着一处"7－11"便利店说："哦，这里有那么多 Seven－Eleven！"我也注意到了，在一个地区内几乎每隔五分钟或十分钟的车程就会出现一家"7－11"便利商店。

黄先生接过李教授的话题，对"7－11"发表自己的看法，他说："这边是有很多的 Seven－Eleven，台湾比日本做得还要好。所以不管走在哪里都不会饿肚子，绝对能找着东西吃。台湾的便利店（Seven－Eleven）卖的东西很细，货很全，像杂志、书本、小孩子的玩具都有，像汉堡、三明治、便当、饮料、面包、酒水，都有。有人统计过，台湾有 2300 万人，每天去'Seven－Eleven'的人超过了 600 万，相当于在台湾生活的每四个人中每天就有一个人去一次'Seven－Eleven'。两年前，我带内地来的朋友参观过'Seven－Eleven'，那时候遍布全台的'Seven－Eleven'便利店已经超过了 8000 家，很密集。可它的密集也造成了很多行业无法生存。在北京每天早上都有人送报纸吧？在台湾，送报纸的行业快没有了。以前，每天有人把公司订的报纸送来，现在公司楼下就有便利商店，早上来上班的人在上楼以前买一份报纸就好啦。一个礼拜有七天，工作时间只有五天，只有五天需要在办公室看报纸。礼拜六和礼拜天送去的报纸没人看，就浪费了。这样的话，人们就养成了习惯，不订报纸买报纸看，送报纸的人就失业了。这样，'Seven－Eleven'冲击了许多行业。台湾的便利商店里不仅卖东西，还提供冷水和热水。想起我孩子在一两岁、两三岁的时候，我们开着车带他到全省各地去玩，那个年龄的孩子出门是最麻烦的，要准备奶粉，还要准备冷热水。有'Seven－Eleven'准备，我们就不用准备了。车一停就到便利店去泡奶，这也是我们对那段生活的印象。"

这个话题结束了，我便在下一个话题开始前向黄先生打听台湾烟酒的行情，想买一些带回去送给朋友们。他告诉我，台湾最贵的烟是"日月潭"牌子的。一条烟的售价是 1800 元新台币。台湾民众喜欢抽的烟是

"宝岛"牌和"长寿"牌，"宝岛"又分有好几个等级，等级高点的也不贵。他建议我们不要在便利商店买烟酒，在那里买会含有"健康捐"等份额，相对比较贵，最好去台北的免税商店购买，跟外边的商品有差价。

我们的巴士行驶在云岭县，云岭县宝中乡是已逝歌星邓丽君的家乡。黄先生一向是看哪讲哪，想哪说哪，但很有逻辑性。李教授指着路边停靠的一辆挂有招牌的汽车向黄先生提问，黄先生解释说那是一辆打广告的报废车，招牌上写着报废车辆回收厂家的电话号码。

"今天的行程还没跟各位报告。"黄先生总是说到我们希望了解的内容。"现在我来报告今天的活动内容：现在我们在台南，还有一个多小时的路程就到了高雄市，我们在高雄用午餐，品尝客家菜。台湾有客家族群，他们是1949年来台湾的。下午第一站我们到高雄北边的莲池潭公园游览。莲池潭风景区里有为纪念武圣关公所兴建的春秋阁，在春秋阁周边还有龙虎塔、骑龙观音等美景，是高雄市人最喜欢去的一个休闲场所。然后我们再去高雄有名的寿山公园，它涵盖西子湾和打狗山英国领事馆。那里为什么叫寿山还有个来历，在日据时期，日本天皇乘船从北部基隆港登陆到台湾考察，然后从高雄坐船回去，回去的那一天刚好是他的生日，他就把打狗山改成了寿山，以祝贺他的生日。我们站在寿山公园的山顶上居高临下地看高雄港，很美啊。后面可以眺望整个高雄市。我们到那儿还可以赶上在山上的西餐厅喝下午茶，有时能遇到一些艺人在街头表演，是无偿的。那也是一个供人休闲的好地方。领事馆里有两座建筑物，墙壁上写有历史，可以去地下一层走一走，随意参观呦。"

如黄先生所说，中午我们在客家菜连锁高铁大中店里品尝了美浓客家菜。所谓美浓客家菜，就是台湾南部美浓乡间过年时吃的年饭。客家人热情好客，用餐环境显得温馨、朴实。厅堂和餐桌周边所用的全是仿古家具和乡间饰品，墙上的挂画也极具地方风情。走进餐馆前厅时，有两样东西吸引了我们，一件是装饰于木桌上那把撑开的油纸伞，我记得小时候常用这种伞来遮雨，后来这样的伞逐渐被淘汰，让位给了现在的布制折叠伞。而眼前这把伞被制作成了工艺品，伞面上印着精美的花卉，并用毛笔提款，伞的构架也相当精致。经过询问它的寓意我们得知，客家话中的"油纸"与"有子"为谐音，"油纸"被作为"人丁兴旺"的象征。另外，撑开的伞呈现的圆形有万事皆圆满，吉祥如意的寓意。如果不留意很难发现，在这把伞的旁边还立着一个有机玻璃奖杯，上面印有"环保楷模"的字样，从而感觉到，台湾人有很强的环保意识。

还有一样让我们好奇的东西，就是进门处摆放整齐的一堆冬瓜。冬瓜之大是我们所有人不曾见过的，每个冬瓜的重量都在20～30斤上下。客家人用冬瓜能烹制出多种菜肴，"冬瓜封"是最普及也最具特色的一种。

客家人把野莲看作是大自然恩赐的美味食材。咋看上去，野莲有点像我们北方的豇豆角，青绿细长。店主特意向我们介绍了这道菜，尝一口，味道清嫩爽口。据店主讲，这种植物生长在不受污染的活水池塘里，通常拿来和嫩姜丝一起炒，然后用客家米酱调味，非常好吃。野莲富含纤维质、叶绿素和铁质，被当地人所倚重，它与同学菜、粄条一起称为美浓菜里的"三宝"。

店家为我们准备了丰美的客家宴，其中有手工艾草粿和客家封肉。客家封肉是客家菜里的一道招牌菜，它选用了上好的五花肉做原料，经过特制卤汁的浸渍后用木炭焖两个小时而成。这道菜一端上桌，就引起在座男士们的激动，它香味四溢，色泽红亮。夹一块，入口即化。店主很乐意向我们推荐他们的另一道拿手菜，名叫"手工花生豆腐"，它的制作过程是先将花生仁放在水里泡胀，打成浆，然后放在火上煮，边煮边搅动，待浆汁慢慢形成糊状后，把它倒进碗或者模型里，晾凉了再扣至盘子里，淋上酱油膏。为了增添特有的风味，还可以在上面撒上配色材料。我们一顿饭吃下来，仿佛接受了一次美浓客家饮食文化洗礼，不但酒足饭饱，而且心满意足。

美浓客家餐馆的大门紧邻着路口，门前车水马龙非常热闹，这景象让我想起了北京西二旗一带的道路，也是这样一副繁忙的图景。台湾的城镇景象与韩国、日本一些地方有点相似，遍布着许多街间小巷，店铺密集，大小广告招牌林立，高高低低，五颜六色，不成规矩，倒有几分特色。例如眼前的这块牌子上写着："现代口感 白灰博士 古早 风味"，下边是："香芋 冷饮 菁仔 白灰 红灰 叶包 30 元一大包　50 元两大包"，一看就是台湾大街小巷里司空见惯的槟榔广告。在台南市街道上曾见过和北京一样的情况，人行便道上摆着房屋销售的广告牌，走到这里的人，不是绕过去就是停下来看一看。不同的是，这里的售房广告牌上不标售价，只写房屋状况："地 31 坪（相当于 102.3 平方米），7 房 5 卫，1—5 楼全增建，整栋原木装潢，欢迎参观，27400180 马上到。"卖家的意思到了，不多写一个字，简洁明了。

下午我们将前往被称为"打狗山"的"英国领事馆"。初来乍到的人会奇怪，好端端的地方为什么取个"打狗"的名字呢。还是据黄先生讲，不是因为这里狗多才叫这个名字的，这要追溯到 1624 年荷兰人在台湾登陆记录台湾历史时，他们不了解台湾的地理，不知道这是什么地方，感到很困惑，就想找人打听一下。他们见当地人正在编竹子，就走过去问这是哪里。原住民以为问他在干什么，就回答说这是"竹子"，"我在编竹子"。原住民语言里"竹子"的发音为"塔卡哦"，翻译成台语就是"打狗"。清朝人移居台湾后"打狗"被沿用了下来，直到现在，已经有200多年的历史。到1895年日本人侵占台湾时，又将"打狗"的英译音"打告哦"翻译成了日文所用汉字的发音，就是"高雄"，于是就把这个地方的名字改成了"高雄"。

"哦，真有意思。打狗，高雄……乍听起来这之间有什么关系呢……"车里的同事们像开小会似的议论纷纷。看到路边有不少骑自行车的人，大家又转换了话题。"他们不是去上班，是在健身。台湾城市里有很多河川，市政府为了方便市民骑车健身，在高雄海港周围以及河边两旁修建了很多这样的脚踏车专用道……"

当晚，我们准备入住在高雄市，据黄先生说市里乘坐地铁很方便，因为有了地铁，路面上的车辆减少了很多。

高雄市的面积不大，只有160平方千米，比台北市人口少，有170万人口。高雄市马路宽敞，由于配套设施完备，乘公交车很方便。尽管捷运（地铁）已经完工两年了，搭坐的乘客依旧很少，始终处于赔钱状态，源于地势的关系，人们更喜欢骑摩托车或自驾车出行。

我们的巴士在英国领事馆门前停下来，前边就是高雄港船只的出入口、以夕阳美景和天然礁石而闻名的湾澳"西子湾"。西子湾位于高雄寿山西南端的山麓，距离市中心有20分钟的车程，依山傍海，风景秀丽。在西子湾边上座落着台湾著名的中山大学。来到山上俯瞰高雄，那座号称为高雄市最高的建筑物"八五（85层）大楼"出现在眼前，它是由三栋大楼组成的一个地标式建筑物，两边低，中间高，中间下边是空的，造型很别致，远远看去就像高雄的"高"字。

高雄是台湾南部一个繁华、休闲的大都市。当晚，遵循大家的意见我们去品尝了高雄最"牛"的"大牛"牛肉面。"大牛"店铺门面不大，在人流熙攘的街上不怎么起眼，可它却是年年上榜、得奖的面铺，在台湾很有名气。老板的祖籍是北京，身材高大，语音洪亮，待客热情、豪爽，一副地道的北方汉子的模样，让我们觉得很亲切。接待我们的时候他特意穿了件印有毛泽东头像的T恤衫，如若今日在大陆看到这个装扮的人，可能会被认为是位艺术家，而在这里出现，会给人以思乡的情怀。艺术、真诚和热情在这小店里汇聚成"火热"的场面，客人经常爆满。据说客人多的时候还需要等座位。"牛"老板原本在船务公司工作，因为他煮了牛肉面与同事分享时总会受到赞扬，索性就开了这家牛肉面馆，经营起了手工拉面，15 年来生意一直不错。开饭前，服务员先给顾客送上几盘小菜，这样的经营方式带有韩国餐饮的特点。十二三元人民币一碗的牛肉面端出来让我们惊叹不已：那面碗就像北方通常用来喝粥的粗瓷碗那么大，面里有五六块儿如白萝卜片大小的上等腱子心肉，每片牛肉都带筋条。吃一口尝尝，肉质鲜嫩，香味浓郁。店面的墙壁上贴满了老板和袁惟仁、吴宗宪、赵治平这样一些明星的合影照片，还有他三个名模儿子的艺术照。无论是出于礼貌还是出于好奇，来这里吃面的人都会像参观艺术厅一样将它们欣赏一番。"大牛"老板很健谈，话语里嗅不到丝毫的政治倾向和异论，我想这应该是台湾人，尤其是台湾商人的精明所在吧。

吃了牛肉面再去逛"六合"夜市，已经力不从心，什么东西都吃不下了，只是看看而已。我想起，大陆曾播放过一档陈鲁豫对刘若英的访谈节目，其中介绍了台湾知名的"诚品"书店。何不去书店看看呢？乘着夜色，我约了两位朋友打了一辆出租车来到高雄最繁华的商业中心，在这里的远东百货公司的十七层就有一家"诚品"连锁书店。进书店一逛就有点儿收不住，一连买了两本杂志五本书：有台湾大学外文系出版的《中外文学》和联合文学出版社的《联合文学》，另外五本书是"时报"出版的英国小说《特别的猫》、大雅生活馆出版的《学英国人过生活》、墨刻出版公司的《喝咖啡》、"马可孛罗文化"出版的《在巴黎餐桌上》，还有我女儿选的一本漫画专业辅助书"布克文化"出版的《懒懒熊的生活》。从中看到，台湾出版的图书注重色彩搭配，图文并茂，装潢也比较考究。很多有关生活方面的图书是大陆图书出版业所不经意的，而它们通常被占据社会层面最多的人群所青睐。

第五天　垦丁国家公园

又是一个美丽的早晨，车子在明媚的阳光和清新的空气中穿行，一连几个晴天，这在多雨的台湾是很难得的，阳光能让人心情舒畅，愉快一直伴随着我们的行程。

记得大陆热播的电视连续剧《潜伏》中有这样一个细节：大陆解放前夕，国民党保密局天津站站长准备避难到台湾，他的夫人抱怨说："怎么去那么一个鸟不拉屎的地方？"其实她错了。如果到过台湾的垦丁，就会知道，台湾是一个赏鸟的天堂。

垦丁灯塔公园是台湾少数要买门票才可以进入的公园之一，因为这个地方有台湾的八大景观，是台湾建造的第一座国家公园，也是台湾唯一涵盖海域的国家公园。它位于台湾本岛最南端的屏东县、恒春半岛上，全境属于热带气候。"我们来这里看什么呢？"黄先生道，"看蓝天，白云和青山。垦丁国家公园除了有海洋生态，有热带植物之外，还有鸟类。小鸟在这里度冬。现在是冬天，有很多北方的鸟在这里栖息，还有些是从西伯利亚飞来的。到了夏天，鸟们就飞回了北方。夏天这里热，不过，再热也不会超过摄氏38度，为什么？因为有海风。这里每年都吸引着数以万计的旅游观光客，尤其到了夏天，很多人会带着孩子来这里度假。晒太阳，玩水，体验奇妙的生态之旅。"

这里的动植物种类极为丰富。据资料表明，动物类种达4246个。海里有鲸豚。冬季时，恒春半岛各处沿海均有成群的海豚出现。植物也有1520种。恒春半岛的特有植物包括瓜叶马兜铃、台湾红豆树、鹅銮鼻大戟、南仁五月茶、恒春金线莲等近110种。秋冬之际南下到垦丁避寒的候鸟有伯劳、灰面鹫。垦丁北区的龙銮潭是台湾境内水鸟聚集的地方，常有雁鸭和鸊鷉科鸟类出现。

眼见着这是一个美丽的城市。现在我们的车子行驶在哪里？我向车窗外望去，右前方那座白色的建筑物就是鹅銮鼻灯塔了。黄先生讲，以前蒋介石来这里巡视的时候，一定会到那个灯塔去走走。这里处于台湾的最南端，三面环海，在我们右手边看到有崖的海域是台湾海峡，也是太阳西下的地方；我们的正南边，是巴士海峡，渡过去就是菲律宾；左手边是太平洋。台湾在民国六十七年（公元1978年）建造了这座海洋型的国家公园。这里的海滩吸引着年轻人，今天是礼拜五，学校也开始放假了，天气很热，我们看到，已经有人下水了。

这就是垦丁，一个美丽的地方！眼前迷人的景色让我难以置信：太平洋层次分明地展现在阳光下，白色、灰色，下一层是绿色，再一层蓝色、深蓝色、浅蓝色，接着是墨蓝色……它和湛蓝的天空，白色的云彩，远方的山峦结为一体，不用更多的语言描述——只有这种美丽才称得上"梦幻之美"！我顿时觉得周身的血液往上涌，心跳加速，眼眶湿润。我听说难过会让人流泪，却从没感受过这莫名的泪水，我一直对那些恰似激动而流泪的人不以为然，以为那是逢场作戏，没想到此刻我会被一片自然景观感动得难以自制。难道此时我也在逢场作戏？这样的作戏有什么意义吗？

走下巴士，人们奔向海边，听到的是海浪拍岸的涛声和鸟鸣，我们似乎真的来到了人间天堂——青山、蓝天、白云、碧海、宽阔的草坪、白色的灯塔……还有明媚的阳光。

远在 19 世纪中期，就有多国的船只途经鹅銮鼻近海，它们常在外海七星屿附近触礁翻覆。清政府在美、英、日的压力下，于 1883 年完成了鹅銮鼻灯塔的建造，由此"鹅銮鼻"成了当时世界上唯一的武装灯塔，后历经战争磨难被炸毁，台湾光复后依照灯塔原样予以修复。鹅銮鼻塔身为铁制全白色圆柱形，塔高 24.1 米，塔顶部换装了新式大型四等旋转透镜电灯，似 1800000 支烛光，每 10 秒钟闪烁一次，它的照射距离能够达到 27.2 海里，是目前台湾光力最强的一座灯塔。

路经公园的人口时，见矗立的石碑上刻有这样的文字：

"鹅銮鼻乃台湾八景之一……中外世人誉为亚洲之光中外人士至此瞻仰参观摄影留念者络绎不绝惟因缺少配合性游乐设施游人停留片刻即去本局为服务游客增添游兴持就铜像对侧之原始珊瑚礁林自行规划设计辟建成一公园以景致天成之自然景观为主依地形铺设石板步道整修草木美化环境并兴建各项公共及游憩设施经年余之努力于民国七十一年行宪纪念日正式开放供人游览公园总面积广达五十九公顷园内珊瑚礁群弯弯曲曲步道纵横交错初临者漫游其中有进入迷宫之感而嶙峋怪石奇峰洞穴及各种热带野生动植物之天然景观衬以人工设施足供观赏总之园内山水兼具鸟语花香在在引人入胜朋友们尽兴乎来。

交通部观光局局长虞为　高恒荣敬书

我把遮阳帽戴在头上，遮蔽住阳光，想仔细打量塔顶上那所谓的"东亚之光"，帽子立刻被海风掀起。眼下正值一月份，是北方的隆冬，这里却是夏天的景致和温度。我们不得不换上夏装，T恤衫、短裤或裙装。我随着人群穿过草坪到达海边，站在礁石旁向天际瞭望，眼前是风起涛涌的海水，背靠着茂密的丛林和宽广的草坪。如果此时举起相机，无论朝着哪个方向按下快门，都会获得一张精美无比的图片。

第六天　台东　太鲁阁国家公园

离开垦丁国家公园，我们的巴士一路沿着景色优美的海岸线北上，透过车窗望出去，公路左边是延绵 340 千米的中央山脉，右边是全球最大的海洋太平洋。车子驶入台东，一路沿着海岸山脉前行，所经之地全部是美丽的自然风景，还有台湾原住民的故乡，这段路是我们在台湾观光期间最美丽的行程。我们预计，如果明天也和今天一样有阳光的话，将还是一段漂亮的行程。

台湾位于太平洋的西端，有相当好的地理位置。珊瑚是台湾周围海域的特产之一。我们在垦丁海边所见到的礁石质地坚硬，被称为珊瑚礁。珊瑚是跟珍珠一样，由海平面下的动物转化而来，与珍珠不同的是，珊瑚无法靠人工养殖，生存条件非常严格，环境要干净，还要在北纬22度线周围海域才能生长。产自台湾的珊瑚全部生长在海平面100米以下，这样的珊瑚硬度才够标准，才可以作为宝石。台湾海流强劲，珊瑚每10年生长一厘米，所以被视为珍宝。台北故宫博物院里陈列的清朝皇帝所佩戴的朝珠"魁斗七星"，便是以红珊瑚为材料制作的。在清朝，二品以上的官员才有资格佩戴红珊瑚。不过那时候人们还没有发现台湾岛有珊瑚，所用珊瑚都是从意大利进口的。目前世界上只有三个地方产珊瑚，一是欧洲地中海，二是夏威夷，三是台湾。而地中海珊瑚生长在海平面50米以下，不如台湾珊瑚的硬度高，所以台湾是世界上一个重要的珊瑚产地。

途中我们一直留意着台湾水果。所经之地台东，正是台湾水果的主要产地，每年的秋季到次年开春是收获芭乐、莲雾和释迦一类水果的时节。我们的车在这里停下来，大家朝着一个用竹子搭起的水果摊走去，见有不少大陆游客在购买莲雾。旁边的一个摊位上摆满了标价为50元新台币一个的释迦果，这种水果早年是由荷兰引入的，幼果看上去很像荔枝，人们就给它取名叫"番荔枝"；长成后的果实形状很独特，表面上布满了突起的鳞目，酷似佛教中释迦牟尼的头型，因此台湾人习惯称呼它"释迦"。

糟糕的是，我一时想不起来这水果的名字，就把钱递过去说："老板，我买50一个，50一个的水果。"他看着我半天不言语，我只好请我们的司机柯师傅帮忙，他随即领我来到卖释迦果的摊前招呼老板。奇怪得是，老板还是看着我没有反应，我再次指着释迦果说："我买50一个的……水果。"老板忽然明白了，收了钱把释迦果递了过来。柯师傅忽然笑起来，说："哦，'50一个'、'50一个'，原来这样啊。"我这才明白，原来他们根本没听懂我在说什么。北京人所谓简单的表达方式有时是需要意会的。而这里的人多数讲闽南普通话，近年来，台湾青春偶像剧风靡大陆，闽南普通话也跟着时髦起来，对我们来说，他们的话自然是不难听，也不难懂。

通过黄先生，我们知道了台湾一些人会选择另外一种生活方式，比如夫妻俩退休以后把城里的房产处理掉（大约2000万新台币），加上退休金近1000万新台币，用这3000万块钱，来后山这个地方买一块土地（后山的地价比较便宜）造一栋房子，造房中有意识地结合了环境美学和生活美学，与周围的自然环境融为一体，像小别墅一样。除去自己居住，余出的房间便作为民宿出租给游客。沿途我们看到许多"民宿"招牌，黄先生很有兴致地为我们介绍了他住过一家民宿的情景："主人在房子周围挖了一道水沟，水里养了青蛙，水上建了小桥。哦，小桥流水！台湾不仅是一个赏鸟的天堂，同时也是个青蛙王国，青蛙的种类有很多，叫声也不太一样，打开房间的窗户，就会听到青蛙的叫声，尤其到了晚上，这叫声如天籁之音，伴随客人入眠。这样的田园交响曲在城市里是听不到的。"这让我想起，今天早晨在酒店里我们听到了鸡鸣和狗叫的声音。

"能想象得到，假如住在海边的民宿里，从窗户看过去就是大海，晚上听海浪的声音也是一种享受。很多民宿都提供早餐，早餐里有龙虾，那价钱可不便宜，一盘就要2500元新台币哟。"

隔着车窗远眺，大片的椰子树丛映衬在天幕上，一幢幢家庭式别墅小楼坐落于幽绿的山谷之间，屋顶多为白色和红色，衬以旭阳、碧海、青山、绿地、深谷，一派美妙的田园风景。小窗洞开，山峦叠嶂，谷溪潺潺，显得幽雅、宁静。

台东县卑南乡知本村这里聚集着不少的少数民族。黄先生在旅行开始时曾介绍过，原住民平埔族已经被汉化，现在只剩下了高山族。高山族又细分为14个族，台东这边有6个族。歌手张惠妹就属于其中卑南族的一个种族，她是卑南族酋长的女儿。还有一个民族叫不龙族，1996年亚特兰大奥运会开幕式音乐就取源于不龙族的音乐。这里还有龙海族、台湾族。

继续走，就是著名的绿岛。黄先生讲："绿岛上存有蒋介石时期的一座监狱，现在的绿岛是一个没有被开发的海岛乐园，周围海域里有很多珊瑚礁和热带鱼，人们喜欢到这里来度假消遣。无论是乘飞机或乘船过来都很方便。"

接着兰屿岛。据说兰屿岛和绿岛都是由海底火山喷发，岩浆遇到海水凝固后所形成的火山岛。在夕阳的映照下，岛上西北角的山头很像一个红色的人头，旧时得名"红头屿"。后来因为岛上盛产兰花，又被更名为"兰屿"。这里湿热多雨，动植物种类繁多，四周海域珊瑚遍布。岛上有一支少数民族叫做达悟族，是台湾唯一的一个海岛民族，约有3000多人口，他们善于航海，爱好和平。民族服饰花花绿绿的，男子打赤膊，将重点部位用一块白布围起来，成T字形，露出被晒得黑黑的屁股。他们擅长一种民族舞蹈，叫做勇士舞，舞蹈动作如同飞鱼，体现了达悟族男子的阳刚之美；女子是用甩发的舞蹈姿态形容波涛起伏的海洋，我曾经在电视里看到过，舞蹈的节奏感很强。

黄先生说："而现在达悟族男人不再晒太阳了，他们会让小朋友们出来表演他们的民族舞。达悟族另一项文化特色是'亲从子名制'，就是说一个人会因为儿女、孙辈的出现，而逐次从某人的父亲改成某人的祖父。每年春天的'召鱼祭'属于该族最重要的祭典活动。

在370多年前，有葡萄牙的船只经过台湾海峡去南部的菲律宾做生意，在甲板上，他们望见了一片森林风光浮在海面上，青山绿树，蓝色的海洋，光景特别美，有一个葡萄牙水手跳起来惊呼道：'Ilha Formosa, Ilha Formosa！'从此台湾就被称为'福尔摩沙'，并于1554年首次标入罗伯·欧蒙绘制的世界地图。'福尔摩沙'就是葡萄牙语'美丽之岛'的意思。

你看一个水手，他从欧洲葡萄牙过来已经航行了半个地球，看到过无数美好的风光，可来到这里看到这块土地的时候他会高呼'美丽的岛啊！'说明他的眼光很厉害。尤其从'八孔桥'回来的人看到这里的云雾在山间缭绕，山水是那么漂亮，说明这块土地里有好东西呀。"

黄先生在回溯这段情形时语气里充满了自豪感，我们被他的情绪感染着。一路上我发现，他的导游风格不同于一般。他不像我们以往见到的导游那样例行公事、照本宣科，而是以他对台湾深入的了解和渊博的知识，见到什么讲什么，问到什么说什么，很多时候是即兴讲解，就像与久别的朋友叙家常，娓娓道来，亲切自然。他的不厌其烦，他温和的态度给我们留下了良好的印象。你会觉得，这不仅是出于他对所获得的这份工作的热忱，其中更多的是他对台湾的热爱，和他对这个岛屿的依恋。

如果说从黄先生身上我们看到了台湾知识分子的大体风范，那么巴士司机柯先生所表现的该是台湾工人阶级的基本面貌吧。柯先生不善言谈，踏实内敛。让人觉得，他始终生活在属于自己的那个美好世界里。在台湾七天八夜的行程中，我们每天都要换一个住处，不但行李要随身而行，每到一地，大家还惦记着购买一些纪念品或土特产品带回去，行李越来越重。柯先生载着我们日行百里，要驶过很多山路，这最考验一个人的驾驶技术，还要有良好的身体素质做保证。每天早上出发前，柯师傅要为我们把行李装上车，晚上巴士抵达酒店后，他要为大家卸下行李。我常想，即使是源于生活的动力，可日复一日，天天如此，他真的不烦吗？而他始终没有显出怠慢和迟疑的情绪。也许我的同事们和我有同样的体会吧，每到一地或出发前，大家都自愿帮忙装卸行李。我不愿意把柯先生的工作态度说成是一种精神，更愿意把这理解为职业的操守。

到此为止，我们已经走过此次观光计划的 3/4 路程了，接下来这两天还有 1/4 的景观等着我们观赏。继续北行，经过了三仙台、北回归线分界点、石梯坪，再有两个小时的车程就到了我们参观的下一个景点"太鲁阁"国家公园。前面是花莲，也是个休闲的城市。清朝嘉庆十七年（1812年），有些汉人从宜兰移垦，见这里的岸际溪水日夜奔注，与海浪冲击形成了萦回状态，就称它为"洄澜港"（花莲是"洄澜"的谐音），是台湾的国际商港之一。这里东临太平洋，西倚中央山脉，之间有华东纵谷及精美的海岸公路风景，自然、美丽、纯净。像中华纸浆厂、台湾水泥厂、亚洲水泥厂以及不少大理石加工厂等大型企业，因为看中了便利的海洋运输条件，就把厂址设在了这里。优越的自然条件带动了花莲的经济发展，也增加了花莲人的就业机会。花莲有各种石头，其中有著名的台湾玉。据介绍，台湾玉分为四类：第一类为墨绿色；第二类是由台湾玉石做成的猫眼儿，玉心有一道缝，可以转，世界上只有两个地方生产猫眼儿，一是斯里兰卡，再有就是台湾的花莲；第三类是由七彩玉石做成的聚宝瓶；第四类是整块的玉石。

花莲的自然景观吸引着大批的游客前来享受一望无际的花莲外海、特色名产、著名小吃和传统美味，台湾的北部人也常来花莲泡温泉。游客骑着自行车就可以拜访海岸线动人的山川美景。既是自然景观，就更需要人类的保护，在这里我见到了这样一则宣传语：善尽公民责任，响应地球环保运动。

台湾山地延绵，分布着大量的热带植物群落，它们形态奇特，颜色翠绿，生机勃勃。像榄仁、白榕，像海岸林、热带季雨林……经常看到的有针叶林、阔叶林两大类。顾名思义，针叶林叶子为针状，而阔叶林的叶片为革质全缘、表面光亮，林冠凹凸不平。许多植物或离群索居，或相拥而立。海岸风光更是无与伦比的漂亮：阳光在天空闪耀，云层在海上翻卷游离……

前面就是被誉为"世界级峡谷"景观的太鲁阁国家公园。它在台湾人和"老外"的眼里比阿里山和日月潭的名气大得多。我们抵达太鲁阁公园的时候已是下午，天色近暗，大家都在寻找"阁"在哪里。而实际上这里没有"阁"，"太鲁阁"是台湾一个少数民族的名称。"太鲁阁"源于原住民语"TAROKO"的音译，其含义是"伟大的山脉"。

"太鲁阁"横贯花莲、南投、台中三个县，为台湾面积第二大的国家公园。其山洞、隧道、溪流、燕子口、九曲洞为太鲁阁最具盛名的自然景观。燕子口和九曲洞是峡谷中最窄的两段路，九曲洞弯曲的人工隧道被认为与中国神话传说中"龙"的存在有着某种联系，它全长1220米，为中横公路最长的隧道。隧道沿着太鲁阁国家公园的一条河流穿行于坚硬、陡峭的岩壁之中，蜿蜒曲折，险峻绝美。公园里辟有很多条步道，"九曲洞"是中横公路中最险的一段，隧道和公路都是依靠人工开凿而建成的。

台湾的公路为南北纵向和环岛形，全岛也只有这一条横贯东西、穿越太鲁阁峡谷的"中横"公路。由于太鲁阁峡谷山势险峻，石质坚硬，从中开凿公路需要克服无数的艰难险阻。1956年至1960年间，蒋经国组织了退伍军人用铁锹和铁镐打通了这条全长300余千米的中横公路，有200多名老兵牺牲在工程中。穿过大理石桥，可以看到为了纪念开凿"中横"公路殉职人员所兴建的"常春祠"。

为了保证游客们的安全，公园要求大家戴上安全帽才能进去游玩。就在我们来这里游览的前一天，有位沈阳女子在游览完九曲洞后交回了安全帽，在距离她所乘坐的巴士仅有五步远的地方，被峭崖上落下来的岩石砸中不幸遇难。当时的花莲媒体、台湾媒体、大陆媒体同时播出了这则消息，希望大陆来的游客注意旅游安全。

行程中，我们很多时候都是透过车窗来观赏风景的，那景色就像一幅幅风景照片从眼前匆匆掠过，这样的感觉总不如身临其境那么真切。既然我们已经跋山涉水来到这里，不去亲眼目睹这一奇特的景观总会觉得遗憾，然而在九曲洞隧道中观光是需要勇气的，大家揣着几分恐慌和疑虑，快速地游历了九曲洞。我们看到，出事的东段出口已经被截拦封闭，游客只能从西段口出入。我们的导游黄先生清点着从洞中返回的团队人员。这时的燕子口景观地段已经停靠了一辆接一辆的旅游巴士，行人很难通过，就是这样，也没影响游客对着燕子口拍照的热情。

所谓"燕子口"是指中横公路距靳珩公园大约500米的大理石峡谷峭壁上那无数个小岩洞景象。这个景观的形成，是由于峭壁为变质石灰岩，经过了常年流水的侵蚀后而形成小洞穴，山谷间的燕群纷纷来到洞穴筑巢而居，形成了"百燕鸣谷"的奇景。随着游客的增多，燕子们不堪车声、人迹的惊扰搬了家，只留下一个个空穴。而峻峭的奇岩、穿谷的溪流，依然吸引着观光的游客们。

这里的石灰岩层是制作大理石的原料，山间的水流也是灰色的。黄先生善于结合历史和地理知识为大家讲解行程所见。他介绍说，台湾有三种岩层，一种岩层是变体岩；另一种是由于火山爆发形成的地块，叫做火成岩；还有一种是由泥土一层层堆积而成的沉积岩。中央山脉为绿色片岩，盛产很多宝贵的东西。阳明山国家公园和彰化以南由于火山爆发而形成的陆块属于火成岩。在台湾，各种岩层都能找到。

第七天　台北101商圈　国父纪念馆　西门町夜市

在返回台北的途中，我们游览了野柳风景区，欣赏了奇异的风蚀岩石景观，和大自然铸就的"女王头像"。

这时，黄先生指给我们，右前方就是宜兰县，经过一条名叫"雪山隧道"的山间隧道，就进入了台北县。

从前由于中央山脉坐落在台湾的东西部之间，妨碍了都会和乡村的交流。雪山隧道的通车以及"北宜"高速公路的全线贯通，把过去从台北到宜兰两个多小时的车程缩短到了现在的30分钟，将居住着50多万人口的"宜兰"融入了大台北生活圈里。我们正经过的"雪山隧道"是一条双孔单向的双车道隧道，主隧道的直径为11.8米，全长12.9千米，车子时速60千米通过时间需要13分钟，是东南亚地区最长的公路隧道。建设雪山隧道花了15年的时间。因为石质坚硬，台湾以几个亿新台币的高价，购进了德国制造的最先进的钻孔机，不想，挖了200米就挖不下去了，后来又采取了爆破的方法，左右开弓，一点点地打通了。隧道中设有三对通风竖井（相当于101大厦的高度），考虑到安全的必要，隧道每隔350米设置一个人行横坑，每1400米有一个车行横坑，作为紧急疏散和避难的场所。隧道里还安装了摄像和电子烟感监测仪器。

按照行程计划，下午我们返回台北参观国父纪念馆以及号称亚洲第一，全球知名的101大厦。101大厦高达1671米，是台北市地标式建筑，它的外形为寺庙的变体，像竹节似的一层套一层，深具中国传统文化的内涵。楼里"聚宝88四大主题区"里设有珊瑚展示区、珊瑚精品区、流行饰品区、台湾印象区以及世界最大的风阻尼器区；89层设为室内观景台；91层是户外观景台。在大厦里能买到来自世界各地的名牌产品。紧邻着101大厦，就是为纪念孙中山先生所修建的"国父纪念馆"，我记得邓丽君从艺15周年的演唱会就是在这里举办的。国父纪念馆始建于1964年，1975年完工，它是一座仿唐式的建筑，本体结构巍峨，坐落在绿荫覆盖的中山公园里，四周大片的植物排列出奇特的造型，正门花坛中央的喷泉在午后的阳光下闪烁着晶莹的水光。此时纪念馆的大厅里正进行卫兵换岗交接仪式。往里走有多媒体影院、视听中心、演讲厅、中山讲堂，展示有孙中山先生的生平和他的奋斗史，还有藏书30余万册的图书馆。我们去的时候，剧院里正在上演台湾音乐剧二部曲《隔壁亲家》，其中部分演员是我们所熟悉的台湾明星，同时出售的文化衫上醒目地印着该剧的插画和广告词"门阵哭笑，作伙感动"。

我们在台湾游览的最后一站是台北市的西门町夜市。就此了解到，逛夜市是台湾人一项重要的生活内容。日治时期，西门町地带很荒凉，日本人仿效东京浅草区，在这个地方设立了休闲商业区。从上个世纪的30年代开始，"西门町"成为台北著名的电影街。80年代后逐渐衰落。于90年代后期，台北市政府与西门町当地商家经过重新规划，规定周末和法定节假日禁止车辆通行，形成了现在的步行街。西门町夜市是年轻人喜欢聚集的地方，到处洋溢着活力和激情。几乎每个周末这里都会举办小型演唱会、签唱会、街头表演、唱片首卖会以及电影宣传活动。西门町还是台北年轻人的时尚中心，俊男靓女常来光顾。据说当年林青霞就是在西门町与友人逛街时被星探发现，从此步入影视界的。

"西门町"还被称为台北的"原宿"（日本著名的"年轻人之街"），这里除了日文杂志专卖店外，还有各种日本书籍、唱片和服饰。如同网络一般的街道上汇集着6000间各种店铺，其中保留着不少日式餐厅和外省传统的风味餐厅，经营土特名产、地方美食：有中华路上的鸭肉扁、巷子内的阿宗面线、专卖卤味的老天禄、成都路上的成都杨桃冰和蜂蜜咖啡。是一个品尝佳肴的好去处。

可惜我们只有40分钟的逛街时间，我女儿忙着为她的女伴挑选了既可爱又实惠的小礼品——木制的丑娃娃口哨。

第八天　离开台湾　飞往香港

在台湾逗留的最后一个晚上，我们依旧住在了台北深坑假日大饭店。次日天还不亮，便整理行李，带上"悦"为我们准备的便携式早餐，乘巴士前往桃园国际机场，准备飞往下一个目的地——香港。经过七天八夜的亲历和所见，当我回顾台湾时，已经脱离了以往对她的理解，还原了她的真实面貌。台湾的日月潭、中台禅寺、垦丁、西子湾、花莲港、燕子口、九曲洞、少数民族风情、夜市小吃、繁华商圈……一直被我们视为"宝岛"、葡萄牙水手眼中的"福尔摩沙"，不仅有黄金、珊瑚和宝石，还有高山、湖泊、森林、峡谷以及丰厚的海产资源。由于特殊的地理环境，台湾各地都有精致的美食和高品质的水果。由于她坐落在火山岩上，当年日本人利用这一自然资源开发了温泉，由此温泉遍布整个台湾。就是因为她的美丽和开掘不尽的宝藏，才招来了外族接二连三的践踏，这使台湾人更加重视中华文化的传承和发展，自觉地修身养性，包容了原住民各族群的多元文化和人文风貌。

然而要真正看懂台湾、了解台湾，并不像先前想象的那么简单，试想如果不是黄先生陪同我们环岛旅行，一路介绍的话，恐怕我们只能是走马观花，草草收兵了事吧。倏忽间我意识到，对热爱生活的人来说，只了解城乡概念已远远不够，还要有南方北方不同生活的体验，这样的人生才趋于圆满。

曾有"亚洲四小龙"之称的台湾正朝着纳米科技、光电、旅游观光等方向开发。随着时代观念的进步，人们心胸的日益开阔，两岸关系也朝着人心向往之的方向迈进，台湾再也不是以往我们眼里那个恨爱交加的地方了。

台湾作家朱天心在她的《击壤歌》一书里这样描述了两岸关系："两岸在面对近现代的国族屈辱挫败和强国强权的现代化压力下，各自尝试走了两条不同的路，其中有斩获，有挫败，有光荣，有不堪，有困惑，有猜忌……跌跌撞撞彷徨向前，终归有朝一日走到比较愿意了解彼此的局面和时刻……有机会能面对聆听彼此真实的误解，才是和解的开始吧。"

为世界传播宽容的理念是作家的责任。国家不能分裂，骨肉不要相残，人民安居乐业，生活富裕，才是人间正道。以前我从没想过，有一天我会毫无敌意地踏上这块土地，怀着复杂的心情去欣赏她、解读她——却原来，这就是让人惦记，让人心驰神往、频频回首的地方！如果有一天实现了两岸统一的愿望，我想，我要做的第一件事，就是像候鸟一样穿过云层，飞过海峡，到台东乡下的海边，学着当地人的样子，买一块土地造一栋房子，尽情体验两岸的惬意生活，享受大自然赐予我们的厚爱。

对草也当歌

有一时期，家住校园里，与喧闹的都市似乎隔上了一层屏障，显得宁静而悠闲。吃罢晚饭，我与女儿在操场旁的林荫小路上散步。她边走边采下路旁的野菜，作为她那只大脚"卡通兔"的饲料。她自然是挑选那些枝叶肥嫩的灰灰菜和蒲公英，而我却不由自主地采撷了一大把星星草。当我精心组织着这把草的时候，无意中瞥见女儿在蹙眉窃笑，她笑我，是因为兔子不吃这种窄叶硬梗的草。可她哪里知道，当我还是个小姑娘的时候，与这星星草有过一段慢板如歌的不解之缘呢！

70 年代初，我和我的三妹随父母去了河北省隆尧"五七"干校。这个因舜帝感念尧帝盛德而被命名为"尧山"的传奇地方，当时却充满了政治的狂热和斗争的紧张。面对这样的环境我心里隐隐有些惶恐。12 岁的我同干校所有的子弟一样，进入了干校的附属学校读书。当时，我读初中一年级，而 4 岁的妹妹和她的学龄前伙伴们便整日驰骋玩耍在那辽阔无际的原野上。

冀南的夏季是美妙的。挺拔傲慢、目中无人的钻天杨一如这块贫瘠土地上的英雄，仿佛一定要刺破青天才甘心收住疯长的势头，以显示出那不屈的气概；姿态柔韧、色彩艳丽的牵牛花好似这乡间的美人儿，执拗地缠绕住簇簇野草才肯开放，以显示出那迷人的魅力；等待收割的麦子翻动着滚滚的金浪，成熟的玉米秸摆开了碧绿的青纱帐……

而满垄遍野的星星草，窄叶多节，节处生根，那份顽强生长的辛苦，就如同随处可见、赤背褐面的冀南百姓……

每到清晨，不同年级的同学们仨一群俩一伙，散散漫漫地走在上学的路上，学校离我们的住所大约有三里地的路程，为了求近，我们不走大道，专门在狂长了许多杂草的地上趟出了一条弯弯曲曲的小路，顽皮的我们有时竟故意趟着草走。那杂乱无章的，互相拥缠，又互相依偎的野草把它们浑身的晨露甩在我们的塑料凉鞋上和赤裸的小腿上，浸湿了我们的袜子。坚韧的草叶常把我们的小腿划出一道道小小的血痕。男孩子们边走边扯下一把把星星草紧紧地续在一起，编成一条长长的鞭子甩来甩去或系在腰间，再别上一把木枪，显示着他们的威风。女孩子们则把一束束星星草

第一辑 勾勒与渲染

挑来拣去，用她们纤巧的手指编成一只只活灵活现的小兔子和毛毛虫，显示着她们的精明。在那特殊的年代特殊的环境里，我们仍不负我们的童真，自得其乐地寻觅着属于我们自己的生活。亲自设计亲手制作的玩具使我们在那枯燥压抑的环境里能找到自己的一份甜蜜、一份欢悦。那份欢悦、那份甜蜜一点儿也不亚于90年代末，女孩子们得到芭比娃娃，男孩子们得到游戏光盘时的那份狂喜。

放学时，太阳已经西斜，这是我们一天中最惬意的时候。上了劳动课的同学会把随手携带的脸盆放在渠中那奔流的水上，让盆如船儿一样向前漂去，一会儿工夫，它就漂得远远的让我们追赶不上了。带了铁锹的同学常把它拖在地上懒散地走，于是那铁锹在高低不平的土路上碰撞出刺耳的噪声。

快到住所的时候，我们谁也不愿意跨进那片阴森的区域。大家把书包、铁锹、脸盆和其他用具全部扔在路边，便在田野上、草丛里、水渠边玩我们的游戏。而我们的游戏始终离不开那些缘地而生、随处可得的星星草，它们伸着坚挺的脖颈无忧无虑地在风中摇动着，细长的扁叶如同臂膀一样在向我们频频地招手。在这里，它们才是我们最好的朋友。

我们这些孩子，即使爸爸妈妈都在干校里接受再教育，也都要随着父亲或母亲住在集体宿舍里。有些孩子的父母还被特殊管制着。在这里我们绝不会奢望大人们唤你回家吃饭，也绝不会梦想着一家人团坐在桌旁那温馨的情形。每当太阳隐没在远处农家的房后边，村落里飘起袅袅炊烟的时候，我们便收拾起随身携带的书包和家什儿，结伴向食堂走去。这时我才会想起妹妹，她整日和一个藏族小姑娘在田野里玩儿，小姑娘的父母是省歌舞剧院的舞蹈演员，小姑娘也会唱会跳，妹妹跟着她学会了不少藏族舞蹈，她俩不听到我的呼唤是不知道回来的，每天这个时候我都会朝着广阔的田野喊妹妹和小姑娘的名字："林林——，卡布拉——，吃饭啦！"不一会儿，便会看见她俩张着双臂，手里挥舞着一大束星星草，像两只小燕子似的朝我飞奔而来。

回到住所，妹妹会拿起一个破旧的缸子，盛上半缸儿井水，将那束草插进水里，小小年纪不知从那里懂得了水是生命之源的道理。

吃过晚饭之后，工宣队师傅会把一台12英寸的黑白电视机搬到大院儿里，给大家提供受教育的机会。许多个晚上，我们都是在电视机前度过的。重新看我曾在寄宿学校里看过的影片转播：《草原英雄小姐妹》、《英雄儿女》、《南征北战》……这台电视机是著名诗人田间先生的私有财产，是工宣队让它充了公。在那个年代里，人的名誉、人的尊严、甚至人的生命都可以无缘无故地遭到凌辱和诋毁，一台小小的电视机充公又算得了什么呢？

当夜幕快要降临的时候，伙伴们会一窝蜂似的朝着放电视机的地方奔去。妹妹抱着一个小板凳，手里攥着几棵星星草，在我们这些大孩子身后追赶着。跑不动的时候，她就会大喊我让我等她。这时候我会蹲下身来背起她，再继续追赶我的"大部队"。在荧屏前坐定之后，电视开播以前，她会把那几棵星星草硬塞到我手里，强迫我给她编制小兔子和毛毛虫。就在这短暂的时间里，她也不愿放弃这令她心动的"玩具"。

冀南的乡间毕竟不只是孩子们游戏的世界。一次，我和几个同学由一排房前走过，从一间屋子里传出阵阵口号声。当我匆忙走过窗前时，看到被批斗的是著名作家梁斌先生。他面对着批判的吼声，神色似愤慨似无奈，目光有些茫然，汗水顺着他那宽厚的脸庞往下淌着，我相信那汗里的成分不全是咸的物质，而包含更多的是苦涩。忽然，有人把一个用星星草揉成的草团用力向梁斌先生投去，可那团草并没有击中梁斌先生，而是纷纷扬扬散落了一地。难道草木也有灵性吗？我怀着迷乱的心情离开了那窗口。对这样的场合我一向都是躲避的，因为我怕从中看到父亲的身影。父亲和梁斌伯伯被编在同一个连队里接受改造和再教育，父亲被列为"走资派"，梁斌伯伯则属于"反动文人"，他们同住在一个"牛棚"里。这些被重点管制的人，会无一例外地遭遇到同样的厄运。我实在不愿目睹这令人心碎的一幕，每当听到震耳欲聋的口号声时，无论被批判的是谁，我都会像躲避瘟疫一样迅速地逃离。

父亲终于没有逃脱如此厄运，我心里的恐慌和压力一天天加重。每天放学后不愿多在外面逗留，早早地回到宿舍等待妈妈回来，只有她回来我才会感到踏实些。而妹妹依然无忧无虑地和卡布拉一起玩耍。夏季眼看就要过去了，妹妹从田野里带回的星星草已渐成黄色，她仍旧天天晚上缠着我，让我用星星草给她编制那些小玩意儿。

一天，妹妹凑到我身边，神秘地说："姐姐，你挑一枝最长的星星草含在嘴里。"我知道她要捉弄我，因为一些大孩子常常哄骗她们，说如果把星星草含在嘴里，就能在白天看到星星，她们就真的相信，照着去做，大孩子使劲儿将草茎一抽，草籽儿便散落在小孩的嘴巴里，这时她们才知道上当了。妹妹此举定是受了捉弄后的如法炮制，我不忍心让她失望，就挑了一枝最长的、草籽儿最多的含在了嘴里……

直到今天，妹妹得逞后的手舞足蹈和那顽皮的笑靥仍历历在目。我也渐渐领悟到那些咬着草茎、心怀希冀的日子的意义。学会等待，学会忍耐，在等待和忍耐中期盼着白天能看到的星星。

如今，一切都已远去，似乎已成为梦境。随着时代的发展，各种高科技玩具的诞生，草作为玩具已经不值一提。可草却给我们的童年带来过无限的快乐和无尽的思索。

可爱的大自然赋予了世界之美，也缔造出万物之灵。通过这几枝野草在不同时代里所担当的不同角色，让我产生出许多联想与回忆，那些快乐、新奇，还有痛苦、无奈、愤懑，此刻真真切切地重现眼前。我不禁仰头长叹，抒发着心头的感慨，忽见一轮明月正悄然爬上枝头，不知不觉中，我已在操场上环绕一周了。透过明朗的月光放眼望去：操场上，女儿正奔跑在那400米的跑道上。

自然也是一种美

我看西柏坡

常听人说："西柏坡是新中国的襁褓，石家庄是新中国的摇篮。"而我在石家庄生活了多年，却从没去过西柏坡，这不能不说是个遗憾。每次听人说起西柏坡，都会让我无比向往。作为在新中国成长起来的一代人，一直将"西柏坡精神"和"优良的革命传统"看作一笔宝贵的精神财富。这笔财富不仅对我们，对培养和教育下一代也具有非凡的意义。

听朋友介绍说，70 年代去西柏坡时，那里正在建设之中，植树造林，美化环境。而今，已是绿山碧湖的美丽景区——水光潋滟、满坡翠柏、松涛阵阵。这里不仅风景优美，更是一个对后人进行革命历史教育的重要基地。坐落在西柏坡的革命历史纪念馆和蜡像馆，以生动的人物形象、历史图文资料和当时的战争物品，让参观者们对革命历史有了近距离的追忆和思索的机会。

说起西柏坡的自然景色，联想到曾听说过的有关毛主席在西柏坡时的一个故事。1948 年 10 月，正是秋风送爽、稻谷飘香的季节。一天傍晚，毛主席和其他几位领导同志开完会走出了中央机关的大院。在大门口遇到了几个机关干部的小孩在那里玩，主席便走过去亲切地问他们：几岁了？上学了没有？读几年级？孩子们一一做了回答。毛主席亲切地对他们说："你们是革命事业的接班人，要好好学习，学好文化，长大了好为人民服务啊。"孩子们认真听着这位伯伯的话，点头答应。

离开孩子们之后，毛主席和他的战友们沿着田间小道朝南边走去。走出约 20 来米远时，就听到后面孩子们的耍笑声。原来那几个小孩子正追赶着跑进了稻田玩捉迷藏呢，玩得尽兴就忘记了脚下还有正在成长的庄稼。毛主席见此情景立刻转身回来，他快步走过去一边招手，一边向那几个小孩招呼道："快出来，快出来！"孩子们听见喊声，见朝他们走来的是刚才跟他们交谈的那位伯伯，就乖乖地从稻田里走了出来。毛主席走近他们，指着田里被踩倒的庄稼严肃地说："你们只顾自己玩，可把老百姓的庄稼毁坏了。"那几个孩子听到主席的话，知道错了，低下了头都不说话。毛主席耐心地跟孩子们说："你们看，这么好的庄稼，这是农民伯伯辛苦劳动了一年的果实，是用汗水换来的，要是把庄稼毁坏了，不但农民伯伯不高兴，我们也没有饭吃了。你们的爸爸妈妈都是共产党、解放军，你们不是也会唱《三大纪律八项注意》吗?"讲完之后，毛主席带头和孩子们唱起了《三大纪律八项注意》的歌曲，并称赞他们唱得好，说："这首歌以后你们要天天唱。"孩子们听到夸奖高兴了，唱着歌儿走了。等孩子们走后，毛主席带领走在他身边的同志们下到田里，把被踩坏了的庄稼重新扶起来。

人们爱戴领袖，传颂着一个个有关毛泽东主席与劳苦大众，与红军战士，与他的白马息息相关的故事。这些代表着毛主席人民性的感人故事与他那高大的身材和他的丰功伟绩根植于中国人民的心里。这些小事反映出了毛主席体恤人民疾苦，爱护人民群众利益的领袖情怀。

我们向往西柏坡，她是中国革命史上的一块圣地，是哺育中国共产党执政后保持政治本色的摇篮，也是进行爱国主义和革命传统教育的课堂。

燕园四月天

说来北大的一草一木原本与我没有多大的关联，但细细想来，似乎又有着"剪不断、理还乱"的某种情结。早年母亲曾在燕京大学读过书，这里给她留下了一段宝贵的经历。

再有就是十几年前，我的先生在中国中医研究院西苑医院就读研究生的那段日子里，我们常来北大影院看电影，到三角地看大字报。那时上映的几乎一律是港台爱情片，大字报多是反贪反腐的内容。在当时，一面是悱恻缠绵的婉约情怀，一面则是如火如荼的激烈场面，这极大反差的交融，居然也形成了一种格调，一种气氛。今日想来，竟"别是一番滋味在心头"了。

回首间，又想起十年动乱中，刚满11岁的我曾背着外祖母，独自跑到北大去约会一位偶然相识的女中学生，她希望我们一道去"长征"。当时的长征虽不像红军走过二万五千里那样具有划时代的意义，但在当时也是一种"时髦"的狂热，是区分革命与保守必不可少的分水岭。当时的我还太小，并不真的懂得"长征"的含义。但家住北大的那位女孩儿终于调动起了我的"长征"热情。然而要想把这热情变为行动，就必须得征得外祖母的同意才行。于是那女孩儿便主动提出帮我去说服她答应我们一起去实施这"宏伟"的计划。至今我还记得我的那位同伴一副英姿飒爽的模样，不安分地坐在外祖母家八仙桌旁的太师椅上，张口"友谊"、"串联"，闭口"造反"、"革命"，说的都是院墙外的一些新词儿。送走她之后，外祖母大怒，对我一通劈头盖脸的训斥，说我跟这样的疯丫头会学坏的，并且永远不许我再和她来往。

我外祖母是位旧式妇女，她希望我能做个大门不出，二门不迈的"闺秀"，永远与现实相隔绝。当初，她没有拦住母亲出去参加革命，而后，自然想用她那套礼教束缚住我的手脚。而我明知她对我的期望，却硬要违背她的意志行事，不但要出大门迈二门，还梦想着去远征，这怎能不令她老人家大怒呢？然而，无论她那套礼教是否或多或少地影响过我的成长，但在后来的日子里，我一直都在暗自悲叹我与北大的无缘。

可庆幸的是，在21世纪之初的四月里，北大终于和北医合并为一校，我也终于可以说我是北京大学的一份子了。这牵强的"缘分"似乎给了我许多的欣慰和满足,以至于我想到的第一件事就是拿起尘封已久的工作证,跑到图书馆办了一个北大图书证。我想,这大概是我能够踏进北大门槛的唯一理由了。

不久,我的家搬至稻香园,距北大也只有十几分钟路程。这为我去北大看书提供了极大的方便。

跨进北大校门,首先映入眼帘的是一片荷塘。那正是"荷叶罗裙一色裁,芙蓉向脸两边开"的好时节。我漫步于亭台桥畔,也想尝试着做一回风流雅士偶然一番。在这个时节里赏荷,既可赏心又能悦目,何乐而不为呢?放眼望去,荷塘里果然一派欣欣向荣的景致:满池的"芙蓉",手执"罗裙"随着风的摆布翩翩起舞,并不住地用它们独特的肢体语言向徜徉在水边的人们致意。我敢断定,那婀娜的舞态,加之绰约的丰姿,任你走遍大江南北的舞台也是难得一见的。叶瓣中滚动着的露珠,像是舞女们头上的玉簪,在阳光的照射下晶莹耀眼。随着又一阵清风吹过,眼见得池塘中央的一朵夏荷,缓缓地将它那张绽放得正好的面庞转向于我,朝我颔首微笑。不由的我惊呆了:那夏荷朱颜美颈,含羞带怯,色泽夺目,暗香流动,亭亭玉立于群芳之中,恰似一位仪态万方的美人儿从天而降!一时间,由我心底升腾起缕缕柔情暖意,就如同遇上了我梦寐已久的情人,让我痴迷、让我心醉、让我忘乎所以 …… 有谁能说莲花只具备"冰清玉洁"的高贵品格?除此之外,它分明还有着"倾城倾国"的丰腴魅力!倏忽间,耳边飘来白居易赞誉杨贵妃的优美诗句:"回眸一笑百媚生,六宫粉黛无颜色。"那情态,以及由那情态而产生出的效应,用在这里,不正是恰到好处吗?

绕过荷塘,便来到了我要去的图书馆。"百年书城"四个辉煌的大字,正高悬于图书馆内迎面的大厅之上。那是出自江泽民同志的手笔,也是这"殿堂"的真实写照。四处里摆放着的绿色植物、名画和工艺瓷器,给这偌大的"殿堂"平添了无尽的神韵与丰采。万卷藏书浓郁了这里的学术环境,也造就了这里的知识盛名。在踏入这"殿堂"的一瞬,就仿佛远离了纷乱嘈杂的尘世,只将心灵净化得无比纯净无比高尚。忽然而至的安静,犹如万籁皆空,以至于各个阅览室、藏书馆内依稀拨动耳鼓的只有读者们掀动书页的纸音。

环顾书海,顿然使人忘却了一切烦恼与杂念。慢步轻移,似乎让人感受到了脚趾落地的回声。于是我便设想,倘若此时掉在这地上一根针,那声音定能与音乐厅里回荡的任何一个音符相媲美!

包罗万象的图书和资料自不必多说。仅是文学类及文学理论类藏书就已然多得令我目瞪口呆！琳琅满目的图书被分门别类地摆放着：文学评论和研究，戏剧评论和研究，小说评论和研究，英美文学研究，文学史，文学思想史，艺术理论，文化理论，诗歌、韵文，各时代作品集，中国文学，中国古代文学，世界文学，风俗习惯，人物传记，舞蹈，音乐，美术，雕刻，电影……我要的、我想的、我寻的、我梦的，在这里应有尽有。只有在这一刻，我才真正体验到了什么是幸福！也只有这一刻，我才更加清楚地明了：这里是久负盛誉的高等学府，是神圣的"伊甸园"，是知识的"殿堂"，是多少人做梦都向往的地方。他们之所以向往这里，是因为他们希望自己成为中国乃至世界上最棒的人！而我不明白的却是我自己，何以来得如此大的吸引力，牵着我的心，扯着我的襟，致使我一次次地"踢破"这"门槛"，又一次次地踯躅、流连于此呢？我似乎总想在这园中寻觅到某样东西。有时候，我不由自主地问自己，我来寻什么？我又来觅什么？是我欠了它？还是它欠了我？我痴迷这里的是什么？我向往这里的是什么？我急切地想感受这里的又是什么呢？难道，是梁思成宏伟的建筑蓝图？还是林徽因的才华与美貌？是徐志摩那柔肠寸断的爱情故事？还是季羡林先生投入池塘里的那几颗洪湖莲子所孕育出的荷韵？是随处可见的人文景观？还是无处不在的历史见证？抑或是先驱者们的民族气概？名流学者的大家风范？还是那一张张青春勃发的笑脸？是校园里的一片蓝天？还是我心目中渴望已久的这"百年书城"呢？不知道，我只得摇头，而无法回答自己。

夏日、秋日都在不经意的匆忙中掠过。冬日的来临，依然没有让我悟出一个明确的道理来解答心中的疑问。虽然离春节没有几天了，但校园内仍然能够看到人们忙碌的脚步和学生们的身影，丝毫没有寂寥的感觉。

年后，当充满生机的四月又重返人间的时候，我又一次踏进了北大的校门，呈现眼前的是一派春意盎然的美景：绕梁呢喃的春燕，和风拂绿的柳丝，微波荡漾的湖水，红砖碧瓦的校舍，一切都折射在幽静的春晖里。

一扇扇古色古香的花格窗愉快地敞开着，就仿佛伸出的两只臂膀在迎接春的到来。华丽典雅的雕梁画栋，宛似雄鹰展翅般的校舍屋脊，在蓝天的光宠下栩栩欲活。丁香、二月兰的绽放，给仲春的四月增添了无尽的美意。这时候，喜鹊跳上枝头，迫不及待地向人们报告着春的消息。学子们或三五成群，或离群独处，就读于校园里的各个角落，偶然间也能从某个方向传来朗朗悦耳的英语。人们已适时地换去了臃肿的羽绒衣，男孩子们露出的是各式各样的夹克衫和牛仔裤，精干而潇洒，女孩子们也跟着穿起了五颜六色的春大衣，俏丽而飘逸……

　　只有身临其境，才有可能感受到这园中的春意。也许你是前来办事？抑或你正迷途问路？与你打交道的，无论是名流、学者，还是领导、教授，也无论是普通员工，还是青年学生，在这里，你看不见草率敷衍的冷面和恃才傲物的盛气，感受到的永远是慈和可亲的面孔与彬彬有礼的风度。一位在这里就读的研究生曾向我介绍说，北大的导师对学生们既严格指导，又慈爱有加，俨如家中的父母对待自己的孩子一般，没有距离感。我想，这正是做学问的人所具备的品格，由此也让人透视到了北大人的风貌与美德！这风貌这美德，便是我头顶上的这片天。

　　我禁不住抬起眼帘，仰望着燕园里这四月的蓝天。蓦然间我恍然：却原来，我苦苦寻觅的是一种看不见摸不着的力量，我痴迷的是一种让人魂牵梦绕的氛围，我向往的是一种别来已久的情怀，我感受到的是一种引导时代新潮流的人文精神！

　　这力量、这氛围、这情怀，还有这精神是永恒的，是独一无二的。因此上她就格外地吸引我、牵制我、陶冶我，也激励我。

　　如果用当今最最时髦的话来表达我此时的心愿，那就是：许我一个我想要的未来！

　　——只因为，这里有着太多太多的学问，太多太多的故事。每一次的来，都会让我带回每一次的感受与收获。

　　感受北大，收获知识与幸福。我想，这就是我最好的未来。

　　傍晚，当我一次次地走出北大校门，向天边的晚霞默道再见的时候，耳边常会响起"新月派"诗人徐志摩那飘忽、婉丽的诗句："轻轻的我走了，正如我轻轻的来；我轻轻的招手，作别西天的云彩。"

窗　口

人们通常喜欢在客厅里消磨时间，看电视、听音乐、读书、看报。

客厅固然好，面积大、有情调、采光充分，落地窗也放宽了人的视野。可是这环境常让人心猿意马，用情不专。为什么不去书房呢？端坐于书桌前，煞有介事地翻阅书报，搞创作，总会有灵感迸发。

在我看来，起居室里静谧、踏实的氛围更利于观察和思考。

在阳光的照耀下，坐在起居室临窗的休闲榻上读书是件幸福的事，读累了放下书朝窗外望望，既能养眼提神，又能缓解疲劳。一年年的风花雪月、阴晴寒暑，四季景色尽收眼底。那花园、草坪、喷泉、雕塑、凉亭、假山；那云杉松、垂杨柳、山楂树、丁香、睡莲、蔷薇；通往红砖大道的石板小路、曲曲弯弯的石头台阶；金发碧眼的过客，还有那些从不高声讲话却手不离电话机边走边聊的韩国人，皆为窗前一景。

依窗而坐，常会生发出许多联想和感慨。眼下已近初冬时节，千草枯萎，万叶凋零，护栏前那六株海棠树的叶片却不见褪色，跟周边的景色形成了反差，所以就它引人注目。园林师傅们要赶在"小雪"之前浇透草坪和树木，为薄弱的树干缠上草绳，用编织布给当年移植栽培的雪松、园竹搭起一座座挡风的"墙"，好让它们安全越冬。

不远处，供孩子们游戏的秋千、高低杠、跷跷板、滑梯，红黄错落，隐约可见。那些蓝眼睛、披着一头金发，四季身着短裙的女孩子们常在甬道上骑单车，在草丛中嬉戏。原国家女子体操队队员桑兰应该也是看中了这里独特的景致与完好的服务设施而购买了这个社区的房子。新加坡著名的房地产开发公司以它优秀的质量品牌和对客户的诚信，吸引着世界人的目光。

万般思绪结集一起，眼前跑着的小女孩竟让我想起了幼年时期的伙伴，想起了在幼儿园、在小学时和同伴游戏的情景。我胆子小，从来不敢荡秋千，也不敢爬高，只是坐坐转椅，玩玩滑梯。我曾亲眼见到一个同学从滑梯上坠落下来，那情形至今历历在目。也是冬季，她穿得很厚，红格子棉袄、绿色的条绒棉裤，齐耳的"娃娃头"，红扑扑的脸庞，像个布娃娃似的躺在地上张着嘴巴哇哇大哭——或许惊吓比疼痛更容易激惹孩童的大脑神经，与其说痛不如说被吓坏了。打那以后，每次玩滑梯我都会想起那一幕。

谁也想不到这个同学的悲惨结局。中学毕业后她去农村插队了，表现得很好。她年轻、单纯、质朴、要强、吃苦耐劳。由于劳动出色，经常受到表扬，久而久之遭到了周围人的嫉妒，人们疏远她、攻击她，为此她愤怒、苦闷，觉得现实对她不公平。极大的心理落差、超负荷的体力劳动、巨大的精神压力，使她几天几夜无法入睡，不久，她就患上了精神分裂症，几年后自杀身亡了，那时她只有二十几岁。那样一种时代背景，那样一种人际关系，以个体生命的代价为告终，令人扼腕。

然而世界在发展，现实让人变得聪明，中国对外敞开大门之后，人们眼界、心胸的包揽能力也在不断地扩展。今天，谁还会在乎那样一种形式上的肯定？人们的价值观随着时代的前进早已变异和更新。

换一种心情看窗外，环境幽静，景色宜人，各色人等在风景中游走。眼前就像一个小小的国际社会，在这里居住的有俄罗斯人、哈萨克斯坦人、美国人、英国人、韩国人，当然，多数还是中国人。牵着爱犬散步似乎已经成为一种时尚，小区里最常见的狗是哈士奇、阿拉斯加雪橇犬、可卡、边疆牧羊犬、雪纳瑞、金毛和拉布拉多。透过灰蒙蒙的晨雾，看到假山旁的池塘边已有不少人在晨练了。

巴尔扎克说："晚霞只不过在空中停留十分钟，在女人心里十年。"是的，实际上最惬意的事，还是在傍晚时分看夕阳，红云变幻莫测，美极了。

平日走在社区园林里，耳边飘过的韩语比汉语的频率还高，物业公司张贴的提示语以汉、韩、英三种文字并列，韩国人在"望京"的气势由此可见一斑。随着韩国驻华人员的增多，便有朝鲜族人在社区东门外开设了一家韩国便利店，经营饭桌、石锅、餐具、各种酱料、打糕、寿司、汤面、泡菜，还有从韩国进口的小型家用电器、各类饮料、食品以及日用品。偶尔我也来这里买些日用品。韩国出品的洗涤剂和香波碱性小，所以用着很舒服。

在北京举办奥运会期间，暂居在这里的外国人明显地多起来，各个国家，各种肤色的人说着不同的语言穿梭于此。由肤色导致的差别和歧视似乎已经在我们这个时代结束了，中国的日益强大和进步让我们敢于面对各种肤色和挑战。作为中国人，那一刻我感到了由衷的骄傲。

外国人喜欢运动，注重体育锻炼，他们怀着坚定的信念，让身体经受"折磨"，使其保持旺盛的生命活力。因此小区会所的游泳池、桑拿房、网球场、台球桌、跑步机上每天能够准时看到他们的身影。我们的同胞却在强调时间不够用而放弃了许多本该同享的资源和待遇。

30 年来，中国的发展变化使世人始料不及，物质生活的迅速提高，使文化和观念上的跟进显现出迟缓的态势。足不出户，便可了然：那些外国人、白人，无论男女老幼，经过别人家的住宅时，眼睛注视前方，从不斜视。这姿态表明了"窥视人家的隐私是不道德的"这一简单的道理。全不像有些国人，怀里抱着孩子，坦荡荡地站在人家窗前直视良久……每当我看到这一幕时不仅心酸，更有隐忧，忧虑他们怀里的孩子将会怎样面对未来人生中所要经过的一个个窗口……所以我想，只有中国人的知识教养和生活质量同步提高了，民族才有希望，才能勇往直前。美国人再高明，也难以做到勇往直前，他们一贯奉行的"享受要提前实现"的作风引发了正在日益加深的金融危机。"分期付款制"虽然使社会处于稳定状态，也显示出了美国相当高的国民道德水平和诚信度，让很多人提前过上了幸福生活，但由于巨债难还而导致的相关的房地产公司和保险公司的破产，银行倒闭，金融体系崩溃，造成了全球性的经济衰退局面。

韩国政府为了救市已经投放了大量美元。2008 年 11 月 4 日的《东亚日报》显示，如果加上援助建筑公司 9 万亿韩元和减税计划 10 万亿韩元，2008 年韩国政府花在克服经济危机上的资金就高达 33 万亿韩元。韩国财政支出的不断增加使得韩国国库负担过重，财政收支赤字的增加造成了国民的经济负担，由国民所承担的国家债务赤字已达 148.6 万亿韩元。

同样的经济压力，不可避免地波及到了在中国工作和居住的韩国人，2007 年底我去韩国时，人民币兑换韩元的汇率为 1∶120，由于人民币升值，美元贬值，2008 年下半年人民币兑换韩元的汇率就到了 1∶200，这让在华工作的韩国人感到了从未有过的负担，他们在中国抚养一个孩子并供其读书，一年下来就需要人民币 18～20 万元，这在去年，还是韩国一个家庭在华一年的生活费用。美国的经济危机牵累了世界经济，在全球金融危机的影响下，他们中的很多人不得不携家眷返回了韩国。

留神观察，就会发现社区里的韩国人的确少了很多。人气衰退的代价是难以用心情估量的，留下来的韩国人精气神衰减了不少，仿佛连说话的语调都失掉了底气。东门外韩国便利店那位一向绷着面孔做生意的老板娘，脸上竟呈现出了以往没有过的谦卑笑意，这让我非常吃惊。我倒觉得，不论在任何情况下，人都要保持中立的态度，不卑不亢、诚恳热情，才能立于不败之地。即使失败，也能做得人格不倒。由此可见，"以不变应万变"是一种人生态度，是理性的发源，也是感性的基础。不是吗？而对于生意人来说，这实在不是件容易的事。眼下，当你向她询问一样商品价格的时候，她会主动承诺要打折出售给你。夸张一点儿说，从她面目表情的变化中，便可体察到世界风云的变幻。

国外的休戚，已经与我们息息相关。全球性的金融危机势必给中国的经济增长带来负面影响。那位腋下夹着麻袋，手拿秤杆游走于社区内外收废品的老汉，这几天也皱着眉头。一些新入住的人家想把包装电器和家具的纸壳板卖给他，一打听价钱就抱怨道："上星期塑料瓶还是一毛钱一个呢，最高时还卖过一毛五分钱一个，这星期怎么就变成五分钱一个了？"收废品的老汉高声叫道："不光是塑料瓶不值钱了，原来的废报纸每公斤卖一块五毛钱，现在八毛钱了；以前废铁每公斤卖三块钱，现在呢？一块五；易拉罐由原来的一毛钱一个降到了五分钱一个。这生意多难做！我也想让经济形势好起来，给个高价，这样你我都高兴，可眼下我做生意不能赔钱呀。"听来像应和，也像抱怨。

如果你还不相信他的话，跟他矫情，他就像受到极大的误解和委屈似的，激动地从口袋里掏出一张皱巴巴的、但折叠得很整齐的报纸，喷着口水把上面的内容念给你听："'自2008年9月份以来，国内一些钢厂、纸厂、塑料加工厂等企业接到的国内外订单陆续减少，这些生产企业只好减产，并压低其支付给废品回收公司的价格。因此面向市民的废品回收公司只能持续降低各类废品的收购价格。'您听见了吧，这就是废品收购降价的原因！您是有文化的人，还没听说吗？金融危机导致了咱们国家的加工业减产，废品回收价跌了一多半。就是让金融危机给闹的，连废品收购站都倒闭了一半！现在，废品是一天一个价，明天可能跌得更厉害呢！看这儿挣不着钱，我的好几个收废品的同乡都回老家去不干了。"

眼前这一幕不由得让人感叹，生活已经让这位老汉成了研究经济学的"专家"了，他的话里有理论，也有现实在生活中的反映。他看你点头，已经被他说服了，才小心翼翼地将那报纸原样叠好，揣进口袋里。那是他付费的根据，生活的依靠，难怪他如此精心地将它贴身收藏呢。

就这样直面窗外，不仅可以观赏景色，还能够管窥到风云的变幻和世事的变迁。

谈女人魅力

前不久去参加了一个文学笔会。会上某省报社记者对一位 40 岁的中年作者说："我很想认识您，您不但文字洗练，而且您具有女性的魅力，正是'文如其人'呢。"

我看到那位女士张皇地睁大了双眼，谦和而惭愧地说："我已经过了漂亮的年龄……"

"我说的是'魅力'，您很有魅力！"他立刻纠正对方。

随后我听到女士坦然、真诚地向那位记者道谢。

不难看出，"魅力"是对一个女人的最高奖赏！我断定那位记者不是在讨这位女士的欢心，因为她的确非同一般。

在舞乐声中，几位男士纷纷邀请她跳舞，而女士依次向各位表示歉意："对不起，我不会跳舞。"

于是男士们的眼睛里不约而同地显露出惊异而惋惜的神情——他们面对的似乎是种"资源"的浪费。

她终于推托不过去了，出于礼貌，应邀跟随一位男士的手势起身步入舞池。

我肯定她没有过进舞场的经验，更没有受过这方面的训练。从她那被动的有失从容的舞步中，就不难断定这一点。然而奇怪的是，她的姿态依然绰约，身影依旧超然。

酒会上，不少人频频举杯向她致意——有男人也有女人。

——举杯、共饮、微笑、无言……

我大感，我哑然—— 一个人的魅力竟是如此地无以掩盖与遏制。一如天性使然。

我不由自主地回过身来仔细打量这位女士。她素面洁净，不施粉黛，衣着简洁而得体，神态恬静而淡然。她的外表装束没有哪一样与众不同，可是她整个人却给人一种与众不同的感觉。由此说明，女人的魅力不在于年龄，也不全在于修饰，而在于她那特有的、独具的内在气质。

在我眼里，她就好像巴勒斯坦女人蒙着一层面纱，神秘、朦胧。又好似维多利亚时代的女人永远生活在旱伞下，姣美、迷人。

她的不急不缓，她的彬彬有礼，她的不卑不亢，她的落落大方，无不显示出一种只能欣赏不可描述的恰如其分，一种使人过目不忘的妙不可言。

　　她不该是中心，而在某种意义上说，她已然在人们的不自觉中成了中心；她本不是皇后，却成了这特殊场合中的"皇后"。

　　或许，我还不可以轻易地将这魅力完全地归于天性。而后天的生活环境、成长经历、自身修养、家庭背景、文化底蕴、知识结构、社会教养，这一切综合条件加之天然因素才是构成一个人的品行、风格、韵致乃至于魅力的根本。

　　汉语词典上解释说，魅力就是很能吸引人的力量。我以为这力量便是来自个体的不同于群体的内在修养。它通过人的行为、举止、言谈、表情、处世的方法、为人的态度、思想情感的表达、综合气质的流露、文化素养的渗透而再现，乃是整体风范自然而然的反映。魅力不是单一化的模式，而是多样化的、独具特色的具体体现。

自然也是一种美

　　被称为一代歌坛天后的邓丽君小姐，在台北市中华体育馆里举行的一次个人演唱会上受到了观众们热烈的欢迎。持续演唱、舞蹈了两个多小时的邓小姐依然难以谢幕走下舞台。在演唱会休息时，主持人与邓丽君曾有过这样一段访问对话：

　　"由此可以下一个定论：邓丽君的人，邓丽君的歌是老少咸宜、男女都爱。我是想一个人活在世界上，能使某些人来欣赏你，这是很容易的事情，但是让全中国、全世界的人来欣赏，这倒是很不容易。你到底是用什么方法让人家如此欣赏你呢？"

　　"我没有什么特殊的方法。不过，我是觉得不管做什么事情，比如今天我是歌星，我唱歌的时候，把我所有的感情，所有的 Feeling 都用我的歌声表达出来了。内心的感受，不管是欢乐也好，寂寞也好，痛苦也好，我只是用歌声来表达。"

　　"最要紧的一点，是把你的诚、你的纯揉进去了。当然你自己是不好意思讲了……"

　　乔羽先生曾这样评价邓丽君："一个用歌声给人们带来情感快乐的人，人们将永远怀念她。"

　　——这似乎也论证了一种观点："有美的身体，以身体悦人；有美的思想，以思想悦人，其实也没有多大差别。"

　　张爱玲在谈女人中还说："可爱的女人实在是真可爱。在某种范围内，可爱的人品与风韵是可以用人工培养出来的，世界各国各种不同样的淑女教育全是以此为目标……"

如此说来，属于女人最珍贵的东西应该不是青春，不是姣容，不是金钱，更不是地位和权利，而是魅力！

青春易逝，姣容难留。它不能永久地伴随人生。金钱、地位、权力乃是过眼烟云，一荣俱荣，一损俱损。它能够使人屈服，却无法令人折服。

我认为，女人应该最大限度地尊重自己，爱戴自己，不断地提高自己的品位与各方面的修养，不断地调整心态来充实自己。保持住你的魅力，才是你永不言败的实力。

世上最苦是情种

在朋友热情地怂恿下，我家先后养过三只猫。在此之前也有熟人告诉我，若养猫千万别养母猫，究其原因是发情时的叫声令人难耐。可有时你回避什么就偏来什么，阴差阳错地一只年幼的波斯母猫就在我们没有任何精神准备的时候被带到了我家。开始时它是随我的一位朋友来做客的，我们被朋友的情趣和爱心所打动，于是便用款待"贵宾"一样的盛情欢迎着它们的到来。来过几次以后，这只幼猫就不想走了，它的主人也并不勉强它，而我和我的家人此时对它好像也有了一份感情。就这般，它大模大样顺理成章地就成了我们家庭中的一份子。这倒是个自自然然的过程，在双方都没有约定俗成的情况下逐渐地过渡成了一家人。也好，就此免去了彼此无法预知的那份矜持与被动。

我和我的家人们亲热地称它为"甜咪"（即甜蜜的谐音），就像老北京人亲昵地称呼自家的女孩儿，也像满院子满大街跑着玩的那些女孩儿们都有个普普通通的名儿一样：丫头儿、三儿、英子、大凤儿、妞子，叫起来透着甜味儿。

当甜咪第一次到我家来时我们就对它产生了兴趣。最初时，它会用它那条如拂尘掸子般的长毛尾巴亲热地轻扫着人的脚面来讨人喜欢，让人感觉痒痒的、暖暖的，十分惬意。正当闲暇之下无聊之际，它也会不失时机地跃上你的双膝恃宠卖娇，令人感动不已。它的乖巧它的温厚竟让我忽视了熟人的忠告，只觉得它甚是可爱直到最后收留它。它那一身洁白的长毛，上下找不到一丝杂色。它用舌头和唾液把自己侍弄得干干净净。尤其它那双蓝灰色的大眼睛，总是脉脉含情地环视着我们家庭中的每个成员，同时道出含混不清的絮语，仿佛正表露着它对主人的忠诚。当你倦了之后不再理会它时，它就讨好似的拖着温柔的尾音朝你"喵—— 喵——"地叫两声，然后就像个羞涩的小姑娘似的偎伴在你的脚边。那份信赖那般娇慵让你不忍心回绝它的任何一项请求。而当有人无意中激怒了它或有猎物出现在眼前时，它那黑色的瞳仁便会一下子转成暗红色，炯炯地闪烁出火一般的光焰。由于它的身体里流淌着波斯家族的血液，因而也就延续着它祖先优秀的遗传基因和秉性：温文尔雅、善解人意、气质华丽且高贵，叫声尖细而优美。据一位懂猫的专家讲，它的祖籍是土耳其，波斯原是安卡拉和安哥拉猫杂交养育出的结果，由此而来，在人们的意念中"波斯猫"也就成了纯种猫的代名词了。

为了迎接甜咪的到来，我特意跑到图书馆借来一本家庭育猫的教科书仔细研读，为饲养好这只"猫姑娘"打个基础。书上详尽讲述了猫的秉性习惯，喂养管理方法和防病治病的医术。而我极其关心的还是母猫发情时用什么办法遏止它那焦躁的叫声，可书中却只字未提。仅用一句"及时做去势手术"的建议来解决所有的问题。

我不忍心扼杀动物的天性，以为那样做不道义。

半年过去之后，出现了一点儿先兆。那几天里它忽然神思昏沉，愁眉不展，有时"嗷—— 嗷——"地叫几声，而仔细观察着它的动静发现并无大碍。

大约又过了一个月，这"故事"又重新上演。开始时它显得特别兴奋，狂奔乱跳，不思饮食。我们把平时它最喜欢吃的鲫鱼牛奶拌饭放在那里，却丝毫引不起它的食欲，勉强走过去对着盘子闻闻，然后就快快地离开了。它不再取宠于人的怀抱，甚至拒绝人的爱抚，显得烦躁不安。它的种种表现像个不驯的小马，又好似怪僻的病人。到了第二天它就像小孩子那样地流口水，焦躁狂暴地在门口和窗台上徘徊着发出长长的、粗大的叫声，仿佛在召唤它的"意中人"。只要有人无意中碰它一下，它就耍赖似的躺在地上不起来了，就好像有谁虐待了它。它常常蹲下身来踏足举尾，表现着它本能的渴求。

安静下来后，它无精打采地对着镜子，目光呆滞地凝视着狼狈的自己，又是本能地显出百无聊赖、顾影自怜的娇态。这时如果有人企图"教育"它的话，它便赌气似的将脸扭向一边，发出不耐烦的叫声。它的身体状况急剧地下降且日见消瘦。往日里那个漂亮的爱清洁的"白雪公主"如今已堕落成了"三餐饭茶无滋味、懒对菱花不梳洗"的"垃圾千金"。它蓬头垢面，萎靡不振，额头和鼻尖上不知由哪儿蹭来的一块块黑灰，身上雪白的长毛也已变得灰不溜秋。一双眼睛暗淡无光地平摆在脸上毫无生气，就像个濒临死亡的"大烟鬼"，对眼前的一切都不屑一顾。

让人无法容忍的时刻终于来临。到了午夜时分它便肆无忌惮地放声哀嚎，任谁听了都会毛骨悚然。我这时不得不起身，提着拖鞋走到客厅来教训它。面对武力，它既不逃跑也不反抗，躺在地上"双手"捂住脸一动不动、一声不吭。仿佛在说："如果你下得去手就打吧！打死了我反倒舒服了。"想想自己赤脚拎鞋，气势汹汹的模样，好像它是无辜的，我倒成了无理。

我们只好彼此担待着。五天之后它终于收场了，一切过去后又恢复到了以往的安宁。这时，神思清朗的甜咪明显地在躲避着人们，它总是悄悄绕过人的视线，偷偷去叼上几口鲫鱼拌饭，之后就悄没声地躲在亚麻桌布后面仅露出一只眼睛，不动声色地观察着主人们。我猜这躲避一定是因为它的自尊，清醒之后自己觉得难为情，生怕主人因此瞧不起它而疏远它，担心主人不再像过去那样宠爱它。我向它走过去首先与它握手言和，告诉它我们还和从前一样地待它。它抬起那双蓝灰色的大眼睛羞怯地望着我，从喉咙里发出轻微的叫声。这低柔温婉的声音就像一支"羊毫提斗"轻拂于耳边，虽是轻描淡写却也让人觉得有情有义，似乎在告诉这世界它的失态纯属本能而无法控制。

为了不使它继续难堪下去，家里所有的人都更加温良地待它，不与它为难。它端庄地坐在那里，像个斯文的淑女。

甜咪"苦恋"的历程，让我想起了张宁那首《未了情》中一句凄楚委婉的唱词："世上最苦是情种"。而我多么希望它能够把自己所遭受的痛苦也视为一种幸福，像童话故事中的玻利安娜一样，愉快地生活呢！

然而愿望有时竟很难与现实相吻合。一年之后我们还是换养了另外一只猫。那是一只好动的狸花猫，它的主人送他来时介绍说，它是曼克斯猫和狸猫的混血种，于是它就有幸继承了一尊高大的臀部，一身灰黄相间的花纹儿短毛。它的主人临走时还夸耀说，它的祖先出生在英国的曼岛，没有尾巴。据说是因为当时的爱尔兰入侵者酷爱用猫尾巴做头饰，致使它们的尾巴全部被砍掉了。这种猫是英国宫廷宠物，已有 100 多年的历史了。我明白他是要以此来证明这猫的稀有和珍贵，希望我们好好地待它。然而这猫毕竟已串种演化成了小狸花。不过，这并不妨碍我们对它的驯养热情，愉快地收留了它。

来我家不久我们便发现它生性太傲太闹太无忌。大概这也是它的祖先留给它那"公子哥儿"的习性所致吧。虽说是个"公子"，外表却没有男儿气概，走起路来那如丘陵般的屁股上下颠簸，毫无持重之态。我和我的家人并不以此轻看它，依然尽心尽力地照料它服侍它。它受宠就越发地要起它那"公子哥儿"的脾气。扫荡我家的每一个角落。它极不规矩地攀高爬低，四处跌撞，打碎花瓶，踏翻果盘。最令人无可奈何的是深夜不眠，大呼小叫，搅得四邻难安。我们实在不得已，又将它送还到它原来的主人那里。

另一只猫则是有着一身漆黑亮毛的"美男子"——那是一只漂亮的安

哥拉猫。它的脑门儿、鼻头、肚皮、四只小爪和尾巴尖竟是一律耀眼的雪白。再配上那双褐色的圆眼睛使他极具绅士风度。有人称它为"鞭打绣球"，还有人叫它"乌云盖雪"。无论如何没有人可以否认它的美丽英俊，任何人见了都忍不住要夸赞它两句。它那副尊容虽算不上"阳刚男儿"，却也称得上"奶油小生"。不瞒人说，它是我所见过的最酷的"猫哥儿"了。

然而，动物也如人一样的不能十全十美，它的外表虽无可挑剔，而那身无可驯服的野性却时时占着上风。不光好吃懒做，还充分地施展着它伤害无辜的本性。尽管我们温存待它，它还是常常在人毫无防备的状态下，露出尖利的前爪对着人的胳膊或者腿部进行突然袭击，未等你回过味儿来对它施于武力，却见一道白色印记已呈现于皮肤之上，随之一缕殷红便破肤而出……那段时间里我家就像供养着一只野兽，随时都有遭到伤害的可能。以至于人、猫之间产生了一种强烈的对峙情绪与警觉。由此我料想它原是只无人管教、蹿房越脊的野猫，因为它出众的帅气才得以被商人收来兜售。我和我的家人盼望着它能够改邪归正，被驯化得有出息，便反复地、不厌其烦地对它进行真善美的诱导，但终因收效甚微无法降服而失去了最后的信心。

自此，我家不再养猫。然而，虽不再养猫，可那只有情有意的甜咪却总时不时地出现在我的梦里……

追　星

　　说到"追星族"这个词已然是改革开放后的产物。20 世纪五六十年代以前也有"追星族"，不过不是这么个叫法，表现得也不像眼下的年轻人这么狂热吧？

　　到了现在我女儿这一代，追星的年龄越发地提前了。四五年级的小学生就向家长提出申请，"压岁钱"要自己支配。我留神观察，他们买的除了少量的零食外，便是些港台电视剧的流行歌曲、正时髦的电视剧剧照和电视剧改编前的原创小说，这些东西是他们学习之外生活内容的一部分，他们常把从商摊上买来的这些小玩意儿当作礼品相互赠送，或请求大人到书摊上为他们花十几元甚至几十元钱买些正在流行的原创小说。他们互相攀比着，惟恐自己落了伍跟不上"潮流"。从他们口中你随时都能听到风行一时的流行歌曲，像张惠妹的《牵手》、王菲的《脸》、张信哲的《信》、林晓培的《烦》……他们以此为乐，来缓解紧张的学习带给他们心理上的压力，满足他们这个年龄段的心理需求。

　　想到我们在他们这个年龄的时候，国家正处在十年动乱中。那时普通人家没有电视机，即使有，电视里和电影院里上演的内容也大致相同。国内除了八个"样板戏"和有数的几部战斗片之外，上映的几乎全是其他社会主义国家的影片。因为没有国产的新故事片，国外的片子看起来就觉得很新鲜也特别过瘾。像阿尔巴尼亚故事片《宁死不屈》、《广阔的地平线》、《创伤》，南斯拉夫故事片《瓦尔特保卫萨拉热窝》、《桥》，还有朝鲜故事片《卖花姑娘》、《摘苹果的时候》、《鲜花盛开的村庄》，曾让我们这些刚刚进入青春期的孩子们着迷得不得了。那时的中国大陆犹如一片荒漠，就在这孤寂的荒漠上闪烁着几颗稀疏耀眼的明星。因为我们精神生活的贫乏，因为上演的影片几乎全部是舶来品，它们也就显得格外珍贵也格外有气势。回过头再看"明星"，当时属于"封、资、修"的代名词，被说成是"为少数人树碑立传"的产物，被批判得体无完肤，自然也就没有"追星族"可言了。

　　虽然一个名词被封锁得如此严密，但人们心里并不是一片空白。尤其是涉世不深的少年们，照例崇拜和效仿心中的偶像。有的人欣赏米拉的大眼睛和她面对德国鬼子时那副高傲不羁的神情，也有人喜欢瓦尔特的大智大勇及演员的潇洒气质。还有很多人对摘苹果的贞玉、卖花的花妮那不俗的外表艳羡不已，学着她们的做派，模仿着她们的打扮，心甘情愿地陪她们一块儿哭，情不自禁地和她们一起笑。你难以想象它给我们这些初见"世面"的少男少女们带来过何等的新奇和快乐呢！

人们感受着影片里那一幕幕动人的场景，把各国影片的特点编排成顺口溜：朝鲜影片哭哭笑笑，越南影片飞机大炮，阿尔巴尼亚影片莫名其妙，罗马尼亚影片搂搂抱抱，中国影片新闻简报。

在那一时期，几乎所有人都看过朝鲜宽银幕故事片《卖花姑娘》，银幕前人们毫不吝啬地为花妮一家的悲惨遭遇洒下一把把同情的泪水，走出电影院的人们羞答答地掩饰着哭红了的眼睛，仓皇地逃避着熟人的目光。于是乎如同广告效应，人们便相继走进电影院，为受尽欺压凌辱的花妮、顺姬姐妹哭泣。

歌剧《卖花姑娘》最初的作者是金日成，他14岁时来到中国进行革命斗争，创作了《血海》等一批作品，1934年秋，他在中国吉林五家子创作了剧本《卖花姑娘》，在朝鲜上演。40年后，经过创作组在原来的基础上进行改编创作后，拍摄了彩色宽银幕故事片《卖花姑娘》，影片监制是金日成的儿子金正日。影片上映后反响很大，据当时的《参考消息》报道，第三世界的人民尤其钟情《卖花姑娘》，有的国家在放映这部电影时，电影院里挤满了人，连电影院的窗台上都坐满了观众。

《卖花姑娘》的故事发生在20世纪30年代的朝鲜，它通过卖花姑娘花妮一家人的悲惨遭遇，深刻地反映了朝鲜人民在旧社会的苦难生活，以及觉醒之后，为争取解放而斗争的革命精神。当我看完《卖花姑娘》走出电影院时，听到一位青年人对他的同伴说，朝鲜影片最大的特点就是用眼泪打动人。

不管别人怎样，我心里暗暗崇拜着饰演花妮的年轻演员洪英姬。她质朴自然的表演风格使人不自觉地跟随她进入到了情境之中。我还从当时的报纸上得知，她是一位17岁的高中毕业生。

除此之外，我也只能从影片的宣传画上剪下《卖花姑娘》的剧照，贴在我日记本写下观后感的那一页上。每天都会翻到它，每天都可以仔细地欣赏卖花姑娘淳朴善良的微笑，看到我崇拜的那副尊容。那是影片结束前最后的镜头：花妮手捧着一大束鲜花，眯着一双笑眼，充满希望地走近观众，镜头定格在她怀中的鲜花上。鲜花和微笑告诉人们，以后的花妮在哥哥的引导下走上了救国的道路，跨入了革命者的行列，从此改变了命运。

很快,《卖花姑娘》中那哀婉抒情的插曲就在社会上流传开了,几乎所有的年轻人都在唱:"小小姑娘,清早起床,提着花篮上市场。穿过大街,走进小巷,卖花卖花声声唱……"这样的景象不正像当今孩子们狂吼《雨蝶》的情形吗?"爱到心破碎也别去怪谁,只因为相遇太美,就算流干泪伤到底心成灰也无所谓。我破茧成蝶愿和你双飞,最怕你会一去不回,虽然爱过我给过我想过我就是安慰……"

　　记得几年以后,朝鲜电影代表团访问中国。那时我的表妹正在香山北京植物园工作,代表团在参观游览植物园时,表妹有幸接待了他们。可惜我表妹不追星,事后她只是平淡地告诉我"花妮"在这个代表团里。就像通知我她已经替我打发了一个无关紧要的同学一样。当时我说不出有多羡慕她,仿佛她与洪英姬的会面给我的脸上也增添了不少光彩。

　　虽然年代不同,流行的潮流和趋势也不同,但是那份执著,那份狂热,那份盲目的迷恋和一往情深的追求是共通的。原来每个时代都有"追星族",只是我们当时没有意识到罢了。

自然也是一种美

没有署名的作品

记得我曾聆教过一位老先生的艺术课。他强调绘画的意境——清静、一心一意。"一心一意"就好比练功，"练功"的状态要保持清静。还有绘画技巧、光的运用、传统形式与现代意识的结合，通过画面传达出作者的意图、思想和情感，打动自己也感染观众。

然而绘画与摄影有着异曲同工之妙。这让我想起了我的一张照片，跳出我自己的圈子来看，这幅照片在结构、色彩、意境、技巧、画面语言、精神面貌、情感表达、传统形式与现代意识的结合、自然光与灯光的互补上，基本符合老先生所讲述的创作要领。

那一年我刚刚调来北京，成为中国首都的一名公民，我的先生还在中国中医研究院读临床医学研究生，正在准备毕业论文。

在"秋季里天高气转凉，登高赏菊过重阳，枫叶留丹就在那秋山上，丹桂飘飘分外香"的一天，我们乘着这良辰美景，跟着人流爬上香山观赏枫叶。就在他紧张得已经分不清昼夜的日子里，下这样的决心并不容易。

我们在香山尽情地玩了一天，当夕阳西下的时候，山上的景色更加迷人。一时间，山野、林海和游客都仿佛披上了一层薄如蝉翼的金纱，在晚风的关照下，闪烁着得意的光彩。我们惊喜地眺望远方——山色清秀，层云飞霞。收回视线再看林中深处——含混暧昧，明暗交融。随着夕阳的移动，那层"金纱"也在不断地变换着色彩……

留住她，留住他，留住它！留住这美妙的瞬间，留住这神话般的意境。我赶紧拿出了照相机。

一阵山风吹过，肩上的丝巾被掀起，遮住了相机的镜头，扯断了我的视线……

他走过来，把身上的外衣脱下来披在我身上。

正当我再次举起相机的时候，两位与我们年纪相仿的男士走了过来。

其中一位问道："为你俩拍张合影好吗？"

这正中我们下怀。于是，我俩相携在霞光映照着的枫树前。

那位男士打开相机的闪光灯，迅速地按动了快门。之后，他建议为我单独拍一张，我自然很高兴。我背光站在原地，他将镜头对准了我寻找着合适的角度，嘴里念叨着："把阳光闪在身后，勾勒出人物的轮廓，前面再用相机补光，人物面部会显得明快。两种光源结合运用，就能收到很好的拍摄效果。"这么说着，照片已经拍完了，他们把相机还给我，跟我们道别。道过谢，望着他们远去的背影我们猜想，他们大概是专业摄影师，至少也是摄影爱好者，就在这短短的时间里，我们得到了意外的收获，不但学会了一种拍摄方法，也领悟了一个道理——美产生于自然、产生于和谐、产生于秩序、产生于情感，还产生于技艺。照片洗出来了，我们很满意。时过境迁，今天再看这照片已不像当初那么新鲜，照片的效果明显地受到了相机质量的制约，不过在我看来这并不重要，重要的是，它记录了我当时的精神面貌，为我们留下了那个时代的印记。所遗憾的是我无从得知拍摄者的姓名。

好长一段时间我都在想，如果他能看到这张照片该有多好！虽然我们只是擦肩而过，不会给对方留下任何印象，可他这幅作品留给我们的却是无法复制的时光，它时常唤起我对美好往事的回忆。

尼古拉·斯帕克思在他的小说中写道："诗歌写出来是为了启迪而不是推理，是为了触动而不是判断。"

而摄影和绘画又何尝不是如此呢？

其实无论是摄影、绘画还是写作，都一样表达着作者对艺术的追求，和对这个世界的虔诚。

几页粉墨 几度春秋

小时候我有一段在戏校大院里的生活经历，这决定了我所接触到的第一个艺术门类便是戏曲。戏曲这门艺术不仅能给人带来精神享受，还可以帮助观众了解历史、增长知识。

对戏曲，古人有"曲山词海"之说，还可以说她是政治、文学、史学、哲学、美学（绘画、书法、舞美、灯光、化妆、服装、道具）、音乐、舞蹈、武术、杂技等艺术门类的综合产物。据史料记载，戏曲源于秦汉的乐舞、俳优和百戏，唐朝时有"参军戏"，北宋时形成"宋杂剧"。南宋时温州一带产生的戏文是中国最早的戏曲形式。清明两代又在戏文和杂技的基础上形成了"传奇剧"。随着时代的变革和发展，中国各地方剧种孕育而生。以昆曲、京剧为代表，形成了丰厚的戏曲文学和完整的舞台艺术体系。

一

文革前，我的父亲母亲曾在河北省文化系统做领导和党务工作，随着他们工作变动，我的家也一度安在了河北省戏曲学校里。高大的白杨树挡住了四面来风，葡萄盘架，柳树弯腰，莺歌燕舞。这里是我童年时见过的最漂亮最宽敞的院落，院子里没有一幢楼房，高大的屋舍处处洒满阳光，所有与戏曲相关联的片段都落进了我记忆的深处。这段经历也让我见识了学戏是个苦差事，天还不亮，学生们就要到户外面朝墙壁，压腿练声：啊——咦咦——风——流——，风流不用千金买，月移花影玉人来——啊——啊咦—— ……"

蓝色的练功服穿在他们身上显得随意、飘逸，宽松的人造棉练功裤像两只灯笼随着他们的飞翻滚打呼呼鼓动。桃树林里，篮球场上，练声、压腿，"拧旋子"、"踢腿"、"飞脚"、"拿顶"、"小翻"！直练得汗流浃背，气喘吁吁，接着他们成群结队地去食堂吃早饭。声情并茂地边走边舞边唱。说来很简单，所付出的这一切，就是为当"名角"做准备。河北戏校的确培养了不少名"角儿"，比如当年的辛宝达、比如后来的李胜素。像二胡演奏家王曙亮在 60 年代中期由二胡专业毕业留校任教时就已经小有名

气了。

至今我仍认为，就先天条件而言，中国的"戏校"是最佳体、貌、声、态人才的集中营。考入戏校的学生们边学文化课边学戏，打下了唱、念、做、打和本专业扎实的基本功功底。一些戏路宽、先天条件好的女生能同时胜任青衣、花旦、刀马旦、文武小生不同类型的角色；悟性强的"苗子"男生也能全面掌握老生戏、武生戏、红净戏、箭衣戏、猴戏、关羽戏多种行当。

演员饰演什么角色，脸上身上带着相。有经验的人一看便知哪个是"主角"，哪个是"配角"，哪个是"青衣"、哪个是"花旦"。扮演"小生"的女孩儿通常梳一个齐耳短发，身材高挑，体态清丽，嗓音圆润宽厚，举止潇洒风流。舞台上，她们英俊的扮相、风流的身段、多情的眼神赋予了舞台艺术以无尽的魅力，迷煞了千万观众。

河北省戏曲学校成立于1955年，学制八年，内设京剧、昆曲、河北梆子、评剧、舞台美术等专业。有一批戏曲界的知名艺人担任着各剧种的指导教师，像贾桂兰、刘香玉、王宪芳、金少甫、齐兰秋（李胜素的老师）、吴祥珍、腾雪燕等，造就了学校的品质，也抬高了学校的声誉。前来报名考试的，有七八岁的孩子，也有十五六岁的少男少女。据老师们说，由家长带着来的考生录取率远比自己来的考生高，恐怕大人对孩子的了解比孩子对自己的了解更准确吧。

戏校大礼堂是学生对外演出的场所，坐南朝北面向校门。走上台阶跨进礼堂大门，迎面是毛泽东题写的八个字："百花齐放 推陈出新"。红底金字，气势非凡。礼堂两侧各有一处办公长廊。往后右手边是一溜儿排练厅和教室，后面有几排女生宿舍。篮球场紧挨着礼堂后身，球场的左手边是化妆室和一片桃树林。春天里桃红柳绿，美人们穿梭其中，仿若仙境。右手边有一处花墙圈起的葡萄园，因此秋天，就成了这院儿里孩子们期盼的季节，每个教工都能分到一脸盆挂着白霜的葡萄回家。沿着葡萄园往后走，有两座高大的屋舍，分别是教工食堂和学生食堂。距食堂不远处有个由柏树围起的花圃，一年三季姹紫嫣红煞是好看。在它右前方排列着男生宿舍，与之相对应的为家属宿舍区，中间有条林荫道，孩子们在这里跳皮筋、踢房子、砍包儿……

院子最尽头也是一排家属宿舍，每户单元两间半房，宽敞明亮、冬暖夏凉，其中有一户是我家，"文革"中期我们搬离了此地，之后就再也没有回去过。

二

戏校的学生都有自己的指导教师，按照教学大纲上课、练功、排戏、彩排、演出。那时候我还没上小学，时常在教学区里玩。夏天，老师上课的声音从教室敞开的窗子里传出来，学生们在宽大的地毯上抖开优美的七尺长袖，走圆场，翻跟斗，念白、唱腔、武打、舞蹈，一招一式，举手投足，一点儿不含糊。

身置其中，有时候会同时听到来自不同方向的"交响乐"，既不立体也不和谐，但让人兴奋——锣鼓、板胡、京胡、二胡，声声曲牌，还有老师教一句学生跟一句的戏曲唱段：

"小青妹且慢举龙泉宝剑；叫官人你莫怕，细听我言。"

"好！这遍不错，再来一遍！"

我忽然明白了，舞台背后隐藏着的"奥秘"。

经常在这儿玩，就和学生们混熟了。河北梆子科有位唱"小生"的姐姐经常带我去她们宿舍玩，领我到排练厅看她们练功，或去化妆室看她们勾脸梳头、贴片子、登靴扎靠，到礼堂看她们的演出。就此我认识了梆子科大班的所有女生。不知是因为喜欢演戏的人而喜欢戏，还是因为喜欢戏才喜欢演戏的人。以我当时的年纪和审美标准，认为他们是这世界上最美的人。

让我得意的还有，直呼着他们的名字或被她们（他们）牵着手走在校园里，那不是每个小朋友都能得到的幸福和荣耀。这荣耀源于他（她）们的名字和所饰演的角色轮番写在售票处上方的黑板上，演出时打在舞台旁边的字幕上，尤其"主角"，虽说还没毕业却已经小有名气。或许是因为童年的懵懂和初始记忆的牢固，那种体验我是无法用语言表述的，以至于后来我对"名人"们失去了那份原始的神秘感。

化妆室里弥漫着油彩和扑粉的香气，悬挂着的戏服华美、挺括、艳丽，做工考究。上面描着龙，绣着凤。之后通过看书看图片我认识了蟒、帔、官衣、大靠、箭衣、抱衣、彩裤、水衣、髯口，还有分别装在衣箱里的冠、盔、巾、帽和彩鞋。屋子中央是一张很大的化妆台，托盘里有各种头饰：点翠、水钻、银泡——灯光下，琳琅满目。演员们各取所需，熟练地把它们别在头上。我喜欢看他们化妆，有人对着镜子自己化，也有的同学间互相化。我在一旁静静地看着他们。老艺人金少甫先生过来说："宾宾化上妆漂亮，你看她脸上的五官都是单摆着的。"从此我憧憬着能像她们那样成长，和她们一样漂亮。

久看也知道了脸谱分为净角和丑角两类，表示着忠、善、恶。生角和旦角的扮相最漂亮，脸上涂粉，抹红色的油彩，描眉吊眼。女小生勒头、缠胸、登靴。化了妆、穿上行头，一个个风流才子、美貌佳人便如从天而降。

如果不开口说话，再熟悉的人恐怕也难认出他来。

"我是谁？宾宾你说说，我是哪个？"一个扮演"老旦"的姐姐弯下腰指着自己的鼻子问我。

我摇头说不知道。

"我是'鸭子'（她的外号）淑君哪！你不认识我啦！"

那时候我觉得他们都是大人，高不可攀。

化完妆她们把我领到礼堂后台，在台上侧幕条处给我放上一把椅子，让我等着看戏。我偷偷地朝台下望，下面的观众黑压压一片，座无虚席。舞台上轮番上演的多半是以才子佳人爱情故事为主题的古装戏，每场下来，观众的掌声经久不息。在这儿我看了无数场《白蛇传》和《蝴蝶杯》——小小的舞台化为了人间的仙境，似懂非懂地让我经历了一个个愉悦的瞬间。

1955 年到 1964 年间，中国戏曲界是以传统戏、新编历史戏的演出为主。我的印象里，戏校礼堂每天晚上都有传统剧目（俗称"老戏"）上演，几个剧种排练着同样的剧目轮流登场。有《女起解》、《文昭关》、《五家坡》、《卖水》、《红娘》、《蝴蝶杯》、《白蛇传》、《贵妃醉酒》、《凤还巢》、《穆桂英挂帅》、《谢瑶环》，有整出戏也有折子戏。

三

听大人们说，1963 年至 1964 年间，毛泽东曾两次对当时的文艺形式提出了批评："许多共产党人热心提倡封建主义和资本主义艺术，却不热心提倡社会主义艺术。""如不认真改造，势必在将来的某一天，要变成像匈牙利裴多菲俱乐部那样的团体。"那天我跟着母亲去听校长的报告，到场的人是各科的教师代表和中层领导。会上校长传达了文化部的文件，内容是禁止继续上演古装戏，即改演现代戏，不允许帝王将相，才子佳人统治我们的文艺舞台。

散会后，我跟在母亲后边随着人流走出会场。一位学生辅导员问我："宾宾，你跟我们听了半天，说得上来校长讲的什么内容吗？"

"不让再演'老戏'了，要演革命现代戏。"我说。

自然也是一种美

她一下子笑了，跟我妈说："行！咱们宾宾没白来。"

从那天起，戏校停止了传统戏和新编历史戏的教学和演出，各科全都改排现代戏（统称"新戏"），京、昆两科合并，增设了具有现代元素的话剧专业，校门口那块由郭沫若题写的牌子也从"戏曲学校"改成了"戏剧学校"。从此戏校要全面培养戏剧人才了，所有剧种同时赶排了现代戏《打铜锣》、《补锅》、《送肥记》，还有后来的《草原英雄小姐妹》、《李双双》，剧情全部为宣扬共产主义风格，提倡集体主义思想，反对利己主义。我和小朋友们看了京剧看评剧，不知看了多少遍《送肥记》，很快就学会了戏里反面角色钱二嫂的唱段：

"天还没亮就爬起，赶早摸黑还是来不及。虽然是越忙，可我越欢喜，小日子越过越富裕：喂着两头大肥猪，三只鸭子五只鸡。又有麦子又有米，小罐大罐装得是芝麻、花生、豆子……嘿！整整一石（音"旦"）……好肥料送到自留地，那差点儿的，嗨！送到大田里。有人说……说我自私又自利。唉！多浇点儿自留地，有个啥稀奇。"

就在这年我上小学了，每逢周末从寄宿学校回来，照例去礼堂看戏，看多了也能模仿一二，回到学校宿舍给同学们表演。班主任老师来我们宿舍看我们自排的文艺节目时常说："欢迎宾宾给我们来段《送肥记》吧！"

两年后的 1966 年，"文革"来了，学校全部停课。戏校里的校长，科主任，还有"三名三高"的老艺人被"造反派"揪出来批斗。戴上高帽子游街，他们成了"走资本主义道路的当权派"和"牛鬼蛇神"。我的母亲也没能躲过这场浩劫，我跟着熬过了一段担惊受怕的日子。那个时候，没人再演戏、看戏。直到 1969 年全国普及革命"样板戏"。

我和我妹妹跟着父母到了"五七"干校，那里和全国的形式一样，除了搞运动之外，在"工宣队"的监督下，一律排演"样板戏"。

孩子们学着大人的样子表演京剧《红灯记》，唱得最多的是李铁梅《都有一颗红亮的心》，那昔日里花旦的重头戏"叫张生隐藏在棋盘之下，我步步行来你步步爬，放大胆忍气吞声体害怕，跟随着小红娘就能见着她"，已被"爹爹和奶奶齐声唤亲人，这里的奥妙我也能猜出几分，他们和爹爹都一样，都有一颗红亮的心"全权代替了。我和我妹妹也加入到了这个行列中。我们在学校里排演京剧《沙家浜》和舞剧《白毛女》的片段。

班里的语文老师（"干校"学员，"文革"前河北日报社主编）在全国没有统一语文教材的情况下，除了给我们讲《毛泽东诗词》和鲁迅的诗之外，还专门挑出"样板戏"《沙家浜》里的戏文来给我们上课。

"朝霞映在阳澄湖上，芦花放稻谷香岸柳成行。全凭着劳动人民一双手，画出了锦绣江南鱼米乡。"

　　他说，八个样板戏里，《沙家浜》的唱词写得最好，语言优美，文学性强，自然可以当作高小的语文教材使用。

<h2 style="text-align:center">四</h2>

　　"十年动乱"终于结束。十一届三中全会以后，社会处在了历史大变革时期。1976 年，文艺界重提"百花齐放，推陈出新"的方针，戏曲也得以复兴。从 1977 年下半年开始，恢复了传统戏和新编历史戏的教学和演出。

　　我的父母亲从干校返回省城后分别落实到省文化厅和省文研所工作，我也就此改变了戏校"家属"的身份。暑假的一天，我到戏校新址赴约做客，会见我幼年时的伙伴们。

　　在保定时，戏校所在的街道叫做"五四路"，今天，戏校坐落在石家庄市的文化中心"青园街"里。一座古铜色、框架式的现代化大门面朝西开，门口那块牌子已然换成"河北省艺术学校"了。"艺术"自然比"戏剧"又涵盖了更宽泛的内容。我迟疑着往里走，门卫的大爷竟没有拦我，大概他认定了我不是外人吧。

　　此时我相信，是一条奇异的感情纽带把我牵回这里来寻找某样东西。正值假期，校园里很安静。仿佛周围一切仍是旧时的容颜。或许是我人长大了的缘故，景物们都变小了，却是教学楼里传出的铿锵优美曲调唤回了我久违的感受：

　　"出台三步九龙口。白脸未必奸，黑脸未必丑。"

　　是"花脸"！

　　接着一个童声唱道：

　　"装疯卖傻，卖傻装疯，原本是粉墨春秋。"

　　"出将入相龙虎斗，才子佳人梦红楼。反目无情分敌友，相逢一笑泯恩仇。"

　　"屈指算也不过是生旦净末丑，却演尽一波三折人间百态，千年滑稽万古忧……"

　　用不着说什么"东方戏曲文化的魅力"，这题目对我而言太大了，我只是惊叹于记忆的神奇，被这耳熟能详的旋律所感动，心里有种明知道逝去的光阴一去不返，却依旧追寻的茫然。说不清的潜意识里，是在追寻流逝了的青春容颜、激荡悦耳的琴声、动人心魄的戏曲舞蹈、游离于舞台与生活中那互换角色的奇妙？还是我曾有过的快乐时光！

　　在那段逝去的时光里，我曾与戏剧共同享受过每一天，儿时的记忆经过了这么长时间依然没有退色——戏词、曲调、身段、美貌……以它浓郁的脂粉、色彩和情感将片段的场景化为传奇，装扮出了璀璨的牡丹亭、望江亭和十八里长亭。或者可以说，一个人有两个人生，一个是正在经历着的人生，另一个是记忆中的人生——重叠交错，难舍难分。在现实和梦幻中，演绎着平凡而离奇的粉墨春秋。

第一辑　勾勒与渲染

自然也是一种美

第二辑
生活与感悟

自然也是一种美

获得纯洁和善良的灵魂

——小说集《屋檐内外》自序

当选择、敲定了这部小说集所要收纳的作品之后，我想应该对它们做一次总结式的发言。

我一直在思考，从事文学创作的目的是什么？当我阅读了一些相关的文献和理论之后，我终于得出了一个结论——也是一个长盛不衰的结论：使作者和读者共同获得纯洁和善良的灵魂。而这个结论的根本在于，作者首先要以纯洁和善良的态度面对社会、面对读者、面对自己的心灵。

在思考这些问题的时候，我想到了 19 世纪杰出的后印象派画家高更，也想到了他于 1897 年创作的一幅大型油画作品《我们从哪里来？我们是谁？我们往哪里去？》。当时，厌倦了欧洲生活的高更，遗憾地看到人与自然之间的和谐秩序被打破，人与人之间失去了纯朴的温情和信仰，他要摆脱这令人乏味的世俗生活。于是他来到了太平洋上的塔希提岛，他看到那里的人们过着清心寡欲、悠然自得的生活，他渴望自由表达自己对这个世界的看法。

在创作这幅画的时候，高更贫病交加，心情沮丧，极端的愤世嫉俗。然而他却以空前的狂热，夜以继日地工作了一个月，完成了这幅宏伟的传世之作。他说创作这幅作品时就像做了一场梦。当梦醒之后，便道出了作品所要揭示的主题："我们从哪里来？我们是谁？我们往哪里去？"这幅画的构思和意境神秘而富于哲理：画面的右侧躺着一个刚刚出世的婴儿，中央有一个采摘水果的青年，左边是一个行将就木的老妇人。画面中所有的形象都隐喻着人类从生到死的命运，同时也是高更多年来对塔希提岛印象的综述。虽然画面的色彩、构图以及人物形象的表现很像神话或者传说，但它表现出，高更面对尚未失去原始面貌的自然风光和那些肤色黝黑、体格健壮、淳朴虔诚、心地善良的土著人的敬重和热爱。他把原始部落视为人类的天堂，在那里他看到了另外一个世界，没有尔虞我诈，没有格斗残杀，没有贫富差别。从中反映出高更内心蕴藏着的浓厚的人道主义情结。

这幅画之所以被后人称为伟大的作品，其中很重要的原因就是它反映出了作者对人生的探索。据高更自己说："这幅作品的意义远远超过以前所有的作品；我再也画不出更好的、有同样价值的画来了。在我临终前我已把自己全部的精力投入到这幅作品中。其中有我在种种可怕的环境中所体验过的悲伤之情，那么真切而且未经校正，以致一切轻率仓促的痕迹荡然无存，这就是生活本身……"

高更一生徘徊在逃避与追求之间。逃避现代文明的窒息，追求自然与人性的完美结合，为文明本身寻求到了避难所。后人评价他的画作充满了音乐般动人的节奏感，体现着优雅的装饰意味，不受任何外力的干扰和阻挠。

高更的作品不仅开创了绘画平面化的新语言，也超越了印象派绘画的范畴，成为现代艺术和思想的一座灯塔。这样的"灯塔"，给现实创作中的人们提供了借鉴意义和启示作用。如果用当今的眼光诠释它也仍不过时：如今的人们依然逃避不了"我们从哪里来？我们是谁？我们往哪里去"这样一个严肃的现实问题。虽然从字面上看，它仿佛带有某种宗教色彩，但是又有多少人真正明白，应该如何面对社会、面对他人、面对自己以及我们从哪里来，我们是谁，我们往哪里去，这样一个看似简单的问题呢？

真正弄明白自己的身份，认清自己的真实面目，明确自己的前进方向，不断地追问"我们从哪里来，我们是谁，我们往哪里去"这个问题，当是一个人的根本所在。在这个过程中，人们还是无法彻底逃避高更那样的困惑与烦恼，而当今面临的问题，又比高更时代不知复杂了多少倍：由现代文明所导致的环境问题、人性问题、欲望问题、利益问题、公平问题以及数不清的社会矛盾……在现实面前，个体的力量终究有限，但我们可以正视它，明确自己的位置和应该承担起的责任。

以上道理似乎太简单太程式化了。艺术不是居高临下的教诲，而是与读者分享和共鸣。那么就让艺术作品诠释这其中所蕴涵的道理吧。尽管艺术作品本身解决不了人们的生存问题，但是艺术作品的思想可以探索人生，激浊扬清，给人类以光明的导向。

尽管书中的人物出于虚构，但我会永远当他们是真实的化身。然而岁月无情，随着时间的流逝，他们的形象在我眼前也渐渐变得模糊起来；眼前的琐事和日常的忙碌，使他们的身影淡出了我的视线，就好像我只有义务塑造他们，而没有必要记住他们。

晚秋时节，当我再次整理这些书稿的时候，又回过头来重新注视他们，重温他们的喜怒哀乐和音容笑貌。这时候，我仿佛又回到了创作它时的那些个日日夜夜，我笔下的人物也再次回到了我的生活中，真有种旧梦重温的感觉。这样的不期而遇让我欣喜，借此机会，我要对我的主人公们重述高更这位艺术家的思想和他对整个世界的艺术贡献，不断地审视自身，我们从哪里来，我们是谁，我们往哪里去。通过对生活深刻的思考和对艺术的探讨，来获得纯洁和善良的灵魂。

第二辑　生活与感悟

心有多大 舞台就有多大
——散文集《生命有约》序

不久前，在访问中国著名舞蹈家赵青时，她有一番话给我以深刻的印象：艺术家如果没有了艺术，生命也就停止了。所幸的是，社会这个大舞台能让我发挥更大的作用，舞剧排不成，我可以把舞剧跳到银幕上去。就像我的父亲赵丹，人们之所以爱戴他，是由于他对艺术的执著和对进步的追求。

由此我想到了时下很流行的一句话："心有多大，舞台就有多大。"实际上真正的舞台是在人的心里，心灵舞台比形式上的舞台更能够施展一个人的才华，更能够体现一个人的实际价值。

很久以来，我已然将为人和为文的至高境界作为了衡量人生价值的标尺，在创作中于追求艺术质量的同时也在不断地提升心灵的高度。以高雅文学特有的感染力呼唤国民超然的情操和真诚的热情。我以为，有勇气面对残酷的现实和浮躁的世况，并有能力对阴暗现象保持清醒的头脑与批判精神，是有良知的作家理应承担的一份责任，也只有这样，才能体现出文学本身的功能。

好的散文应该具有内在的力量，这力量并不在于它说什么或怎么说，而在于通过艺术的形式表达作者内心的声音。

前苏联文学理论家维·什克洛夫斯基用一句经典的语言道出了散文的特质："诗和散文是靠超越于种种矛盾之上的优越感来创造的。"他从另外的角度阐述了散文的意义，同时指出了散文在现实中的高明、巧妙和若无其事。而就在这巧妙的若无其事间，散文便体现出了它高明的威力和现实的功能。

本书收集的篇章多是几年前发表过的作品，也算是我为人为文的粗浅心得。感谢华文出版社给了我将这些作品重新面世的机会，也敦促我腾出精力将它们再做一次挑选和修整。我一直相信，散文的文学形式最能够反映作者的内心世界，你的天赋、才华、境界、品质、学养、气度和技艺的高低全部体现在你的字里行间，相信读者阅读作品的同时，也是阅读作者心灵的过程，所以读者是作品最好的评判官。

归根结底还是那句话：心有多大，舞台就有多大。

2005 年仲夏　于北京稻香园

生活赋予小说生命

——小说《突然感觉到的是一种心情》创作谈

完成一篇作品后写一个创作谈，我感觉是一个很好的设计。前不久，我应中国散文学会之邀，为《我的处女作散文》一书写去了当年我创作发表处女作散文《对草也当歌》的心得。今天再谈创作小说《突然感觉到的是一种心情》的体会时，这个感触尤为深刻。它不仅能够引导读者深入理解作品的内涵，同时也帮助作者回顾本篇的创作初衷和动机，梳理自己还不曾深思过的一些创作问题。

小说创作要以生活为基础，这已是一个不争的话题。没有哪一位作家可以说，他不需要生活就可以进行创作。如果有的话，那一定是空幻小说。作家不能脱离了社会，无论小说的题材大小，都需要将生活作为创作的基础，尤其是现实题材的作品，更应该与时代的步伐合拍一致，力求反映出现实生活中人与人之间，人与物质之间，人与社会之间那些看似平淡而意寓深刻的相关性，所以我说，生活赋予小说生命。

虽然小说作品是创作者长期积淀和人生经验的产物，但它多半是作者熟悉的生活，这生活便成为作品生命的源泉。发掘生活里不同层面的特质，反映故事本身以及它存在的意义，以真诚的态度面对读者，是我文学创作的一贯态度。

写实小说一直让我津津乐道。它的逼真、精细可以深入到主人公的内心世界，可以反映出人类心灵面对当下社会时，最微妙也最常见的思想活动和复杂情感。没有人能够逃避现实，有些人在生活面前是精明、虚伪的，而有些人又是厚道、无奈的。虽然，日常生活中无论是精明、虚伪，还是厚道、无奈已经见怪不怪，而实际上，它从来没有停止过在人们的不自觉中作怪。这不排除时代带给人们的功利意识和权利欲望，这意识和欲望同时反映在方娅那充满精明敏锐、患得患失，甚至以别人的劳动成果为自己铺垫迁升之路的小聪明里，也反衬出苏犁对不公平待遇的迁就、被利用后的忍耐和无奈的境况。当然，这也成为苏犁逃避现实的一个重要理由。她为了追求一种自由自在的、无所羁绊的心情，也为了体现她的人生价值和自身优势，毅然选择了另一种生活方式，远离了人们眼中看似荣耀的主流社会，而将自己置于边缘化、自由化的境域里，想以此求得心灵的安宁。而结果，即使远离了明争暗斗的官场，苏犁还是不可避免地要面对官场势力对她的利用、嘲弄这样一个让她始料不及的现实。无形的束缚和无奈的心情继续干扰着她的生活，她只能再次以逃避的方式来对付眼前的尴尬局面。

　　以具体和客观的现实反映社会，表现一直被人们认为"高素质人群"中的矛盾冲突和心灵较量，是我此篇作品的创作动机。我的任务只是通过我的人物以及她们的行为状态、内心活动和思想方法，将一个充满利益纷争和欲望膨胀的社会层面展示给读者。小说中只有两个人物，故事情节也不复杂。一个是为躲避官场热闹的理想主义者，一个是追名逐利、机关算尽的实用主义者，两者相撞，必然产生出一连串不和谐的声音。而最终被现实嘲弄和批判的究竟是苏犁还是方娅，我想，读者能够毫不费力地给出一个明确的结论。所以，把苏犁对客观现实的茫然和无所归属的心情留给读者去判断，去把握，应该是个不错的选择。

自然也是一种美

世界不能没有爱

——第三届"冰心散文奖"颁奖大会获奖感言

各位专家、前辈，各位同仁：早上好！

我怀着对文学的敬意与大家欢聚在这里，享受文学带给我们的充实和喜悦。同时，我也要把这份敬意献给"冰心散文奖"评审委员会的专家评委和"大会组委会"的全体成员；献给一直以来支持和帮助过我的前辈与同行；献给我单位的同事和上司。还要献给我所从事过的医疗卫生事业；献给我迈向文学的起始地——北京大学医学部，以及教我领会文学真谛的生活本身。如果没有这些支持和缘分，没有出版社、报刊社的编辑、同行们把我的文章做成书，刊印发表的话，我不可能站在这里与大家分享这份快乐。

冰心先生说："有了爱就有了一切。"今天，当我从颁奖嘉宾手中接过这证书和奖杯的时候，我感觉到了手中的分量，也更加理解了"爱"的含义。昨天的晚宴上，组委会红孩先生安排我陪同冰心先生的女儿吴青教授共进晚餐。交谈中，吴教授问我早期从事什么工作，我告诉她，我是护士。吴教授望着我点头给予肯定，那一刻我看到，她的眼睛里充满了爱意。

冰心先生一生都在歌颂爱，奉献爱心，不止一次地赞美过护士，她在文章中写道："爱在左，同情在右，走在生命的两旁，随时撒种，随时开花，将这一径长途，点缀得香花弥漫，使穿枝拂叶的行人，踏着荆棘，不觉痛苦；有泪可落，也不是悲凉。"

是的，护士这一职业教会了我如何去爱别人，爱病人。长期从事临床工作，让我从身边的医生和护士长们那里学会了一句话："我的病人。"——"我的"！他们说这话的时候是那么的真切和自然，毫无刻意与敷衍。这意味着，要像爱自己一样去爱你的病人。没有爱，就没有一切。有了爱，就有了一切！可见，"爱"是多么的神圣。可以试想，生活在爱的海洋里是一种什么样的感觉，生活会变得美好和充实，即使脚踏荆棘也不觉得痛苦，即使落泪也不是悲凉。

吴青教授已年过七旬，今天，她仍然在为实现"爱"的诺言而奔波。

她和她的同志们深入到边远山区、农村，干预妇女自杀行为。她告诉我，农村妇女的自杀率为全国之首，这些姐妹嫁到丈夫家，要面对丈夫、公婆、小姑、叔伯、妯娌各种关系，如果发生矛盾，她们将是最无助的群体。农村妇女的利益在受到侵害时，她们常常处于走投无路的境地，所以我们要到那里宣传法律常识，帮助这些妇女姐妹维护自己的合法权益。她还在发言中说："我的母亲一直坚持说真话、说心里话，现在的作家们也应该如此做人和为文。"

身为北京外国语大学英语学院的教授，吴青最关注的是中国最弱势的群体，并身体力行地帮助她们。这更让我感觉到了肩上的一份责任。文学是传达爱的桥梁，它拉近了人与人之间的距离，带动了社会进步，把"爱"传播出去，使社会更加和谐，让世界变得美好。我会继续努力，踏实写作，真诚地生活；我会记住曾经给予我支持和帮助的每一个人，会记住今天这个日子，以激励自己前行。我感谢"冰心散文奖"评委会的专家们给予我的这份荣誉和鼓励，感谢读者，感谢西安朋友们的热情款待，欢迎你们到北京来！感谢"大会组委会"给我这样一个表达心意的机会。

今天是教师节，祝在座的各位教师节日快乐。

谢谢大家！

以人道的火炬照亮人类神圣的殿堂

——《移植生命的院士》创作手记

癸未年初秋，我接到了北京大学宣传部的任务，采写"蔡元培奖"获得者之一——北京大学人民医院血液病研究所所长陆道培院士。

一时间，我感觉手中的笔像负载了无以承受的重量。掂量着，要采写这样一位重量级人物，内心医学知识的储备是否跟得上。多少次我问自己：是否能将这位在研究治疗白血病领域里有着特殊贡献的科学家明晰而生动地展现给读者呢？

这一疑虑敦促我先后跑了国家图书馆、北京大学图书馆和北大医学部图书馆，希望借助相关的资料深入了解我即将采访的对象。结果却令人失望，我只查阅到了陆道培教授的学术论文和他与别人合著的一部专业书，没有找到任何有关他的背景资料，这不能不说是个遗憾。从这一点也反映出了中国理工科研究学者的"通病"，他们几乎将所有的时间和精力都用于了科研，很少顾及其他，对个人的宣传就更有限，从而也造成了中国科技档案内容缺失的现状。

国庆节后，我和摄影记者黄大无先生按照预定时间到达陆教授工作的研究所时，他正在接待一位国外同行。下午五点钟送走了客人，他热情地接待了我们，非常认真地回答了我所提出的问题，并讲述了他的生活经历、研究历程以及在攻克白血病方面的成就和体会。

当他读过了我的初稿再见到我时，竟搓着双手微笑道："哦，好多的溢美之词啊！"他的话让我一怔：当真吗？真的用了好多溢美之词吗？我不希望读者有这样的感受，我只希望他们能跟随着我的笔去认识一位真正的科学家。

当所有采写"蔡元培奖"获得者的稿件汇总到北京大学宣传部预备出书时，赵为民部长希望作者能完成一篇创作手记。我并不认为这比人物通讯的创作更容易，然而这种文字形式会让人感到亲切，会更好地表达作者的心意，也能够直接反映出创作背景，有利于读者进一步了解通讯中的人物，成为读者与作者沟通的桥梁。于是我愿意将"创作手记"当成一项作业来认真对待。

陆道培教授不会想到，撰写他的通讯脱稿之后，有几家杂志社向我征稿，希望我把文章投给他们，一时间真有点儿压不住的感觉。我清楚地明了，不是由于我的文章写得好，是因为陆道培教授的名望和人们对白血病领域的关注，使编辑们希望征得这样一篇重量级人物的通讯先声夺人。这时候我开始盼望，盼望着北京大学能够早一些颁发"蔡元培奖"，这样，文章就可以名正言顺地投出去发表了。

然而，我还是没能压住，稿子终于被一个杂志社的朋友拿走了。文章发表后，竟先后有三位患者的家属通过杂志社或熟人找到我的电话，请我帮助联系人民医院血液病研究所，为他们的家人治疗白血病。那恳求的语言足以令人心碎，这立刻又成了我意想不到而又无法推卸的责任。虽然陆道培教授不能够亲自接收、医治这些病人，一切由副所长、其他教授或主管医师接管治疗，但陆教授依然坚持查房、出门诊，这集体的智慧和努力，无疑给白血病患者以莫大的希望和治愈的可能。

通过电话的途径，我开始为这些从未谋面的白血病患者联系住院事宜。依照程序向血液病病房介绍他们（患者大多是外地人），并希望根据情况安排其早日住院。每一次我都能感受到陆道培教授所领导的血液病研究所尽职尽责的医疗态度和工作作风。虽然我只是起了一个桥梁作用，虽然我与他们一样的心焦，然而病人的预后我却永远不敢过问，只有在心中默默地为他们祈祷。

尽管我非常想，也应该把这位中国治疗血液病的权威专家立体地介绍给读者，把他的故事、他的梦、他的寄托、他未来的希望告诉关注这一领域的人们。但这一切似乎又不那么重要，陆教授已经把他整个的生命与医治白血病患者紧密地联系在一起了。

于是，我便顺理成章地认为，陆教授之所以忘我地工作，竭尽全力地进行科学研究，不遗余力地抢救患者的生命，在根治白血病领域里不懈地探究与求索，正是在圆他的梦。这就是他的故事、他的寄托和他未来的希望。探索医治白血病患者的方法，似乎已成为他义不容辞的责任。

长久以来，我期望着用我手中的笔，唤起人们的良知、同情心、希望和对人类健康的重视。那是对人类生命的尊重、珍爱与关注，以及对被病魔所吞噬的生命的同情与悲伤。每每想到患者对疾病恐惧的表情和求助的目光，都不难感受到他们内心的痛苦与挣扎。这会使我想到两个字：移植。《现代汉语词典》上明确地解释了"移植"的含义：移植就是将机体的一部分组织或器官补在同一机体或另一机体的缺陷部分上，使它逐渐长好。

我想，如果人类的自然科学能够发展到一切健康的生命可以营救、挽回即将逝去的生命的话，那么人类便步入了一个神圣的殿堂。

毋庸置疑，医生这一职业肩负着人类的重望。

如果你走进病房，听到医生们说得最多的一句话就是："我的病人"。他们把病中的人称为"我的"，若进一步理解便是"息息相关的"。在这里，它的主语是"我"，关键词是"病人"。换种说法就是"与我息息相关的人"。这语言是那么纯粹，那么美好，不带有任何功利性和虚伪性。由此它也上升为一种职业的高度，一个不由自主的高度。

"在他漫长的医疗学术生涯中，病人的安危时刻牵动着他的心，影响着他的情绪。病人的病情加重，他的心情也随之沉重；病人故去，他会非常难过。他说：'我早晨醒来的第一件事是思念他，晚上闭眼前想着的还是他。'如果有的病人没有被救治成功，他会感到内疚，即使事情已经过去很长时间了，想起来他仍然会自责。"

我之所以这样描述陆道培教授对病人的情感，是因为我理解他。我理解所有医护人员肩上的责任，我也相信所有医护工作者都有同样的感受。在我从医的那段岁月里，曾抢救过无数垂危的生命，目睹过病人痛苦、绝望的状态，眼见着患者家属在接到亲人病危通知时，那掩饰不住的面壁号啕……

患者不仅需要高超技术的生命救助，还需要以温暖的关爱搀扶他们孤独的心灵。于是，"我的病人"这样的称谓便不难理解了。

人类，这个被称之为我们星球上最主要的物种，在病魔面前并不比其他物种享有特权。人类渴求着健康，然而病人对病魔恐惧、迷惘、充满了哀伤的眼神，以及病者家属对医生期望、恳求的目光，给人以咄咄逼人的力量。"提高生活质量，维护人类健康"，由此也成为了世界关注的主题之一。

如果不是这样一个主题压在陆教授心头，以他的名望和荣誉，他可以有千百条理由获得更高的地位，享有更好的生活，得到更优厚的待遇和科研条件，去做新的选择。但就是为了那些与他息息相关的人们，他痴迷地、执拗地一如既往，他用了最简单的表达方式告慰着中国的血液病患者和他们的家人——只有这里，才是他心灵的归属。

真诚地面对生活

虽然小说是虚构的艺术，而虚构同样代表了作者的思想内涵、价值趋向和情感观念，以及他对生活的认知和态度。

有好心的朋友曾对我早一步离开主流社会，放弃眼前既得的位置和利益深表遗憾。可是没有人比我自己更明白，退至边缘地带对我的意义。那不仅仅是做一个留学生的母亲、医学教授的妻子那么简单，它还是我真心真意地生活，行使话语主动权的唯一途径。更直白一点儿地说，我不想失去了社会赋予我的这份权利。我当它很重要，与某些表面利益相比，它更能够反映一个人的社会价值。

文学话语能够唤起人们心中的渴望，只有热爱生活的人，才可能体味到它存在的美好和快乐！

当人的双眼存满泪水的时候，就无法看清眼前的世界。同样，当人的心灵充满欲望的时候，也无法看清眼前的世界。终究有那么一天，我的眼前景色无限。这时我意识到，"以退为进"该是我最好的选择。

在某些境况中，人的状态连自己都会感到陌生。在欲望的驱使下，人往往会不由自主地将内心世界隐藏起来，亲手把一个真实的自己扼杀掉，然后再以另外的面目出现在这个世界上。当然，你不可能以此来否认那样一种人的做法，也无法苛刻地认为那是反其道而行之的一套把戏，因为在很多时候，很多行为和思想的出现都是现实的产物，它往往是到达"成功"目标的一个捷径。可令人欣慰的是，不是任何人都愿意选择这条捷径的。

我恰恰是尊崇表里如一的人，虽然我也曾迫使自己不这样做，结果肯定是行不通的，因为我天生不具备那样的素质。而不合时宜的自然而然，可以给一个人带来不可思议的灾难，我相信那感觉就好比永远生活在冬季里，漫长而寒冷，又无处躲风避雪！于是，人们看到，缄口不语或者假话连篇也成为"优秀品德"之一了。

在人的意识里，没有办法完全摆脱掉被环境束缚过的痕迹。这时候我会想到莫言的一番话，他说："一个写小说的，在生活中完全可能是个懦夫，但在写作时，必须具有敢于开天辟地、称王称霸的勇气。"他所道破的，是文学对这个世界理应承担的使命。所以疏离和回避永远不是一个写作者的最佳选择。莫言说"好的文学都是骡子"。

生活的真谛在于积累。而文学对我而言，它既是我的君主，又是我的臣民；既为我所景仰，又来为我服务。

美国作家欧·亨利在他的小说《爱的奉献》开头时这样表述："当你热爱你的艺术时，就不怕任何付出。"然后又以他的故事纠正道："当你爱的时候……"然而，无论是热爱艺术，还是热爱其他什么，我以"当你热爱你的艺术时，就不怕任何付出"的理论指导行动时，结果，我的幸福生活就在眼前。

写作是一副"重担"

　　在经济迅猛发展的当今社会，文学不可避免地走向了市场，与此同时，网络阅读挑战传统媒体，从某种意义上讲，它已成为传播民意的主渠道。这是大势所趋。在商业化诱惑和名利的驱使下，坚守思想阵地，注重文学品德，恪守职业道德便成为每个写作者面临的一道重要课题。值得注意的是，无论是科技界、文化界，还是商界，传统的价值观和职业道德的操守越来越远离了人们的视线，人心浮躁，急功近利，随波逐流，泥沙俱下的产物屡见不鲜。若反其道而行之，势必失去不少既得利益。这是社会问题，也是对每个人心灵的考验。

　　指导和规范人们行为方式的是信仰。西方有西方人的信仰、行为准则及道德规范；中国人也有对道德修养、行为准则的认知和态度。而人类对美德和基本的行为规范终究不失为一个举世公认的标准。无论东西方，举凡优秀作品，都有其独特的思想内涵和人文价值。随着经济形势的发展和中国国力的增强，文学作品的内容也呈现出丰富性和多元化的发展态势。一部作品无论表现什么题材，都间接地反映了作者的人生态度、生活阅历、文化积淀、文学修养、思想水平和他的才情。考察一部作品的水平，取决于两个条件：一是作品所传递出的思想性和艺术性，二是信息量，这便是一部作品的价值所在。不客气地说，作品的数量和质量应该齐头并进。毫无意义的文字无异于垃圾，它们的出现不但给社会和读者增加了负担，还浪费了公共资源。我相信，一个怀有社会责任感的作家，会对自己作品中的每一个字倾注心血的。

　　一个写作者不可能没有自己的文学观，因为人不是生活在真空里的。有属于个人的生存环境，有自己的人生之路和对生活的理解。一个写作者需要用什么样的态度面对所体察的生活，具有怎样的文学观，倒是一个关键。作家表现什么，不表现什么，完全取决于他的生活经历和他的人生经验，但无论表现什么都有一个基本的原则，那就是作家的良知在不在其中。

　　文学创作一个基本的概念，就是作家要写自己熟悉的生活。一个人不可能同时占有一个以上的生活空间，他所拥有的时空是有限的，然而一个人的思想深化和对生活体察的深入程度可以是无限的。写农民工、军人、普通市民、知识分子、中产阶层、高官阶层，就应该熟悉那里的生活，体察他们的内心世界，发掘人物的潜质。无论是描写为官的清明或腐败，还是为百姓诉求、请命，都离不开正反两方面的典型意义，需要作家通过艺术手段取材、提炼、加工，从而创作出推动时代发展、传递知识和信息、展现艺术、具有美感的作品来。一部作品是检验一个作家是否敬业的试金石，只有老老实实、踏踏实实地写自己的人生体验，传播真善美，将一己之力汇入推动社会向前发展的洪流中，才可能创作出属于时代的、无愧于人民和社会的作品来。而为了眼前利益，抓题材，凑字数，涉足原本生疏的领域，既不深入生活，也不查阅资料，追风跟潮，是不可能写出好作品的。不但可能出笑话，而且会误导读者，产生社会负效应，是一种不负责任的态度。

文学是具有教化意义的，它承担着一份社会责任。除了关怀民生疾苦，关注世间冷暖，反映历史和现实，解读生命意义以外，还负有针砭时弊，抑恶扬善，和推动历史发展进程的功能和作用。社会的构成是复杂而多元的，不存在主体与边缘的划分，文学的价值在于作品的质量，而不在于形式。文学创作需要以小见大或以大见小，意味蕴藉，给人以积极的力量，才不至于误入平淡、庸俗、腐朽甚至堕落的歧途，跌进纷争的名利场中。

具体地说，一部作品的情节是为整体服务的，是故事进展的需要，自然而然的过程。一个作家，如果不顾及这基本的创作原则，而为了经济效益，扩大知名度，去哗众取宠，违背创作规律地胡编滥造，热衷于猎奇、庸碌和被窝里的那点儿事，便有失于作者的人格，也有损于文学的尊严。"百花齐放，百家争鸣"，不是让写作者忽略道德规范与人格，想怎么写就怎么写，想写什么就写什么，迎合低级趣味，亵渎读者时间，误导社会风气，毒害青少年。"百花齐放，百家争鸣"这八个字的关键是"花"和"家"，由此而论，不是什么作品都可以称之为"花"，也不是什么人都能够称其为"家"的。

我们的时代，需要作家发现、探索和研究新事物，分一些心思去正视时代文化如何沿着文明轨道稳步发展的问题。与世界接轨，首先要自尊、自强，要提高一代人的民族意识和文化素养，否则"中国文学走向世界"便只可能成为一种形式。

柔刚并济　外圆内方

　　自我知道这世界上有杂技这门行当起，就对它有种排斥心理，一度避而远之。我以为这种表演太惊险，也太残酷。既没有故事情节，又没有感情色彩，因而无法吸引我，以至于我宁肯去看歌舞，听民乐，也不去观看杂技表演。直到有一天我从爱尔兰女作家艾·丽·伏尼契的小说《牛虻》中读到"杂耍表演"这一有趣的词汇时才开始注意它："它于18～19世纪中起源于英格兰城市小旅馆的酒吧间音乐会。杂耍剧场的娱乐节目最后被搬到一个舞台上演出。观众坐在桌子旁，从饮料销售中支付费用。根据1843年颁布的剧场管理令，吸烟和饮酒虽然在正规的剧场被禁止，但在杂耍剧场却仍被允许。因此，小旅店店主常在他们的店房附近开设杂耍剧场。其粗俗的戏剧节目滑稽地模仿顾客们熟悉的事情……"（引自《不列颠百科全书》第11卷）

　　从此，在我的理解里，杂技便是由杂耍传代、演变、纯化、延伸和升华的产物。在以后的许多日子里，"牛虻"也就莫名其妙地构成了我对"杂耍"的联想。与其说这是出于我对杂耍的认知，毋宁说是对牛虻的崇拜来得更确切些。乃至于我曾经固执地将它作为我崇拜英雄的一个籍口。现在想来，那是多么奇妙的联想，多么荒谬的年代，又是多么惬意的年龄——那一年我正在念初中。

　　得益于《牛虻》的"指引"，我渐渐地喜欢上了杂技艺术。久而久之还对它产生了兴趣：杂技它不单是一种历史悠久的艺术形式，还是各种技艺表演的总称，是一种集力量、技巧、惊险于一身的专门表演。它的表演包括跳跃，身体技巧和平衡动作，它的道具常常是长杆、独轮自行车、球、桶、钢丝、绷床等器械。到了19世纪与20世纪之交，杂技艺术已经成了马戏中的重要内容，以至于现代体操以及京戏这样一些剧种都借鉴了杂技艺术的成分。

　　如此地细究一番，你才能真正体味出杂技艺术的内在魅力。它创造和展示给观众的是种难以言表的悬念、激动、兴奋和惊喜。它的魔力、勇敢、刚毅和神奇全然依凭了"柔韧"的支撑才得以充分的展示。它的每一步套路都会引发出出乎人们意想之外的结局，每一个动作也都会展示出让人眼睛一亮的效果。虽然你无法预知它的下一个动作，但你却能够断定那动作的非凡。每个高难、惊险动作的出现都无一例外地营造出令人忘我的悬念，博得台下一阵阵掌声与哗然，它使你怦然心动，更令你耳目一新。于是我猜，即使你对它再无兴趣，也终会为它的有惊无险紧紧地捏出一把汗。

依我的想象，杂技表演之所以不同于旧式的杂耍，关键在于有无情感的介入。任何一种事物只要与商业元素联姻，便会失却它应有的情感色彩，致使它毫无生命力可言，更难以将它称之为艺术。而一旦摆脱了商业化的束缚，必将显示出它的高雅与纯粹。而杂技表演让我们从中感受到，它不但是情感、艺术与技巧结合的再现，更是精神、品格和力量的传递。当演员们谢幕的那一刻，展示给世人的是天下最自信、最坦然、最美丽的笑脸。

而后，你才真的会悟出杂技艺术的品质与个性。它的柔刚并济，它的外圆内方，是任何一种艺术门类都无法比拟的。经历了两个多世纪的锤炼，杂技艺术才有了今天的模式与成就，于是它既属于民族，也属于了世界。"顶碗"便理所当然地成了其中的问鼎之作，它柔韧如蛇，圆滑如球，流畅如水，然而它却无时无刻不在依附着力量的支撑。这力量支撑着它的把握，它的承受，它的周到，它的稳妥，它的柔韧，它的坚忍，它的刚毅，它的优美以及它的沉着。这一切便奠定了它深受观众喜爱和它获奖的基础。

中国杂技团的此项节目给人们带来了一个又一个的惊喜和愉悦，它也就当之无愧地荣获了匈牙利布达佩斯国际杂技比赛金奖、第四和第五届全国杂技比赛的金奖，以及 2000 年俄罗斯德尔菲艺术金奖。

"双爬杆"是中国杂技团的又一问鼎之作。它的一招一式都体现出了勇猛无畏的气概和出其不意的效果。这不仅需要扎实的功力基础，同样需要柔美的姿态去调整力量的平衡，由此而创造出一个接一个的精彩瞬间，使观众的心随着演员的左右翻飞，上下蹿跃而悸动。那悸动是无法预料的，更是难以按捺的。人们因此而为之欢娱，为之呐喊，为之拍手与顿足。不难想象，中国的"双爬杆"怎能摘取不到俄罗斯圣彼得堡国际金奖的桂冠？又何以夺得不了全国杂技比赛银奖的殊荣呢！以我那粗浅的体会，它的成功凭借的依然是柔刚并济，外圆内方的艺术品格及演员的功力。

中国社会历来推崇柔刚并济，外圆内方的精神个性和思想品格。具备了这样的个性与品格，人类就会有更加广阔的天地施展才华，完善自己。如若跳出杂技艺术的圈子来论，这精神这品格同样会带给你睿智的头脑和处世的真谛。它促使人的个性更加趋于健全与完善，使人类对崇高境界的

操守与追求愈发地钟情与执着。你绝不会为了获取某种利益而俯首屈就，也不会因为世事的不平及冷酷而丧失人性中原本的天良和规矩。

人生，同样需要把握，需要承受，需要周到，需要稳妥，需要柔韧，需要坚忍，需要刚毅，需要沉着，以使人类的品行日臻完美。就好比，在当今，杂耍早已销声匿迹，而杂技正在日益灿烂。

在吴桥展望中国杂技

早听说河北省吴桥是中国的杂技之乡，我也一直想找机会去那里看看，杂技之乡的民间艺术和舞台上表演的现代杂技究竟有哪些不同。巧在今年夏天，河北省散文学会的前辈和文友们邀我去吴桥走访民间艺人，这已久的愿望便得以实现，真正让我体验了一回吴桥杂技艺术的惊险魅力。来这里参观的人不仅可以在室内剧场观赏到集现代声、光、电和高科技元素为一体的杂技艺术表演，体验杂技这门民间艺术独特的舞台魅力，还能在露天广场上欣赏民间艺人传承了几代人的高超绝技，和原生态的杂技民俗。

吴桥人耍杂技有着历史渊源。吴桥县位于古冀州东部，黄河古道下游。因为这里人多地少，土质贫瘠，缺少收成的保障，农民们对土地的依赖性便渐渐降低了。当春冬农闲时，蹒跚的老人、顽皮的少年、健壮的中年就会成帮结队，无奈地走出这片曾让他们寄予了希望，又不得不令他们失望的土地，纷纷外出卖艺。他们耍刀枪、翻跟头、变戏法、耍猴、驯狗，游走江湖，用他们认为的体力和技艺养家糊口，维持生计。于是吴桥成为了中国最早的杂技艺术发源地之一，20世纪50年代，周恩来总理为吴桥冠名为"杂技之乡"，由此吴桥成为了中国杂技的主宰和代名词。

回过头来想，也只有在这里，人们才能真切地了解民间艺术质朴的生存状态，领略民间艺人的精湛技艺。烈日很难让人心静，艺人们全情投入的表演却让你无法分心，周围的观者不顾难耐的酷暑，正凝神屏息，全神贯注地领略那扣人心弦的一幕。

被誉为"江湖八大怪"之一，60多岁的艺人用一根钢筋缠绕咽喉数周，环场地行走一遭，然后亮相达数分钟之久，那架势不禁让观众高声叫绝，同时也为他捏把冷汗。接下来是"吞铁球"、"吃宝剑"、"二龙吐须"、"吞火吐火"、"肚皮切菜"表演，艺人龇牙瞪眼狰狞的表情更是让人毛骨悚然。不怪有观众认为，艺人们在用生命赌博，禁不住问，这种看似背离生命本源的表演方式，是源于特异功能的作用，还是靠了气功的神力？为什么不能像耍魔术那样有惊无险呢？而答案只有表演者本人最清楚。他们说，他们的乐趣正在其中，如若没有了惊险元素在里面，节目也就失去了魅力。如今杂技艺人已不再为谋生卖艺，他们看重的是自己非凡的表演技艺和受到观众尊敬的艺人身份。在不损伤身体生理机能的前提下，这样的表演方式自然也无可厚非。然而艺术如何发展，朝着什么方向发展才算得上真善美，倒是一项需要深入探讨的课题。

在吴桥，我每每被艺人们尽力的表演和尽情的投入所打动，从中我感受到，只有表演难度和艺术表现力并驾齐驱，才能使中国的杂技在国际舞台上立于不败之地。吴桥人历来有"西学东渐"的开放性思想，也不乏探索创新的能力。早年以吴桥艺人"孙家班"为基础创建的"中华国术马戏团"在1929年就赴南亚各国演出，经过了多年的努力，这个队伍不断壮大。班子里有中国近代史上的杂技名师孙福有先生，在他55年的艺术生涯中，竟有18年时间是在巡游欧洲大陆的颠簸中度过的，他走遍了30多个国家，演出推广中国的杂技艺术。他不断吸收、借鉴国外优秀剧目的表演精华和先进技术，揉进了多元化和现代化的元素，加强了自身技艺的修炼和提高，发展和充实了本土杂技艺术的内涵，借鉴了国外的表演经验，驯演大型动物、使用铜管乐为节目伴奏。他的拿手绝技当属《十字大绳》、《十字飞人》、《飞刀》系列节目，这些拿手好戏给国内外观众带来了意想不到的视觉享受。

习练杂技艺术的演员不但要承受心理磨砺的艰苦历程，还要随时准备经历人身安全的种种考验。基于对演员安全的考虑，孙福有发明了"保险绳"技术，连他自己也想不到，这个简单的技术也被其他国家的杂技艺术团体沿用至今。

"吴桥杂技"把中国杂技的精华传播到世界的同时，也在不断地吸收国外杂技艺术的先进经验，一直在世界上享有很高的声誉。1974年由摩纳哥大公雷尼埃三世创办的"蒙特卡洛杂技节"是当代规模最大、水平最高的国际杂技艺术节之一。它的最高奖项是"金小丑"奖。中国自1981年首次参加"蒙特卡洛国际杂技节"至今已经获得了九次"金小丑"奖。

吴桥杂技对于世界杂技舞台的意义还在于它的科学创新，于艺术表现力上不断地寻求突破。在表演形式上，他们不但吸取了西方舞蹈和戏剧的元素，也在服装、音乐和舞美方面力求"现代化"，与国际接轨。有些节目在编排上一改中国杂技的传统表演模式，大胆地启用了西方"意识流"的表现形式。

而我们熟悉的《绳技》获得"西班牙国际马戏节"银奖，是因为节目采取了以前从没尝试过的高难度"跟斗技巧"。表演者在快速挥舞的绳圈中翻腾、穿梭、跳跃，表达了人类不畏艰难，勇于挑战自我的理想。

主题和形式的多样化、个性化，彰显了杂技艺术的魅力，在当今全球化的大环境里，中国杂技艺术以它本土化的优势享誉了世界。杂技不需要语言的沟通，却已超越了国界、地域和民族的限制。吴桥杂技艺人深明一个道理，即是艺术的生命在于发展。虽然杂技在技艺传承方面有门户之别，但要想形成自己的特色和风格，保持经久不衰的艺术生命力，还需要在发展中不断地创新。就此吴桥杂技学校改变了以往传统杂技的传承模式，他们为中国培养了一批杂技精英，也接收了来自非洲、欧洲、拉美国家的杂技留学生们，还连续八年为坦桑尼亚、埃塞俄比亚、加纳、肯尼亚、委内瑞拉、科摩罗、美国、韩国、日本、苏丹、赞比亚、阿富汗等国家培训了200多名杂技演员。其中有十几名学员回到本国后成为了杂技明星，50多名学员在非洲、欧洲各大剧场巡回演出。有的办起了属于自己的杂技培训班，90%的学员回国后从事杂技表演艺术和教学工作。

　　踏上归途返京的那一刻，我很难表达此行的心情。惊叹之余，不能不为吴桥杂技这门古老的民间艺术生发出由衷的感慨。我愿意相信，中国民间艺术的浪漫和质朴，其实源自于艺人们踏实的生活态度，他们以或坚守或游走这种特别的方式，还原了生命的意义。

第二辑　生活与感悟

人 文 画的和谐
——韩羽

在韩羽先生的一本书里我看到了这样一段文字："麦苗刚刚漫过老鸹，绿油油一望无边，风一刮，一起一伏，像水波浪。麦垄里，土又松又暖，躺在上面舒坦极了。太阳晒得浑身痒痒，从麦梢缝里瞧上去，是蓝天，是白云，瞧着瞧着，那白云慢慢地似乎像要盖下来了，一眨眼，倏地又飞回了原处。

只有春季才有的叫着'光棍多苦'的鸟，边叫边飞向官道北去了。在老远的官道北，一个小孩高声地与鸟一对一答：

'光棍多苦。'
'你喝糊糊。'
'光棍多苦。'
'你想媳妇？'"

这文字是那么的熟悉和亲切。它让我想起小时候，姑姑带我回奶奶家，在堂屋里遇见了一只鸟，它找不到出去的门了，在梁间飞旋，呱呱地鸣叫。姑姑告诉我，这种鸟会唱歌，它唱的是"光棍多苦"。边说着她边把这歌唱给我听，和韩羽说的这歌是一样的。

韩羽是1931年生人，他的家乡在山东聊城。他和我的父母亲是早年的同事，于建国前在同一个系统共事，又于建国后同在河北省文化局的大楼里办公，十年动乱时一同去了河北省隆尧县唐庄"五七"干校接受再教育。我称他为韩羽叔叔。

韩羽擅长漫画和中国画，还是著名的杂文家。虽然韩羽早就是有名气的艺术家了，可如果不了解他，单从表面上看，看不出他的真正身份。他的性格就像他的漫画一样诙谐风趣；他的形象也像他的文字一样质朴清澈。韩羽的文学功底深厚，文笔洗练而生动，诗文典故、妙言趣语常贯穿于他的文字当中。他为自己题的四句打油诗不但反映了他的真性情，也展示了他与众不同的外表：

"眉眼一无可取，

嘴巴稀松平常，

唯有脑门胆大，

敢与日月争光（指脑门大又亮）。"

　　韩羽的母亲长寿，94 岁过世。她在世时常跟韩羽提起，在他还不会说话的时候就"伊伊呀呀"地爬在场院里画"唱戏的"了。当然韩羽对此一点儿印象也没有。他说他的母亲是少见多怪，小孩儿随地乱画是出于本能的游戏活动，有何出奇之处？韩羽觉得世上的事难以言说，如果是"少见多怪"，那么有人为此倒了霉，也有人为此沾了光，他觉得自己是沾了"少见多怪"的光了。乡下人遇到不可理解的事就从迷信上找答案。他不止一次地听他三姨说："这孩子画画儿是天生的，八成是投生时没喝'迷魂汤'。"这话越说越神，结果是，三里五乡的人都知道这个村的韩家有个小孩儿天生会画画儿。韩羽说："提到儿时之事，并非沾沾自喜。反之，既惭且愧。时到如今，岁月蹉跎，竟至一事无成，不能不有'仲永'之叹。我所以又提起这把不开的壶，是我忽然悟到我的一生与绘画结缘，竟是始由'迷信'而来，想来岂不有趣？"

　　韩羽的文字有着独特的表达方式，又因此使得他的画作有了丰厚的内蕴。他是建国前参加工作的"老革命"，曾任美术编辑、美术教员。历任过《邯郸农民报》、河北省美术工作室、《河北画报》、河北工艺美术学校的编辑和教师。十年动乱后任河北美术出版社总编辑，是河北画院专业画家，一级美术师，也是中国美协河北分会的名誉主席，中国美术家协会的理事。

　　我小时候对韩羽并不太熟悉，虽然常听父亲提起他，在干校的时候也常见到他，可那时候我年龄小，大人们多是被管制的对象，不管你以前是局长、处长还是作家、艺术家，在我看来他们没有什么差别。

　　70 年代中期一个夏季的傍晚，我在铁凝家玩时遇到了韩羽，他一进门就冲着我说："呦，这不是老梁的闺女吗？怎么瘦了？在干校的时候可比这会儿胖。"我望着这个满口乡音（他和我父亲的口音是一样的）陌生的"熟人"，想不起他是谁，一时间我陷入了窘境，呆呆地望着他，不知道该如何回应。这时铁扬叔叔和铁凝几乎同时告诉我说，这是画家韩羽。我这才恢复了常态，腼腆地朝他笑一笑。回想他进门后那副潇洒的模样，便可猜出他是铁扬叔叔家的常客。

　　后来看了美术片《三个和尚》，更加深了我对他的印象。孩子们很难忘记，当年在为数不多的美术片中，有那么三个没水吃，后来又有水吃的和尚。影片展现了他们从没水吃到有水吃的思想转变过程。尤其是小和尚、瘦和尚、胖和尚这三个有趣的人物，更是给人以视觉享受的快乐。所以这"三个和尚"也成了韩羽绘画的代表作。

20世纪最后一个春节里，在费正夫人的陪同下，我去看望了韩羽。我想我的变化一定很大，这一次不是我不认识他，而是他不认得我了。我看到的依然是那个淳朴快乐的老头儿，那个知识渊博的艺术家，那个一口鲁音的乡里人，让人倍感亲切。

一件粗线毛衣，一条宽腿的布裤是他得意的"行头"。他说话想到哪就说到哪，幽默自然，没有刻意营造的痕迹，他的书画作品和文学作品也有着同样的神韵。

人称韩羽身上有种无羁无缚的真性情，活泼泼地再现着"魏晋风采"。比如他那不与时人同，我行我素，不改初心，素面朝天的贤士风范，还有他怪异的个性、厚道的为人、质朴的品格和过人的才华，以及他的土话连篇和不修边幅的孩子气，都是他的性情所致。他写过一副对联，说是："琴棋书画堪称大雅，柴米油盐未能免俗。"求雅而不避俗，好俗而不失雅，才是韩羽所追求的一种境界吧。

出门上街，韩羽总是骑着一辆破旧的自行车。楼下的一位女士见到他推着自行车往外走，忙迎上去说道："您这么大人物还骑自行车，真让人想不到，您真是太伟大啦……"为这个话，韩羽偷着乐了半天。事后他对朋友说："骑自行车就伟大了？我也想坐轿车，可惜没那个条件呀！"他的外表像个野老村夫。冬那身棉，夏那身单，朋友来了谈笑风生，赤诚相见。在报社门口被门卫误认为是前来上访的农民。来北京出差，居委会的工作人员将他看作了收废品的老头儿。他的粗布衣衫，他的土头土脑，他的谈笑风生，依旧掩盖不了他的满腹经纶。韩羽成名之后，许多人求他的字画，而他自己不满意的作品是决不送人的，所以他的画要翻来覆去好多遍才肯出手，他为自己辩解道："都说我的画和字难求，其实不是难求，是难写难画。谁都能糊弄，但自己糊弄不了自己。"可一旦有了满意的书画作品，他倒舍不得送人了。

韩羽喜欢书，据说他把书买回来怕摸脏了，要赶紧包上书皮，小心翼翼地放在书橱里供起来，而去朋友家借人家的书来读。韩羽从小在农村长大，是顶着高粱花子的艺术家。进入文艺队伍之后，他刻苦钻研，精心修炼，不仅能写会画，还写得一手好文章。关于书法绘画写文章，他自有一套理论，他说："我最佩服一个铁匠师傅的话，烧红了的铁，千万不能用手摸。"

韩羽对绘画和文字的理解有他的绝妙之处，在《我画〈红楼梦〉人物》一文中他这样写道：

"我画林黛玉。避开葬花另觅出路。人的思维有时真怪，明明摆在眼皮底下很容易想到的，偏是七绕八绕之后才想到。综观林黛玉短短的一生，与之结了不解之缘的，一是花，一是诗。黛玉对花是'葬'，对诗是'焚'（焚稿断痴情）。我将'葬花'和'焚诗'合在一起，前者去其'花'字，后者去其'焚'字，移花接木，成为'葬诗'。正欣欣然，猛然想起林黛玉不早就有这诗句了：'冷月葬诗魂！'我绕了个弯子。看来人们所谓的'悟'，并非聪明所致，实乃得之于笨。

我谓黛玉葬诗比之葬花更宜于绘画。既免除了'荒唐'之弊，又因'诗魂'抽象，较之具体的花，其与孤傲高洁等概念更易殊类相感。

又似乎没有白绕弯子，同是'冷月葬诗魂'，却也有小异。林黛玉的诗，是'冷月'葬诗魂。我画的是'林黛玉'葬诗魂。是黛玉葬诗魂？还是黛玉为诗魂之化身被冷月所埋葬？无论是此是彼，画笔均可纵横其间。"

看韩羽的画儿，多是戏曲人物。著书和写字、画画儿不同，文字是可以复制的，而画儿一张就是一张。据说某美术馆要高价收藏他的画儿，几次上门求购，韩羽说："没见我正在写书吗？"美术馆人说："名画家不画画儿，是聪明人干糊涂事，您写一本书才得几个钱？"韩羽说："眼下我喜欢写书。"美术馆人说："看来您真不喜欢钱，多少人要买您的画儿，您总是没有。您多画点儿不就有了？"韩羽说："钱可是好东西，我岂能不喜欢？不过有句大家熟知的话——我爱吾师，我更爱真理。我套用一下——我爱人民币，我更爱我的事业。"

难怪作家徐光耀说韩羽怪，不只因为他字怪、画儿怪，人也怪。

那次见面，很高兴地得到了他的一部获奖作品——1997年由河北教育出版社出版的三味丛书《韩羽小品》。他郑重地用钢笔把着扉页的边儿写下了一排小字："送给宾宾，韩羽。"初读他的《小品》时，略感其风格与其性情相辅相成：图文并茂，妙趣横生。再读《小品》时，仿佛无处不见三个和尚的身影，无处不见韩羽的音容了。

十年动乱期间在干校，时逢冬季，人们每天除了学习、积肥之外，没有欢乐、没有希望、无路可逃，人们就在这压抑、无奈的状态下苦熬时光，没有人知道自己的命运会如何。韩羽是个闲不住的人，他弄来颜料绘制《西游记》人物，或者是给我们这些随父母去干校的孩子们做玩具。现在想来，或许他从中能够找到内心的安乐。他在三合板上画个人形，用手

第二辑　生活与感悟

弓子把人形锯下来，描线涂色，再上一层透明漆，出来的人物活灵活现。这时，作家梁斌总是坐在房前晒太阳，眯着眼睛打盹儿，他一会儿走过去瞧瞧正在创作中的《西游记》人物，走回去继续打盹儿，过会儿又走过去瞧瞧，再回去晒太阳打盹儿，每天这样谁也不说话。有一天韩羽的美术同行说话了："我看，你又快挨批斗了。"

与唐庄"五七"干校摽了整整五年的韩羽是最后一批离开那里的。校友们陆续被分配了工作，如同逃出了炼狱。我的父母也在1973年去新的单位报了到，而韩羽一直没有个落脚的地方。用他自己的话说，成了嫁不出去的丑丫头。到了第五个年头，连工宣队的人也急了：难道要让我们陪你一辈子？韩羽当然更着急：没有落脚之地，岂不成了"孤魂野鬼"？直到1975年，慌不择路，阴差阳错地，韩羽被弄到了一个工艺美术专科学校里。他称自己是"秃子充和尚，以其昏昏，使人昭昭。不知是老天爷和我开玩笑，还是我和老天爷开玩笑"。那一年，韩羽45岁正当年，可是"学院派"们问："他一个画漫画儿的，来这里干什么？""他会画素描？画石膏？画长期作业吗？"又有人说了："人家是全国美协会员，来摆老资格还是有的嘛。"甚至有原来的同行幸灾乐祸地说："听说咱们的韩羽要去教水彩了，哈哈哈哈！"

听了这些话，韩羽脊背发冷，他非得出出这口气。怎么出？只能玩儿命干！开始时，好心的领导让韩羽和另外一位老师合教一个班。韩羽心里明白，这又不是说相声，哪有两个老师同时在一个讲台上讲课的？无非是怕他把课给讲砸了。于是头一个学期里，韩羽就在这课堂上跑起了"龙套"。学生们私下里议论道："这个上了岁数的老师这么上课，真逗。"

终于盼到了暑假，韩羽怂恿教水彩的老师一起去西陵写生，他亦步亦趋认真当起了小学生。锲而不舍的玩儿命精神终于有了成效，最后连科班出身的老师也"移樽就教"了。然而，当教员除了会画还得有会说的本事，韩羽弄了一本《怎样画水彩画》的小册子精心琢磨。结果是，别的教员讲水彩课是照本宣科，韩羽讲水彩课是把色相、色度、固有色、环境色、冷暖等的相互依存、相反相成的关系，一律用辩证的方法来讲解。人们说："看人家韩老师讲水彩都讲出政治来了。"

韩羽总结出了一个道理："什么都怕玩儿命，你只要敢玩儿命，它就'狗熊'了。就说这水彩吧，说道儿也多着呢。整体观察啦，对比与统一啦，夸张手段啦，颜色性能的熟练掌握啦……无论哪个环节弄不对，你就玩儿不转。可话又说回来，色彩不就是素描加冷暖？素描的黑白灰与色彩的冷、暖，色相、色度的对比。不管你怎么样翻来转去，它总有一定之规可循。不像创作之'言征实而难巧'也。"然而也正是在工艺美术专科学校的短短几年中，促成了他艺术思想的转变。

韩羽创作的戏剧人物画和他的讲课形式一样，常给人以轻松随意的感觉，实际上这倒是韩羽深谙中国艺术精髓的具体体现。他以绘画中"线"的抒情功能突出了绘画语言的主体地位，使他的作品最大限度地贴近了百姓观众。

韩羽于工艺美术专科学校任教期间，不再局限于以往绘画得从属于临时、具体、直接的政治任务的概念了。而"以文载道"则成为他坚守的信念。在绘画上，他沉浸于《红楼梦》、《聊斋志异》、戏曲画的创作之中。

从干校回来后的韩羽一直住在保定市。1983年的一天，他接到石家庄一位朋友的来信，信里告诉他，有消息要任命韩羽为河北美术出版社的总编辑。他看完信笑了笑：吃饱了没事，跟我开这样的玩笑。继而又一想：开玩笑对他又有什么意义呢？人家还要搭上八分钱的邮票。韩羽嘀咕起来：真的当了官儿，画画儿怎么办？本来画画儿的时间就嫌不够用。可是既当官儿就有当官儿的事，怎容你再一心一意地去画画儿呢？

是去当官儿？还是画画儿？一时掂不准哪头儿轻哪头儿重了。

这时的韩羽已经50多岁了，又不是共产党员。被人领导了半辈子，眼看着就走鸿运了，这是他没想到的事。过了一段时间，事实证明朋友的消息是准确的，韩羽却成了热锅上的蚂蚁，赶紧到了石家庄对那朋友说："你和上边熟，替我说说，领导工作我可干不了。"

韩羽还是觉得，画画儿这头儿更重要。可是他的朋友说："这话我不能替你去说，还得你自己去说。"于是韩羽找到了河北省文化厅的厅长和书记，说自己画了一辈子的画儿，从没当过领导，干不了。结果还是白费了口舌。

总编室下设画册组，连环画组，单幅画组，挂历图片组，摄影、画报组。到处一片繁忙景象，总编却显得挺闲在。韩羽只好泡杯茶，点支烟，抄手坐在办公室里。开始那几天还不觉得烦，可没过几天他就受不了了。心想：这日子还长着呢，这样下去可不行，保定的家里还有《红楼》、《聊斋》的插图等着我画呢！要不就拿到这来画？又一想，恐怕不行。整个出版社里十之八九都是画画儿的，人家该说了，总编画画儿，我们也画画儿，这不都成画画儿的啦？来了没干别的，他光画画儿了。这不是找挨批吗？

刚调到河北美术出版社任总编辑不久，就赶上单位组织社里的职工去工人文化宫看东方歌舞团的演出。韩羽第一个上了停在社门前的大轿车，找了一个靠窗通风的位置坐下，待人们陆续来齐了坐稳了之后，大家催促着司机开车，而组织者却说："车不能开，总编还没来呢。"韩羽听罢此话，便气愤地说道："什么狗屁总编，架子这么大，让整车的人等他一个人。"这时大家还不认识韩羽，也跟着这老头儿一起骂起了总编。车下边的组织者听到了韩羽的声音连忙上车招呼他下来，告诉他，下面的小轿车已经等他半天了。这时韩羽才知道自己就是那个挨骂的总编。车上的人见此情景前仰后合地大笑不止。这件事被传来传去，传说成韩羽与群众打成一片。而韩羽笑道："哪里是'打成一片'，我是抢好座位去了，是积习难改，紧要关头没想到我是'领导'，现了'群众'的原形。哈哈哈……"

笑话归笑话，韩羽一系列的成就总是给人带来惊喜。他的画作和著作不断地获得国内外大奖。由他设计的《大街上的龙》的封面获得了1980年全国书籍封面优秀作品奖；《离婚》的插图获得1981年全国插图优秀作品奖；水墨书《武松找虎》获得了第十一届布尔诺国际实用美术展览铜牌奖。由他设计的动画片《三个和尚》、《超级肥皂》的人物造型获得文化部奖、首届电影金鸡奖、国际柏林电影节银熊奖等。他创作的水墨漫画和书法作品入编了《中国现代美术全集》。出版著作有《韩羽画集》、《中国漫画书系·韩羽卷》、《闲话闲画集》、《陈茶新酒集》、《韩羽杂文自选集》、《杂绘集》、《韩羽小品》等，其中作品也有获得中国漫画金猴奖荣誉奖和第一届鲁迅文学奖。

十几年前，出于爱好和工作的需要，我弃医从文，也开始写文章、编书、写书了。没想到转来转去又转到了从小生长的"文化圈儿"里，因此我和韩羽又多了些许文字上的往来。我把刚刚出版的个人文集送给他请他批评指正，他看过了就说："写得好！"我收到他寄给我的大作，那就不仅是一个"好"字能够囊括我满心的感受了。

迷人的微笑

——追忆戴爱莲先生

甲申年的初夏，我走进了一个美丽、安详、幽静的院落。鲜花摇曳，树影婆娑，就仿佛一组组美人盘旋起舞在阳光下。鸟儿轻盈地游戏于花前树下，它们生怕惊扰了居住在这里的主人。我悄然走入这神话般的境界：四壁上悬挂有名人字画，大厅里摆放着线条优美、造型独特、花纹细致的钢琴，还有色泽虽已斑驳但质地依旧光润的地板，这都表明着居所主人的不同凡响。它告诉我，这里居住着中国舞蹈的创始人，拉班舞谱的引进与推进者，中国中央芭蕾舞团艺术顾问，中国舞蹈家协会名誉主席戴爱莲先生。

院落里的自然景致，看不出修饰过的痕迹。朴素而庄重的楼房比它的实际年龄要年轻许多。50 年前，中国工人用建造人民大会堂剩余的材料，在这里盖起了这两座华侨公寓。坐落在花坛中央的篮球场，曾经是戴爱莲先生的学生们开派对的舞蹈场所：彩灯高照、舞曲飞扬、佳人起舞的热烈场面，想想都令人神往。就连戴爱莲先生居所的客厅也曾是她学生们舞蹈的排练场。已经故去的著名画家吴作人先生原是戴先生的老朋友和邻居，著名画家叶浅予先生原是戴爱莲的丈夫——在这歌舞升平、诗情画意的世界里，感受到的只有积极快乐，没有消极悲伤。

当时的戴爱莲先生已是 88 岁的高龄，但在她的脸上依然洋溢着不倦的神采和发自内心的喜悦。她娇小且轻盈的身材、柳叶般的弯眉和月牙似的笑眼透着仁慈与纯真的魅力，这魅力也为我们的谈话营造出了一个轻松而美好的氛围。

我们的交谈是随意而愉快的。我相信任何一个人面对她都会循着她的心路历程进入一个神圣的舞蹈殿堂。那殿堂是优美的、灵动的、撼人心魄而不朽的。

翻开她的简历，那一连串的尊称与殊荣让我进一步认识了眼前这位老人："戴爱莲，中国当代舞蹈艺术先驱者和奠基人之一、中国著名舞蹈艺术家、舞蹈教育家、编导、中国舞蹈史学者。曾任第一届全国政协委员，第一、二、三届全国人民代表大会代表，第五届全国政协委员，第六、戴爱莲先生于 1916 年 5 月出生于三代侨居加勒比海的特立尼达岛的家庭，她的父母亲是中国广东人。戴爱莲自幼学习芭蕾舞和钢琴。

1928 年，戴爱莲凭着优秀的天资考入了特立尼达芭蕾舞蹈学校，几年后随母亲定居伦敦。她曾在著名舞蹈家安东·道林、玛格利特·克拉斯和玛利·兰伯特等名师的指导下学习古典芭蕾舞，后考入了莱斯里主办的舞蹈工作室研习现代舞。由于父亲生意的破产，戴爱莲参加了在英国西南部德文郡——达亭顿庄园尤斯·雷德舞蹈学校所举办的夏季六周免费舞蹈训练班，在那里学习现代舞。由于对舞蹈的痴迷和热爱，年幼的戴爱莲渴望成为这所学校持有奖学金的正规生。经过努力，她终于如愿以偿了。在那里她系统地学习了舞蹈理论家拉班的情感表现方法、舞蹈技术理论和拉班舞谱。

舞蹈这门艺术很早就吸引了戴爱莲，同时上帝也赋予了她丰厚的舞蹈天资。特立尼达岛有在"复活节"前狂欢的习俗，这使幼小的戴爱莲与舞蹈结下了永久之缘。她的节奏感很强，常担任儿童舞蹈的领舞，她五六岁时就开始演出歌舞剧，成为这个岛上第一个和白人学习芭蕾的华人。每逢演出，台下都有人新奇地叫喊道："看啊，中国小女孩！"

那时候戴爱莲经常登台演出，通过电视屏幕和舞台，她已经成为当时英国家喻户晓的名人。然而戴爱莲是一位特别有民族自尊心的人，她自幼生长在海外，接受的是纯西方的文化教育，但她始终没有忘记自己是中国人。在英国上学时她不会讲汉语，感到很可悲。在大英博物馆里，戴爱莲阅读到英文版的《中国历史》，这使她大开眼界。中国悠久的历史文化深深地吸引了她，尤其是盛唐文化使她着迷。

中国的现代舞剧《红色娘子军》和《白毛女》是我对芭蕾最初的记忆。在"祖国山河一片红"的年代，我曾无数次的带着妹妹在露天的银幕下观看这两部中国芭蕾经典之作。而从与戴爱莲、白淑湘相识之后，我开始进一步认识芭蕾这门舞蹈艺术。我开始补课，在电视上、在剧场里重新感受它的魅力：芭蕾是一门科学的、令人愉快的综合性舞蹈艺术，最早起源于意大利，由宫廷芭蕾发展而来，至今已有 400 多年的历史。它把音乐、美术、舞蹈和谐地融为一体，以其独特的品貌展现在观众面前。芭蕾舞的特点是用足尖跳舞，体态轻盈的演员就像天空中飘浮的白云、水中嬉戏的白天鹅，给观众以梦幻般的感受，特别优美。更为重要的是，它是通过人体运动的姿态来表达人类的情感和故事情节，让人不得不静下心来细细揣摩和欣赏舞台上正在发生或将要发生的一切。它以一种优美的方式向人们展示着天上人间的悲欢离合，它的高雅和神奇给人以视觉的享受和心灵的愉悦。

法国文豪雨果在为意大利芭蕾舞明星玛丽·塔里奥尼赠书时说："献给您那神奇的足，献给您那美妙的翼。"可见芭蕾神奇、美妙的独特品质。而在当时芭蕾舞与现代舞相互对立的情形下，戴爱莲先生已经萌发了博采众长、开拓创新的意识，这注定了她后来在舞蹈艺术事业方面的领军地位。

1937年，戴爱莲参加了英国援华委员会组织的义演活动，为中国抗日集资。1940年的春天，她只身回到了祖国。她热爱中国的传统文化，立志要寻找中国舞蹈的根。

那一年春天，欧洲的气候特别寒冷，船上冷风逼人、滴水成冰。船只在航行中躲避着水雷，经过长途跋涉终于到达了香港，此时的报纸上立刻登载了这样一则消息：《中国舞蹈家从英国学习归来》。

在当时抗日战争条件极为艰苦的情况下，戴爱莲不仅对中国舞蹈进行研究，还教授舞蹈，登台演出。在宋庆龄的感召下，她参加了"保卫中国同盟"的抗日募捐活动。虽然要忍受饥饿，四处逃难，她说心里有了理想的目标就不觉得苦，也从没有后悔过。在抗日救亡的演出活动中，她结识了一批有才华的爱国艺术家：张大千、叶浅予、丁聪、郁风等，到达内地后她又结识了田汉、欧阳予倩、郑振铎、郭沫若、陶行知，以及周恩来、邓颖超等革命家，从中受益匪浅。在他们的影响下，她以极高的热情学习中国传统文化，一直从事进步的文化事业。

从此，她把中国看成了自己的家，将自己的命运与祖国的命运融为了一体。北平解放那天，戴爱莲尽情地跳，跳了一整天民族舞蹈，以抒发对祖国的挚爱真情。

20世纪40年代，她深入少数民族地区，学习了少数民族传统歌舞，将散见于民众中自然传衍的舞蹈加工为舞台艺术品，成为整理民族民间舞并将其加工为舞台艺术的先驱者。她以多方面的途径和多种形式普及、传播民族舞蹈，由她编导的舞蹈作品《荷花舞》、《春游》、《飞天》曾在国际上获奖。女子群舞《荷花舞》和女子双人舞《飞天》成为戴先生的传世之作。

《荷花舞》是女子群舞，由刘炽作曲，徐杰领衔首演，是戴先生在那个时期的代表作。舞蹈取材于流传在陇东、陕北的民间舞"荷花灯"，由刘炽等艺术家对其进行了加工后，戴爱莲于1953年以高超的编舞技法进行了再创造。她以比兴的手法，表现了荷花出淤泥而不染的秉性，以盛开的荷花象征欣欣向荣的祖国。舞蹈形象鲜明、动作流畅、结构凝炼，于简洁中见功力。《飞天》为女子双人舞，创作于1954年，由刘行作曲，徐杰、资华筠首演。它是当代中国第一部取材于敦煌壁画的舞蹈，把戏曲中的"长绸舞"加工为独立的纯舞蹈艺术。舞蹈以绸带飞扬瞬间的舞姿造型和流畅、滑翔、腾跃的步伐，营造出翱翔天宇的一种意境，以表达人类对新生活的希冀和向往。

由于政治运动的干扰与牵连，戴爱莲先生曾中断了对舞蹈的研究。1954年她被任命为北京舞蹈学校校长后，重又继续研究古典芭蕾。那时的中国正处在经济困难时期，还没有条件生产做芭蕾舞裙所需要的细纱，演员们在舞台上穿的纱裙都是用浆过的白布做成的，她们穿在脚上的舞鞋，是由曾在上海跟苏联人学习过制作舞鞋的沈师傅带领徒弟们做的。

北京舞蹈学校除了对学生们进行芭蕾舞的教学外，还教授中国古典舞、中国民间舞、外国芭蕾舞、宫廷舞、历史生活舞和文化课，在戴爱莲先生的倡导下，创办了传授亚洲舞蹈的东方舞班。建校四年后，在周恩来、陈毅等国家领导人的关心下，北京舞蹈学校成功地排演了芭蕾名剧《天鹅湖》。

戴爱莲先生集众家之所长，善于吸收各艺术门类的优点。她学习安徽花鼓戏，她看过梅兰芳先生所有的演出剧目，她认为梅兰芳的京剧舞蹈特别美。在她的家里，展示着著名画家吴作人、黄永玉和叶浅予的美术作品，在她的艺术境界里融汇着多种艺术形式：古典、现代、东方、西方、高雅、通俗、宫廷、民间……

戴爱莲先生称舞蹈理论之父鲁道夫·拉班为外公，因为她是拉班舞谱的第三代传人。在中国，她引进、普及、传授了拉班舞谱，始终以此作为教学的基础。她用一个简单的比喻向我阐释了舞谱的重要性："什么是乐谱什么就是舞谱。如果音乐没有乐谱，贝多芬、肖邦的音乐就不可能被流传下来，舞谱的作用也是如此。"

拉班舞谱在国际舞蹈界很通行，每两年一次的国际拉班舞谱年会，都会在不同的国家召开。她热情地告诉我，她是第一个将拉班舞谱介绍到中国来的人，虽然中国从事拉班舞谱工作的人数不多，却具有国际水平。

戴爱莲先生很重视舞谱的原理和它的科学性：很多艺术形式都是由文字来记录的。比如古代人类用的甲骨文和东巴文记录了历史，而中国古代音乐的流传是靠宫、商、角、徵、羽来完成的。由于舞蹈没有文字记录，许多人说它没有文化而轻视它，使它处于艺术的边缘状态。而舞谱解决了这些问题，它的优势在于容易被理解被掌握。它的符号形象、具体而简单，它的作用就像文字一样，便于演员理解编导的意图。世界上许多国家的同行都希望参加到拉班舞谱的民间组织和国际组织当中来，在欧洲、美洲、亚洲、非洲的许多国家里，拉班舞谱得到了广泛的研究和运用。

舞蹈是人类最早创造的一种艺术形式，逐渐发展成为不同的民族舞蹈，不同的舞蹈有不同的特点，表现着不同的美感。不难理解戴爱莲先生此刻的心情，几十年来，她已经运用拉班舞谱记录下了中国藏族舞蹈、秧歌、霸王鞭和其他许多民间舞蹈了。她去云南时看到纳西族用东巴文记录了古老的祭祀舞蹈，便由她的学生用拉班舞谱记录了其中两段舞蹈，当这"东巴舞谱"被带到国外展示时，前来参观的人当中已经有人读着拉班舞谱跳出了源于中国800年前少数民族古代的祭祀舞蹈了，这令在场的人非常激动。

在英国皇家舞蹈学院的大厅内，同时陈列着戴爱莲先生的石雕头像和世界上另外三位女性舞蹈家的肖像。在漫长的艺术生涯中，舞蹈事业已经成为戴爱莲先生生命中的一部分，虽然她经历过许多坎坷，但从不抱怨，无论在什么样的情况下，她都没有停止过练功。在她的眼里，芭蕾并不像人们所想象的那么枯燥和残酷，而是一门快乐的艺术。幼年在英国时，由于她的个子小而不能进入芭蕾舞团，她说她可以不进，只要允许她上芭蕾课，她就已经很高兴了。

为了请戴先生提供一些与我文章相关的图片，那年的晚秋时节，我又一次敲响了她的家门。

"来了，来了……"她总是以这热情、朴素的语言迎接客人的到来。

顾不得寒暄，她就把我领进了她的书房，我一眼看到，书房的墙壁上新添了一幅温家宝总理与戴爱莲先生的合影照片。我又一次环顾四周，仿佛置身于一个小小的文化宝库中，这里储存着她事业成功的记录和她艺术道路上的每一个足迹，虽然是无形的，但似乎伸手可触，好像连空气里都弥漫着惊鸿的舞姿神韵。当她进一步了解了我的来意后，捧给了我足够的照片让我挑选，我精心经意地挑选出与文章相匹配的三张照片，在这之后，她热情地向我描述了这一张张照片背后的故事……她像个孩子似的抬头问我："文章刊出后能送给我一本吗？""当然，不止一本。如果要得多的话，我可以帮您跟杂志社联系。"她摇摇头。我理解她并不需要以此为自己做宣传，她完全不需要。只是愿意有一本作为收藏。

谈话时她始终愉快地微笑着，仿佛一生一世都是幸福的，从不晓得什么是悲哀，什么是苦难。说到动情处，她的笑是那么畅快，那么亲切，那么迷人，有的时候还那么响亮，不掺任何杂音的响亮，让人感觉踏实和亲切。

记得初次拜访戴爱莲先生时，中途我提出要去洗手间，她立刻给予反应，站起身来领我走进了那间面积不大，却十分整洁的洗手间。当我回到客厅后，她向我讲起了一桩与洗手间有关的往事：早年建造房子时，通常一户只给设计一个洗手间，一个人使用不会感觉有什么不方便。一次她的学生到她家来上舞蹈课，中途说有事要离开一会儿，戴先生没有在意，便放她去了。用戴先生的话说：等了好长时间也不见她回来，我想，她去哪里了？好久好久她回来了。我问她去哪里啦，她回答说，她要方便，出去找厕所，找了很久才找到。我责怪她，为什么不告诉我呢？噢，我明白了，我需要在家里再造出一个洗手间来，于是就请工人师傅在家里挤出一块地方，造出了一个客人用的洗手间，所以现在我的房子里有两个洗手间……

她操着不太地道的汉语，认真地向我描述着这桩她认为很重要的事——一个洗手间的诞生和它所诞生的理由。因为这样一桩凡尘小事，竟使她忽然察觉，由于她的疏忽给客人造成的不便，仿佛也让她意识到了，她在人们眼里的与众不同。这让她心里很不舒服，虽然她没有任何过错，但是她依然要弥补，要再造一个洗手间来解决客人们的方便问题，也以这样的方式弥合她与学生，与客人之间那段看不见的距离。

这时我也明白了，那种踏实感由何而来。当我提出要去洗手间时她那种本能的反应，她情不自禁地重提那桩久远往事的来由。无意之中她所表现出的游离于现实以外的本真，和细致入微的善良，使我忘却了她的年龄和身份，记住了她的可爱和亲近。我想，这正是她所希望的，她希望后人了解和传承她的舞蹈艺术，特别是拉班舞谱，也希望人们将她看作朋友或亲人。

看天色已晚，我便起身告辞，这时她从里间屋里拿出一本书《戴爱莲——我的艺术与生活》送到我面前："这本书送给你，这里面有我的许多照片。"我郑重地接过来并表示了我的谢意。这本书是经戴爱莲先生口述，由她的学生们记录整理后出版的，书中真实地再现了戴先生将近一个世纪中艺术与生活的轨迹。我翻过封面请她题字，她说："我的中文字写得不好，写英文可以吗？"但最终她还是用汉字一笔一划认真地题上了：

送给梁宾宾

戴爱莲

2004 年 11 月 14 日

当我离开华侨公寓时，已暮色茫茫，华灯初上，我走向公交车站，走向热闹的人群。眼看着秋日的落叶在橘黄色的路灯下滑行，内心不免涌来几多悲凉。谁会想到在中国，戴先生没有一位有血缘关系的亲人，可留在我脑海里的，却是那幢闹中取静的楼房里一幅幅美好的画面和温暖的气氛。戴爱莲先生直爽、活泼、纯真、执著的个性，以及她对生活、对艺术的热情一直保持至今。前一次采访结束后我为她拍照，希望她笑一笑，因为我觉得她笑起来特别迷人。而她却说："不一定要笑，自然也是一种美。"拍过之后，她把她的家庭服务员招呼过来对我说："请为我们俩拍张合影吧。"

在我的眼里，岁月的痕迹无法遮掩住她的美丽。她不仅是一位国际著名的舞蹈家，还是一位纯朴的中国公民，重要的是她不仅有一种自然的美，还有一个平和的心境。

2006年初，90岁的戴爱莲先生走完了她卓越的一生，她留下遗愿，将房子和银行存款全部捐献给国家。至此她留给自己的，依旧是那个平和的心境；留给世界的，是她的全部——舞蹈艺术，还有她的真诚。

自然也是一种美

第三辑

理智与情感

自然也是一种美

天下第一情

一年一度的母亲节又来临了。每一年的今天，我都不会忘记通过邮局给妈妈送去一份"鲜花快递"，以表达对母亲生我养我培育我的感激之情。不能守在她老人家身边尽孝，也只能通过这样的方式来弥补我心中的愧疚。

21 年前，经历了 12 小时阵痛的折磨之后，我也终于做了母亲。分娩时的痛苦是难以言表的，就连我这个性格内向的人当时也难以自持，毫无顾及地叫喊着要去手术室做剖腹产。在我刚刚喊过之后，孩子就降生了！听到孩子来世的第一声啼哭，那难以忍受的痛苦竟随之消逝得无影无踪。当天，我的护士长送给我一部婴儿纪念册作为贺礼。扉页上，在宝宝出生录一栏里填写着孩子的姓名、性别、出生时的身高体重、出生时间、出生地、血型和生肖。在分娩记录中护士长这样写道："由于产力不足，主任医师李淑兰和李军大夫亲自行会阴侧切、胎头吸引术，加上宾宾自身努力，使婴儿平安降生。"

短短几句话，至今让我为之心动。她使我深切地体会到了"母亲"的含义。

整个产程护士长都守护在我身边，她与我一起经历了无比艰难也是无比神圣的时刻。当我一阵阵疼痛过后，她感叹道："让孩子叫声妈是多么不容易的事呀！"而当我用力时，她的手一定被我握得很痛。孩子要出世，我要做母亲！那双重的力量是任何理由都阻挡不住的。

我的婆母把为孩子取名的权利赋予了我，她说我最有资格。我想，丈夫是婆母心目中的光辉，那么女儿便是我心目中的阳光。所以我为女儿取名为"昱"。

书上说，女人只有做了母亲才称得上完整的女人，真正的女人。书上还说，孩子是天公赐给每对夫妇的，孩子本身并不情愿，所以他哭着来到人世。听起来这些理论似乎并不搭界，但无论如何，血浓于水是无人能够否认的。

随着孩子的出世，我的生活也有了极大的改变，劳累和辛苦伴随着喜悦和快慰。我清楚地记得孩子给我的第一次微笑、蹒蹒跚跚迈出的第一步和从她嘴里喊出让你听来半信半疑的第一声"妈妈"。

我和丈夫关注着女儿每一天的成长，我们的一切从此都与她的存在息息相关。牛奶、蛋黄、鱼肝油、米粉、菜泥、水果，喂奶、洗澡、换尿布。忙碌之后就连那倦怠也是愉悦的。

当她熟睡的时候，我常会守在她身旁，用母亲特有的欣赏与挑剔的目光审视着自己的宝贝。望着她天使般柔嫩的面庞和密长的睫毛，望着她由于缺钙微黄的软发，还有那温柔的小手、有力的四肢，心头立刻会涌来一缕母性的柔情。我常设想女儿长大是个什么模样，虽然我的女儿算不上多漂亮，可她在我眼里是最完美的。并且我有信心将她培养成一个品德好、气质好、积极向上并健康的女子。我曾祈求天公，今生今世我愿将世上所有的苦吃尽以换来女儿一生的幸福，让她不再吃苦。为此，我将我经历的种种苦难全部视为一种幸福。我相信天下所有的母亲为了儿女都会情愿以此为代价。

"不当家不知柴米贵，不养儿不知父母恩。"有了女儿之后我更体会到了父母养育我们所历尽的辛苦。由于父母工作忙，我不得不离开父母被送到整托幼儿园去接受早期教育，后又进入寄宿学校读书，但我每时每刻依然能感受到母亲对我的关怀。我国三年经济困难时期，妹妹不足月便出世了，由于粮食不够吃，母亲奶水不足，妹妹的哭声有气无力，所有的亲友都担心养不活她，父母便托人从各大城市购买代乳品，精心喂养，妹妹竟奇迹般地活了下来！如今她也获得了硕士学位，成为大学里的一名教授了。我们长大成人，乃至成才，不知倾注了父母多少心血。

至此我要告诉我的朋友们：当你取得成功手捧鲜花的时候，当你取得学位戴上博士帽的时候，当你大学毕业获得文凭的时候，当你有了爱人拥入他（她）怀抱的时候，当你做了父亲母亲怀抱婴儿的时候，千万要记住：没有你的母亲就没有你的今天。

儿女们别忘记：在母亲生日那天，给妈妈送上一份礼物或是一个遥远的问候。别忘记：在自己生日这天，真诚地为母亲许个愿，愿她健康长寿，顺利平安。别忘记：你的每一次离家，都带走了母亲一份揪心的牵挂，一定要常报平安回家。别忘记：你虽羽翼丰润，能够展翅高飞，可你曾经牵着母亲的衣襟走过了多少个日月年华。别忘记：无论你将来年事有多高，可你曾经拥有过母亲的怀抱。别忘记：母爱无价，孝心同样伟大！

对于一个女人来说，做母亲是伟大的，然而做一个成功的母亲则是至高无上的，我会以此为目标而不惜代价。女儿的每一次进步都是母亲的成功，女儿灿烂的明天将是母亲的荣耀。母亲期待着，体味着。有一天当我也到了我母亲现在这个年纪，母亲节这天，女儿同样将一束康乃馨送到我手中的时候，我将是这世界上最幸福的人。

自然也是一种美

你总得放开妈妈的手

经北京师范大学艺术与传媒学院的选拔推荐，女儿就要去韩国留学了。对于做母亲的我来说，喜忧参半。女儿高中毕业，不过 18 岁。如果是当初我们那个时代，这个年龄已经算是大人了，要自食其力，必要的时候还要帮助父母供养弟弟妹妹。可是当今 18 岁的孩子，苦读 12 年，学习成了他们生活的全部内容，父母们为了让孩子专心读书，尽心竭力地为他们创造财富，营造舒适宽裕的生活氛围。在这样的社会背景和家庭环境里成长起来的孩子，缺乏外交能力和生活自理能力，突然决定远赴千里之外求学，着实令人担忧。

在国内经过了一段时间的语言培训之后，我们便按照学校的规定办理各种相关手续，但即使到了临行前，我还在反复思量，我们的决定是否正确。我千言万语将她嘱咐，告诉她做人的三个原则：第一，要有自尊，讲原则，积极进取；第二，要懂得报恩，对于别人给予过的帮助，哪怕是点滴的帮助，也应该牢记不忘并要找机会报答；第三，要与人为善，要有爱心。

具体到生活方面，衣食住行，一样儿我也没有疏忽。但还是放心不下，于是决定亲自送她去韩国国民大学。

韩国在世界设计领域里排名第三位，韩国国民大学设计学院的动漫及多媒体、工业设计、服装设计、陶瓷工艺等专业是其最具特色的专业学科。

虽然远隔千里之外，难免挂念，但孩子能去这样的大学攻读优秀的专业，对我们做父母的来说，也是一种安慰吧。我想，对于女儿来说，应该是愉快的，而对于母亲来说，从此就要数着天数过日子了。

我的女儿昱，被安排在留学生公寓里，同屋的另外三位学生也是中国人，她们分别来自于天津和浙江，正读研究生。在这里，只要和在造型设计学院读书的中国留学生交谈，就会听到同一句话："阿姨，我们学校的设计专业是韩国一流的。"当我第一次听到这话的时候，惊讶地望着她们，她们毫无掩饰的骄傲和自信，让我忽然觉得，当今的年轻人真是不得了！

让我惊讶的是她们坦白的态度。在别国的土地上宣扬别国的长处，追捧人家的优势，也就是说，她们敢于承认自己国家在这个领域里落后于别的国家，这在我们那个年代是无法想象的。倏然间我反躬自问：是呀，难道这有什么不对吗？奋起直追的前提就是承认自己的不足，当你真正超越了自己，打败了对手的时候，才是真正的英雄。

国民大学有一个优秀的传统：老同学帮助新同学是义不容辞的责任。这其中包括接站、入住、带领新生熟悉学习环境和生活途径，带领他们办理入学手续、交纳相关费用、办理银行存款和到韩国出入境事务所办理外国人登陆证，以及所有入学后能够涉及到的事宜。无论你是哪一级的学生，也无论你属哪个专业，只要你先一步跨进这所学校，你就必须履行这个责任。

多少次，只要我在女儿所及的范围内接触到中国留学生，都会拜托她们，当女儿遇到困难的时候请她们给予帮助。这时无论是谁都会表示，这是她们应尽的义务。她们很礼貌地对我说："阿姨您放心吧，师妹有事尽管找我，再忙我也会挤出时间帮助她的，不必客气，因为比我先入学的同学当初也是这么帮助我的。"

我第一次遇到这样的集体氛围，毫无功利意识的互助、互爱的集体氛围。而且我在国民大学的那几天里，已经看到了她们对我女儿的帮助。

回到北京之后，还是免不了对女儿的牵挂。气候的潮湿、饮食的不习惯、陌生的生活环境和深层的语言障碍，都是我所放心不下的，尤其担心的是语言环境的不畅，因为中国留学生融入韩国社会比较难。

刚去的那段时间，她还没有领取到外国人登陆证，所以按照韩国的规定，是不能在当地购买手机的。那么我与女儿的通讯方式就是把电话打到她的房间里，但那是内部电话，只能打进去不能往出打。刚刚入学，许多事还需要理顺，需要沟通的情况很多，我和她只能通过互联网对话，如果需要马上通话的时候，她很可能在上课，不在宿舍，那么我唯一的办法就是打给她的同学，她们大部分人已经买了手机。

把孩子送到国外读书，对父母来说，是一个考验；去国外读书，对孩子来说，则是一个锻炼。我离开韩国后的两三天里，她在互联网上跟我有说不完的话，所有的事都要汇报给我们。然而随着学习进度的深入，我想，最重要的原因，还是她逐渐熟悉了环境和周围的人，她与我们的对话逐渐减短了，我有点儿失落，但我知道这是好事，我必须接受这个现实，这说明她已经逐渐融入了新的生活。当我询问她生活得怎么样时，她总是告诉我说，她在那里很好，师姐们都很照顾她，生活也习惯，学习很愉快，不必挂念。

然而她还是有憷头的时候，比如要填报一些表格，或了解一些相关事宜，虽然有师姐们帮忙，但需要时常与学校学生处及国际交流处打交道，尽管已经有了些语言基础，可每当这样的场合，遇到听不懂的话时，她都要搬出字典来进行答对，对方就要耐心地等待。从来没有离开过家的女儿为此向我表露出了她的畏难情绪。我鼓励她说：出国留学，就意味着从此一切要靠自己了，你一定要有这个准备。不是只有你一个人会遇到这些困难，所有出国留学的孩子都要经历这样的过程，对话过程是你提高语言水平的必由路径，必要的时候，可以用英语答对，你的英文水平不是很好吗？

　　我这番话对她果真起作用。

　　一个月中，她不断地把她对学习的安排、课程的进步、新的困惑和对韩国文化的体会告诉我们。

　　周末的时候，她会和同学一起出去吃烤肉，或者结伴游玩。她说，这也是她了解韩国文化，提高语言水平的一种途径。她兴奋地告诉我们，烟火节那天，她和师姐们去汉江看烟火了，非常漂亮！她还建议我在互联网上看韩国电视连续剧《宫》，说"巨好看"！片子里讲得是，如果韩国现在是君主立宪制的话，将会是什么样……

　　孩子的成长需要一个宽松、向上、健康的环境，需要呵护和关照，也需要鼓励和督促。如今，女儿已经去英国就读硕士研究生了。她就像一棵树苗，经过风雨，从细弱到粗壮，直到成为栋梁。近一时期里，我时常回忆起孩子蹒跚学步的那段日子。当时我们住在西城区的前英子胡同，那是一幢老式的王府四合院，住了许多户人家，由于可供使用的空间不够，人们就搭盖了一些临建设施以满足需要。我的女儿到了学走路的时候，却找不到一处能够稳步行走的地界，于是我们就领着她到院外的便道上学步。

　　初夏的傍晚，便道上并不萧条，过往的路人接连不断，我的孩子便在这熙熙攘攘的闹市中，甩着小胳膊，迈着蹒跚的步子，兴致勃勃地往前走，走几步就摔一跤，爬起来再接着走，没走几步又摔一跤，我紧紧跟在她的身后，寸步不离。她摔过爬起来以后，总会小心翼翼地回过身来要拉我的手，我下意识地扶她一下，指指前边的路告诉她：不怕，接着走，以后就不会摔倒了，如果你拉着妈妈的手，永远也学不会自己走路。你总得放开妈妈的手呀。

　　那时候，她也只会说些简单的句子，我不知道她是否能听懂我的话，但是她按照我说的去做了。我没有让她再牵我的手，而她的步子越迈越稳了。

在康乃馨盛开的日子里

五月里的第二个星期天早已经过去了，可街头巷尾的商店和鲜花店里依然把康乃馨作为主题销售。这情景把我的思绪引向了那一天——

北京的上空总像笼罩着一层雾蒙蒙的烟尘，逐渐失去它原本清晰的容颜。随着现代化和高科技的迅猛发展，汽车数量的急剧增加，首都北京大气层的污染已骇然地名列到世界十大污染城市的第三位……

母亲节那天却不同于往日，我像重又回到了童年时代。太阳照下来暖洋洋的，似乎是提醒人们今天是个好日子。与往年的母亲节一样，我直奔邮局，给生活在省城的母亲送上一份鲜花快递以及我的那份祝福。

骑车刚刚拐到街上，就发现前方距我十来米处有一位骑车的男子，他一只手掌把，另一只手上擎着很大的一束鲜花。从背影观察，那稍显臃肿的体态已不太年轻，此时我们正朝着同一个方向行进。一边走着我心里一边揣测：他要把手中的鲜花送给母亲？夫人？朋友？抑或是情人？照理说今天是给母亲献花的日子。因为我家里只有姐妹，没有兄弟，而无法想象，男人们用怎样的方式向母亲表达他们的感情。

出于好奇心的驱使，我突发奇想地决定尾随着他要看个究竟。这样悠闲地跟随一个男子对我来说是绝无仅有的，内心有些不自在。路上川流不息的车辆和熙攘的人流时时阻断着我的视线，那束鲜花也在我的眼前飘忽不定，时隐时现，于是我紧蹬一阵跟了上去，骑近了之后，我终于看到了一个情理之中，也本该在意料之中的情景：这位男子手中托着的是一束五彩缤纷的康乃馨！它们被一张印花透明包装纸罩护着，一条堇色的缎带在春风中飘舞……如此情景虽说已在情理之中，意料之中，可我还是被这一幕打动了。

我的猜测得到了证实，好奇心也得到了满足，这时我停下来，站在路边久久地望着那个渐渐变小的背影，目送着他去和他的母亲团聚……我原以为，男人们手中只有红玫瑰，而今天我看到了，在他们的手上，不！在他们的心里呵护着无数枝康乃馨——为献给他们的母亲。

在"鲜花特快专递"柜台前，我选购了一大束康乃馨，并特别叮嘱营业员，要给鲜花束上一条堇色的缎带。

千荷湖中温乡情

浪花拍岸，白鹭戏水，天空碧蓝，沙滩细软。细雨如丝、如雾，浸润着脚下的柏油路。弥漫着咸味的海风，使人心清气爽。这是我对南戴河旧有的印象。

而今再来南戴河旧地重游，感触远远超越于此。"中华荷园"的出现为世人开创了一片新的天地：月色荷塘、画阁玉栏、金塔拱桥、曲径回廊以及江南小景，还有难得一见的千荷湖面、百步荷塘皆为中外游客心仪的游览之地，也成为当代文人墨客抒发感慨、寄托情怀的世外桃源。

荷文化丰富了南戴河的底蕴，也滋养了一方水土一方人的品行与精神。河北人的好恶，河北人的爱憎，河北人的质朴、善良、热情、风趣和自信，还有那双毫不躲闪，敢于直面世俗善恶美丑的眼睛，没有含糊的成分。

同样，河北人也培育了荷的品行与精神。荷花的冷艳、高傲、正直、姣美常让游客放慢脚步，唏嘘往返，流连其间。

雨后的天空格外明朗，置身于荷的世界里尽情观赏 600 亩荷花，300个品种的奇迹，勾起人无尽的遐想。这些生命有机体的繁殖，让我们无法遵循她的生命轨迹和进化过程来预测她的宿命。然而人类却发现莲花具有长寿的基因，经过科学家的特殊培植，历经 400 多年的荷花种子在今天照样发芽、开花。如果人类掌控了莲花长寿的内在机制，不也是一种奇迹？它将帮助人类解决粮食的储存问题，以减少世界饥饿人口的数量，延长人类的寿命。

眼下，新生的荷花正高挺于水面之上，千姿百态，艳气冲天。清爽的微带着绵长的荷香拂面而过，让人心生感激之情。细品荷花，却从没有风那么多情，不管你是谁，什么职位，什么身份，它照例是头昂颈直，晨开暮闭，依照自身的生息规律，袒露着固有的真性情。它的若无其事传达出一种态度：您来去自由，悉听尊便。自然是，荷不留人，却惹人欲罢不能。于是改变它，便成为游客们的痴想，无论是过去还是现在，荷花的丰腴和傲骨常常让人爱恨参半：恨它拒人千里之外的神气，爱它纯洁高雅的品貌。据资料显示，花香对人的思维会产生影响，荷花的香气则使人情感温顺、心情舒畅。难怪荷塘上空飘过的全是溢美之辞呢。

南戴河是盛热之下难得的一块避暑胜地，不冷不热，不骄不躁，它以近乎完美的气候迎接着游客们的到来。越过浅褐色的沙滩，可见海水在黄昏的雾霭中激荡，如果赶上晴空万里的好天气，夕阳就会将海浪罩上一层金红色的光芒去迎接下一个崭新的黎明。

夜色中漫步荷塘，远天灯光闪闪，水边晚风习习，荷花浅睡，鱼儿卧底，千亩荷塘悄无声息，那意境真是妙不可言。置身其间，我收获的还有双手难托的心灵滋养和久违了的乡情。

主人们特意安排我们游览了北戴河"奥林匹克大道公园"。大道的左侧是用珍珠黑花岗岩石材雕刻而成的奥林匹克浮雕墙，上面气势恢弘地展示着从举办第一届奥运会到第 28 届奥运会的百年奥运历程。大道右侧是58 件雕塑，包括顾拜旦、萨马兰奇、罗格等历任国际奥委会主席的塑像。其中，雅克·罗格是一位体育医学家，一名帆船和橄榄球运动员。他获得过帆船世界冠军，还两次夺得了世界亚军和 16 次比利时冠军的荣誉，现任国际奥委会第八任主席，并对现代艺术情有独钟。应该说，他是中国人的好朋友。2008 年 8 月 24 日晚，在北京"鸟巢"举行的第 29 届夏季奥林匹克运动会的闭幕式上，这个比利时人对中国竖起了大拇指，并在他的致辞中称赞北京奥运会"是一届真正的无与伦比的奥运会"。

这也是对北京奥运会一次真正的无与伦比的评价！

游人们经过这里，都情不自禁地摸摸萨马兰奇和雅克·罗格的大鼻子，使得那久经磨砺的鼻子褪尽了原本的黑色，在阳光的辉映下泛着耀眼的金光。

热情的东道主以开放的文学态度承办了这次学术气氛活跃的散文论坛讲座，也为与会者预备了鲜花、丰食和美景，得此机会使我再次与久仰的文学前辈以及同行欢聚一堂，听取他们的创作经验和文学观点，幸会了一批来自河北各地的作家朋友。无论是荷塘边、会议厅、游船上，还是晚霞间、晨光里、细雨中，想来，我说得最多的一句话就是"你好，我也是河北人"。继而是热情的寒暄和叙旧的声音，彼此间传递着的融洽气氛令人开心。

此次秦皇岛之行意外地与尧山壁叔叔重逢，让我相信，人生随时都有重温往事的可能。

在这样的场合相逢，虽没有更多的时间谈及往事，但我相信，那令人刻骨铭心的灰暗时光不会被人遗忘。1969 年冬季，我的父母和他的同事们被集中到河北省直属文化系统毛泽东思想学习班，学习毛泽东的"老五篇"，"斗私批修"，改造思想。随后我跟着大人们下放到河北邢台隆尧县"五七"干校。在那里，便遇见了尧山壁叔叔，那时他很年轻，和我的父亲同在文艺四连接受"改造"。干校生活是艰苦的，尤其是刚去的时候，他们自己动手盖房子，挖水井。然后是积肥、种庄稼。

那时候我还在上小学，经常和同学们一起穿过大人们劳作的地头走向学校，在放学途中目睹他们翻地、播种、施肥、灌溉和收割的情形。耕作中少有出现的欢笑透着酸楚和凄冷，劳动的性质变得无比沉重。在那样一个特殊的时期里，文艺界成了"重灾区"，中国的文化艺术遭到了毁灭性的打击。文学作品被污蔑成"毒草"，绘画作品被说成是"黑画"。作家、画家一律被称为"反动文人"。今日想起不免令人发笑，当时却让人笑不出来。文艺四连和八连里还有一连串响亮的名字：梁斌、田间、刘真、韩羽、张俊、张庆田……在那样一个文化被革命，人心遭浩劫的年月里，文人们首当其冲地遭到了无情的批判和不公正的待遇，他们被迫放下手中的笔，拿起镰刀和锄头，混杂在身穿灰色囚服的劳改犯当中接受劳动改造。尽管当时他们的处境窘迫艰难，失去了做人的尊严，但这并没有磨灭他们对中国的文学贡献以及其作品的影响力，那些源于生活的上乘之作依然被许多人珍藏在心底。

而今，多少多少年过去了，时代让文学理所当然地回到了它原有的地位，当年的"反动文人"重又被人们尊称为"作家"。尽管历史留有很多遗憾，但我想，这遗憾有时也会成为一种生活财富，心灵的颠簸和命运的起落对创作者来说或许是一份精神资源，这样的财富和资源不是所有人都能够获取到的，所以一位美国画家说："一个艺术家的生活有多深有多长，他的艺术就有多深有多长。"

美好的时光让人意犹未尽，走过"百步问荷"："何时我会再来这里？"为时三天的秦皇岛游历和小住，使生活多了一份色彩。眼前的一个个百步荷塘，分明似《圣经》里的一间间诺亚方舟，满载着人们的遥想和希冀，躲过洪水，越过险滩，驶向远方。它代表了秦皇岛人面对世界的发言，和那一方沃土迸发出的人文力量。

序　曲

我把童年比作人生中的序曲。

黑夜与白昼相互交替着，不厌其烦地推着日子往前走，走过了一个个春夏秋冬，我也随着岁月的流逝渐渐懂事了。望着天上的星星在寥廓的高空中漫不经心地眨着眼睛，我会产生一些莫名其妙的遐想，曾可笑地以为，日子的多少是由星星眨眼的次数决定的。每当傍晚，由父亲或母亲把我从托儿所接回家，我的第一件事就是爬上椅子，踮着脚尖儿，撕下挂在墙上当天的那页日历，把它小心地攒起来，心里数着：一天、两天、三天……可是不管我数得多么在意，总有忘了的时候，那只好从头来，一遍遍地数：一天、两天、三天……

那是人生中的一段混沌阶段，以至于断断续续的往事难以归纳成一个完整的故事，就像我家当年有过的一本书，我已记不起书的名字，书的封面倒给我留下了深刻的印象：一只身披黑衣露着白肚皮的大鸟，拖着长尾巴静卧在河边的柳树上，低垂的柳丝轻拂着水面，一条张着嘴巴的红鲤鱼钻出了水面，四周漾起一圈圈涟漪……

不知道什么时候我家从天津搬到了保定，住进了河北省文化学院里的这幢房子。因为它只有一层，也就不能称它为"楼"，而房间格局和筒子楼没什么两样。房屋的质量很好，地面光润，墙壁也粉刷得很干净，木窗严丝合缝，房间里显得宽敞明亮。走廊两头设有方便门，走廊正中是大门。大门的左首是我家，大门的右首是铁凝家，我家的左邻是大鹰家。铁凝和大鹰姐妹是我最初的玩伴，从我有了清楚的记忆，我家就住在这里了。那时家里的摆设很简单，几乎所有的物件都是公家配给的。室内窗前摆放着一张双人床，挨着床头是一张二屉桌、两把木椅和一个小方凳，床边儿上是一张三屉桌，那是我和父母吃饭、写字的地方，还有两只柳条包摞在门边。屋内的陈设很得体，既不空旷，也不拥挤。

我家窗子外面有棵丁香树。春天开花，香气四溢。到了夏天，一片片桃形的树叶就变成了深绿色。夜晚时，屋里的灯光通过窗纱照在丁香树上，看得见树叶在风中摇曳。

大鹰有个哥哥叫建国，有个妹妹叫小平，他们的年龄都比我大，建国已经上小学了，大鹰和小平在幼儿园的大班和中班。大鹰有条裙子，裙摆特别大，她常常昂着头在我们面前旋转，裙子随着她转动的脚步被风兜起，像一把撑开的花伞。每当这时，我们就会像拥戴公主一样为她拍手叫好。

我和铁凝同岁，也常在一起玩。她的玩具中有一只精制的、刷着绿色油漆的小铁床，可我的洋娃娃个头儿大，怎么也放不进去，我们只能看着它叹气。凝凝的妈妈是声乐教师，大眼睛很漂亮，身穿"布拉吉"，常常哼着洋歌走过我家门前，或者对着我家敞开的房门热情地喊一声我母亲的名字。

我们走廊正门的台阶下有条土路直通学院大门外，道路两旁是绿茵茵的柳树。清晨我常蹲在树下方便。来上班的叔叔、阿姨走过我面前时总要和我打个招呼，我也仰起脸来冲他们笑笑，算是回应，丝毫没有难为情的感觉。母亲会赶在上班前清除掉我排出的那些废物。

我印象最深的是学院门外两侧的墙上刷着一条大标语，酱红色的，顶天立地很气派："沿着社会主义道路奋勇前进！"由于常年的风吹日晒，我见到它们时已经褪了些颜色，我跟着母亲出出进进，最先就认识了这几个字。

出了学院大门是一条坑坑洼洼的土路，土路前方是护城河，左拐上桥，我们称它为"新北桥"，走下桥就是通往市中心的市政马路了。河水在桥下流淌，河的两岸歪斜着形态各异的老柳树，有的枝条伸向河里，河水从上面流过，显得漫不经心。每逢学院托儿所的阿姨领着我们沿着河边散步的时候，阿姨就会带头唱起《我的祖国》，我们也七嘴八舌地跟着唱：一条大河波浪宽，风吹稻花香两岸，我家就在岸上住，听惯了艄公的号子，看惯了船上的白帆……

河水虽不怎么清澈，却弥漫着一股令人舒爽的凉意。河道不宽，全然没有江南水乡的灵秀，看不见白帆，更听不见艄公的号子，我可盼着水里有鱼。

那是个阳光灿烂的上午，我忽然心血来潮，缠着父亲带我去河边捞鱼，幻想着捞到鱼全家人饱餐一顿的情景。父亲为难着，他告诉我河里即使有鱼我们也没办法捕到。可我根本听不进他的劝阻，带上家里捞面条用的笊篱和一个搪瓷缸子非去不可。母亲对父亲说，这孩子是一条道儿走到黑，太任性了！你就带她亲身体验一次，她也就甘心了。

我跟着父亲来到河边，两岸很安静，只有啄木鸟为老柳树治病的声音："嘣嘣、嘣嘣嘣……"偶尔也见一二个行人从土路上走过。我舀了半缸河水，在父亲身边蹲下，看着父亲把笊篱伸向水里，静静地期盼着有鱼能闯进我们的笊篱。还不时地叮嘱他：鱼一游进来，您就赶紧抬起笊篱，可千万别让鱼跑了呀。父亲笑着给我泄气说，我们在做一件非常荒唐、非常可笑的事，这样根本不可能捞到鱼。

我望着流淌的河水，水面上零星地飘浮着落叶和碎草，就是没有鱼的动静。我们捞鱼的样子大概很特别，不一会儿就围拢过来几个顽皮的男孩子，他们奇吵滥嚷着发问，怀疑这样捞不到鱼。我极力制止他们，说就是有鱼也会被他们的叫声吓跑的。他们观望了一会儿，见捞不到鱼便怏然离去。我和父亲也只好收工了。直到我长大成人后，凡遇到与父母意见相左，坚持己见时，他们仍举此事为例，以证实我的"任性"。

河边的柳树长得很粗壮，看样子岁数不小了。一个雨后的清晨，从墙外传来"咔嚓"一声巨响，我们正纳闷着不知发生了什么事，就听人说河边的一棵老柳树死了。我跟着几个孩子跑过去看，只见那老树的半个"身子"已经倒落在河里，河水从它身上流过，冲涤着老树枯朽的残枝。我们问大人柳树是怎么死的，大人们说是老死的。难道树也和人一样会老死吗？大人的话，应该都是对的。

那天在河边，我认识了一个跟我同岁的小女孩儿，她是学院老院长最小的女儿，头发微黄，生得白白嫩嫩，瘦小的身材显得很乖巧。她不怎么爱说话，可她喜欢唱戏。文化学院里经常有演出，我注意到，如果晚上我们看过戏，第二天她肯定要学着演。她经常把草坪当戏台，用枕巾、纱巾或围裙作"行头"，把自己装扮成古装戏里的"小姐"或者"丫鬟"。因为白天大人们都上班了，孩子们也都去了我们该去的地方，没什么人注意她。她演唱的时候多半是"台前"没有一个观众。不过她对此并不介意，依旧表演得那么认真，那么投入。用现在的话说就是自娱自乐。

偶尔我在午睡后跟着母亲去托儿所的路上能看到她"演出"的情形，她认真表演每一个动作，用"小嗓儿"唱出每一个动听的音节，可我从没听懂过她唱的是什么，恐怕所有的人，包括她自己也不知道唱的是哪出戏，唱词是什么意思吧。有一天我自己去托儿所，便自作主张地在路上耽误了一会儿，认真地当了一回她的观众。

午后的太阳是炽热的，树上的叶子被日头烤得直打蔫儿。她手舞足蹈的身影投射在草坪上，那影子似乎比她本人的表演更富神韵。她边唱边舞，曲调哀伤，时不时地用宽敞的"水袖"假拭着腮边的"泪水"，我不知道她为什么悲伤、为谁流泪。汗水顺着她光润、通红的小脸儿往下淌着，一时间我竟误以为她真的流泪了。谁也说不清她扮演的是杜薇还是秦香莲，也许是白素贞抑或林黛玉？哀哀怨怨好不凄凉。而周围的景物仿佛并不支持她的演出气氛：阳光照旧炫耀着它的明媚，空气中依然荡漾着令人着迷的土香味儿，青柿子在树枝上咧嘴微笑，彩蝶欢快地嬉戏花间……整个宇宙充满着生动的幸福感，仿佛在有意与她唱反调。

我正迷惘而吃力地欣赏着她的表演时，一位叔叔正巧也路过这里，他在我身旁停下脚步，和我一起作起了观众。我抬头看着他，他却不像我那么较真儿和挑剔，只听了两句"唱词"就热烈地鼓起掌来，还大声地叫好儿。小姑娘一点儿也没有被这突如其来的抬举弄得忘乎所以，俨然一个饱经风雨、荣辱不惊的"腕儿"。

我和她同岁，她却不用去托儿所，因为她母亲不工作，可以在家里照顾她们姊妹，这让我非常羡慕。我不知道是她先出生还是我先出生的，我的生日在三月，那是个桃花盛开的季节。那年我过生日，母亲折了几枝桃花插在一只精美的花瓶里。那几枝生灵在我家的二屉桌上盛开了好几天呢。直到花朵枯萎，落瓣纷纷飘撒在花瓶四周，母亲才把它们掷入田野。

那时候的我是幸福的，在束束光环的拥抱中迎接着每一天，体会着桃花的微笑和抽华吐萼的植物散发出的芬芳。我喜欢流动在大自然里的土香味儿，还喜欢飘在空中的柳絮和天上缓缓划动的白云，平生第一次感受到了白云飘浮在天空时温润的美感，犹如置身于童话般的境界中，心里充满了幻觉与遐想。我曾站在门廊里的台阶上，手里攥着几朵鲜嫩的牵牛花，望着外面瓢泼的大雨出神。被风吹过来的雨柱不断地溅在我的脸上和身上。手里的花朵仿佛要被狂风撕碎一样，东倒西歪显得特别无助。我小心地用手掌护着它们，竟傻得想不起后退几步躲避风雨。路边柳树的枝条随风狂舞着，所有的植物都在风雨中飘摇，屋顶上的雨水顺着房檐如注地倾泻下来，地上很快就被砸出了一道浅凹。

雨停了，房屋的玻璃被雨水洗刷一新，在夕阳的照耀下熠熠生辉。看看四周，所有的景物都显得干净、清爽。这时我看到天边出现了一道有头无尾的彩虹，就像用蜡笔画上去的一样。这种神奇的感觉久久地跟随着我，让我弄不清那潮润的土香从何处来，也不知道是谁把云彩托上了蓝天。而大人们为什么不赶紧逮住四处飘荡的柳絮，到冬天用它絮棉衣呢……在后来成长的岁月里，我仍然无数次地回味起当时的感受和心情。

过了生日，母亲告诉我，我已经到了入整托幼儿园的年龄，虽然我很不情愿，可还是拗不过大人，被送到了离家不远的"新华幼儿园"接受学龄前教育，在那里，我学会写的第一句话也是唯一的几个字就是"我要做个好孩子"。当时中国正处在三年经济困难时期，在幼儿园我们却没挨过饿。每当周末从幼儿园回家，行走在学院门前那条寂静的土路上，回头望望东去的河水，我心里就猜测，那河里一定有鱼。

在那个年代里，小孩子们可以不知道自己的爷爷奶奶姓甚名谁，但不可能不知道毛泽东的伟大。周六我从幼儿园回来，突发奇想地请求父亲给毛主席写信，邀请他老人家到我们家来做客。我从抽屉里找出了一叠小楷纸，雪白的质地上印着竖条红线，看上去很高级。我催促着父亲落笔，他笑着问我写什么内容，我说，请毛主席来我们家里做客！父亲站起身来和我一起翻阅日历，要选择一个好日子。然后他坐下来，郑重其事地把我说的内容写在信纸上。信写好了，父亲就把它装进信封收在抽屉里，告诉我明天发出去。

又一个周六到了。我回来发现信还没有发出去，而请毛主席来家里做客的日子早就过去了，就催着父亲重新写。这样反复了好几次，可都没见他把信发出去。我把这归咎于大人们太忙了，所以他们总忘事。

对孩子来说这是没办法的事，孩子不可能替大人做主，久而久之实现不了的事只有放弃，再去寻求新事物，研究新问题。第二年春天，小伙伴们送给我一些蚕籽，不久，黑色的蚕宝宝破卵而出了。我和小伙伴们小心地用毛笔把它们一个个地拈起来放在桑叶上，我们看着它们怎样摸索着找到叶边儿，怎样吞噬这些嫩叶。那些趴在桑叶上黑黢黢的小东西们就像草地上的蚂蚁，小瞎子似的一点儿也不起眼。听大人说，要想把蚕养好，让它吐丝做茧，就得保证它们吃到足够的桑叶。于是，我跟着大孩子们找来了一根长竹竿，在竹竿的一端绑牢一个铁钩子，疯跑着到邻近那个单位的院子里去摘桑叶。我们把收获的桑叶分别揣进裤兜儿里，用上衣的下摆盖住那鼓囊囊的"宝贝"，然后将竹竿扔出墙外，一个个没事人儿似的，大摇大摆地蒙过了门口传达室的老爷爷。

出了大门，我们就一溜烟儿地往回跑。回到家里就像打过胜仗缴获了战利品般地兴奋，尤其是那几个男孩子一边怪声怪气地尖叫着，一边大把大把地往外掏桑叶。我们把桑叶放在一张破枕席上，为了保鲜，就想了个办法，把桑叶一片片展开，盖上一层纱布，在纱布表面喷上一些清水，将它们放在通风好的地方保存，这样桑叶在短期内就不会打蔫儿了，就这满满的一枕席桑叶足能让蚕宝宝吃上一星期呢。

我在伙伴们的帮助下精心地喂养着它们，定期去给它们摘桑叶，每天清除蚕粪。它们在我的照料下一层层的蜕皮，一点点地长大，由黑色变成深灰色，又由深灰色变成浅灰色，最后变成了白色。它们的体态从"小蚂蚁"变成了"小肉虫"，然后又由"小肉虫"变成了"大肉虫"。它们已不再是"小瞎子"了，两颗圆眼睛顶在雪白的脑门上，俨然一条条威风凛凛的"壮汉"。

到了将要吐丝作茧的时候，蚕的整个身体就变得像玉石般光亮剔透。它们会找一个适合自己的角落，一点点地吐丝，默默地把身体自缚其中。这时候，我和小伙伴们都觉得它们特别伟大又特别可怜。它们把毕生的精华留给了我们，可它们将丝吐完后就会死去，就像那棵老柳树一样。

正当我们为这些蚕难过的时候，它们已经变成了蚕蛹，过了几天蚕蛾便破茧而出了。它们寻找到交配的伴侣，留下自己的卵子，就无声无息地离开了这个世界……

时间过得真快。当我家搬出文化学院大院儿，迁往河北省戏曲学院居住时，我已然是一个将要迈进校门的小姑娘了。

不知不觉中又迎来了一个春天，我已经上小学了！一个周末的午后我来到这里，想看看从前住过的地方。我循着原来的老路穿行在花丛中，深吸了几口旧有的土香味儿。四下观望，我发现眼前的景物没有太大的变化，和以往的春天一样，一派"桃花艳，李花浓，杏花茂盛，扑人面的杨花飞满城"的景色。只是树干们变粗，枝叶也比从前茂密了——这里的一切都让我觉得亲切、温馨和感动。

走着走着，忽见前面不远处的草地上坐着一个三四岁的小女孩儿，不知何故憨笑着，并用她那胖乎乎的小手摆弄着路面上的青草。我猜，我像她这个年纪的时候也是这个傻样儿吧。正这么想着，见一只蝴蝶落在她稀疏的短发上悠闲地忽闪着翅膀，她用笨拙的小手去够，可蝴蝶飞走了，这让我联想到白雪公主头上的那只蝴蝶结……

我的小学老师和同学

丁亥年初春的一天，我正准备外出采访时接到了同事的电话，他告诉我，我的小学老师正在校园西门口的实验中心楼等我。这个消息让我意外，也让我惊喜。我赶紧放下行囊，把电话打过去，那边传来了老师的声音，她叫着我的学名，就像当年在学校时那样。由于激动，她的声音有些颤抖。我问："赵老师，您是怎么找到我的？"

除了班长石小峥之外，我很久没与同学、老师联系了，通讯地址和电话号码也已经更换了几次，老师还是按照十年前的记忆找到了我的单位，当然，找到了单位，也就不难找到我。

她告诉我，她是来北京女儿这里探亲的，今天老两口从中关村步行到北京大学医学部专程来看望我。我问她有什么事没有，她说她什么事也没有，就是想看看我。一时间我很感动，也感到惭愧，大概是在世俗圈子里混久了，人似乎也变得世俗起来，好像找我的人都是为了办事似的。我赶紧问她哪天有时间，约定会面，她说她第二天就得赶回保定去上课了。

当天晚上，我采访回来后拨通了老师的电话，我试图挽留她。她说因为有课必须得回去，希望下次来北京能见到我。我们谈到了在北京工作的同学，大家都知道，铁凝刚刚从中国作协担任主席。我告诉老师，我们班曾大鸣同学也在几年前调到了北京，他现在在国家石油部的一个科研单位做研究工作。谈话间，老师的话语里始终表露着她内心的满足和骄傲，她说希望有一天能在北京和我们相聚。

与老师有了联系，自然就恢复了和许多同学的联系。春节期间，我接到了几位同学的电话和祝福短信，大家共叙情怀。

在红色的毛泽东时代，我们一同跨进了河北小学的大门，那是当时省内唯一的一所招收干部子弟的小学，三年级以下班级配有生活老师，指导我们的饮食起居。半军事化的管理和封闭式的教育，让我们远离了父母的呵护和家庭的依靠，"三点一线"的生活轨迹以及同学、老师、书桌、课本是我们每天必须面对的。我和我的同学们于 7 岁至 9 岁的人生启蒙阶段，同吃、同住、同学习，像兄弟姐妹一样，在一起朝夕相处整整三年，如果不是十年动乱，我和他们会一直相伴到小学毕业。

那是一个英雄辈出的年代，国家正在号召全国人民学习雷锋、王杰、焦裕禄。雷锋把"读毛主席的书，听毛主席的话，做毛主席的好战士"作为自己的人生目标；学校把"读毛主席的书，听毛主席的话，做毛主席的好孩子"作为对我们的基本要求。教室里黑板的上方贴着我们的校训：诚实、勇敢、活泼、团结。就是在这八个大字的前面，我加入了少先队，戴上了红领巾。

入学的第一年，由特级教师张志玲担任我们的班主任，在这一年里，她为我们打下了良好的汉语拼音和汉字基础。张老师经常把难记的汉字用生动的语言描绘出来，或者编成顺口溜引发我们的学习兴趣。她的板书写得非常好，一笔一划横平竖直，就好像书本上的字被原封搬到了黑板上一样。她一边在黑板上写着，一边形象地讲道：书本的"书"字，是两排书整齐地放在一起，右上角还有一个小地方空着，正好放一个铅笔盒，这个"铅笔盒"就是"书"字的那一"点"；书包的"包"字，就像一块布里裹着一摞书，开口处的竖弯钩就是"书包带儿"，正好背在同学们的肩上。这些生字经她一讲，让我们至今不忘。

升入小学二年级，由赵智慧老师做了我们的班主任，当时她刚过20岁，在我们眼里，她却是个威严的师长。赵老师很注重德育教育，对孩子们的缺点和错误批评起来从不留情面，她和张老师一样，担任我们语文课的教学，对待教学的态度也是极其认真负责的。记得我写老虎的"虎"字总是省略横折那一折，为此她跟我发火了，当时我心里很难过，甚至怨恨她，不过由此注定了我永远不会再写错这个字。在赵老师的语文课上，我们学习了《蚂蚁和蟋蟀》、《小猫钓鱼》、《钢铁战士麦贤得》、《吃水不忘挖井人》这些课文，那自然不只是学习文化的过程，也是了解世界、学习做人的必需。

十年动乱时学校被迫停课，赵老师怕我们落下的功课太多，便依照学生们的住址就近编成了学习小组。当时保定地区武斗得很凶，子弹不长眼睛，经常误伤到人，在这样的情形下，她不顾危险，每天穿梭于各学习小组之间坚持授课。那段时间里，我们就在院子里围坐一圈儿听老师讲课。

父母要去石家庄省直干部学习班了，就把我和妹妹送到了北京，寄养在姥姥家。约一年后，我们又随父母去了石家庄，我就在那里的一个军队小学插班读四年级。当时在极"左"思潮的影响下，我们称班主任为排长，我的班主任也是个女教师，姓田名秀云，我们就叫她田排长。一段时间后，我的父母被下放到农村劳动，我仍然留下来上学，田排长知道我的父母不在身边，对我很好，她总是在班上肯定我学习和劳动的成绩。有一次学校要求每个同学写一篇关于无政府主义的批判稿，作为语文作业，在班上宣读。记得当所有的同学念完了自己的批判稿后，田排长开始评价大家稿件的质量，她特别把我提出来表扬，说虽然我念的声音小，但我写得稿件是全班最好的。这样的评价和表扬让我意想不到，当时还极力掩饰着内心的喜悦，在那段备感孤独的岁月里，她给了我精神力量。

不久，母亲接我和妹妹随他们去隆尧"五七"干校，那里原是个劳改农场，是监督劳改犯劳动改造的地方，很荒凉。临行前，我写了一封感谢信与田排长告别。后来听同学告诉我，她读到我的信时哭了。到了干校以后，我和田排长通过几封信，她在信中鼓励我，并且说，相信我无论身处怎样的环境，都会坚持自修好功课的。

来到干校，我就上了干校为子弟们临时办起来的学校。在那样一个动荡的年月里，谁也说不清明天将会面对什么。在老师的带领下我们学农，下地摘棉花、种玉米、种萝卜、收麦子，这是我们学习文化课以外的必修课。大人们除了搞运动，就是下地劳动，改造思想。一次在地头儿休息时，铁凝的妈妈徐志英阿姨把一封铁凝的来信展开给我妈妈看，信中提到，我们班已经升入六年级了，是小学毕业的最后一年，赵老师让问问，宾宾能不能回到学校来上学，和同学们一起毕业。

妈妈请志英姨回信时转告铁凝，请她告诉赵老师，我已经在这里上学了，就不打算回去跟班毕业了，感谢老师的关心。我知道，这是妈妈别无选择的、唯一能够做出的答复。我凑过去看了看志英姨手里的那封信，心想，凝凝的进步可真大，都会写连笔字了。

对赵老师的这一举动，我一直心存感激。今天说来，在老师心里，她的学生一个都不能少。据说90年代初，我们班举办过一次小学同学聚会，同学和老师四处打听，也没能联系到我。那时没有人知道，我已经来北京工作多年了。1996年的一天，我意外地接到了班长石小峥的电话，我和小峥在全托幼儿园的时候就在一个班里。突然接到他的电话让我特别惊喜，急忙问他是怎么找到我的。他说他们问到了铁凝，巧得很，铁凝跟我妹妹有工作上的联系，于是他们就从我妹妹那里得到了我的联系电话。

那一刻，我就像做梦一样。

我如约奔赴保定，去参加我小学同学的聚会。

保定城市虽小，变化却不小，我已经分辨不出原来胡同和街道的模样。聚会是在一个大礼堂里举行的，"自报家门"这必要的开场白给我们的聚会增添了不少戏剧色彩。光阴无情地改变了所有同学的容颜，惟有老师在学生眼中的容颜永远不改。与赵老师分别了20多年，她还是那么干练，语音里蕴涵着极其的感召力。我把买好的鲜花送给她，她非常高兴。我想，此时她表露出的喜悦和激动不在于接受了某种形式上的拥戴，而是心满意足带给她的欣慰和享受。我忽然觉得，做教师这个职业是多么幸福，她的付出与回报永远成正比，我相信在所有学生的心里都保存着许多关于他们和老师之间的故事，这些故事能够伴随一个人的成长，伴随人的一生。老师可以轻易地计算出她一生中带过多少学生，却数不清留存在学生们心中的故事。这笔巨大的财富怎能不让她心满意足呢？

聚会显得正式而隆重，老师讲话，同学发言，在电视台工作的同学还搬来了摄像机。从会议的规模和质量不难体会出组织者们为此煞费的苦心，也让人感受到，大家对老师和早年同学心怀的那份情义以及对童年学习生活的感怀之情。这些年来，无论我走到哪里，从来没有忘记过保定这座优美的古城，它是我出生的地方，也是我青春的见证。那里有我的同学和老师，还有我成长的足迹。

春节期间，赵老师打电话来，说年后准备再来北京看望她女儿，问我的时间安排，看什么时候我有时间，她就什么时候来，为得是能见到我。这让我感慨良多，屈指数来，又是十年不曾相见，她现在该是什么样？我期盼着和老师会面的那天……

第三辑 理智与情感

181

情

　　小的时候，我不大爱讲话也不善交往，却十分在意与小伙伴们的情义。

　　他是我幼年时的伙伴，小我三岁，名李志。我和他的姐姐是同龄好友，小时候我们在一起玩时，他常常跟在我们女孩子屁股后头凑数，这让我们很不愉快。我们叫他"跟屁虫"，和他姐姐李竹说："不要带他玩，太碍事了，我们玩不到一块儿。"分明嫌他是个小累赘。而他姐姐总是显出为难的样子对我们说，她妈妈嘱咐她一定要带好弟弟，倘若我们执意坚持不带他玩儿，她也只好不玩了。我们对此虽耿耿于怀，却钦佩她做姐姐的责任心，若离了李竹我们又觉着少了点什么。姐弟俩形影不离，久而久之，他也就真的成了我们的"同伙儿"。

　　在我11岁那年，我们一同跟随父母去了"五七"干校。在那里我们一起上学，一起劳动，一起排练文艺节目，还同住过一个屋檐下。到干校不久，父母们被指派去百里以外的乡下劳动，因为我们上学的原故便没有跟去。我们吃食堂，住集体宿舍，工宣队师傅就把我和妹妹与她们姐弟俩安排在同一个宿舍里。为此，我和妹妹不满了好几天，怪屋里多了个男孩儿太闹了。而李竹依旧摆出那个令人难以接受又无法反驳的理由，她的妈妈要她带好弟弟，寸步不能离。我们也只好将就了。

　　每到演节目时，李竹和李志的保留剧目永远是舞剧《白毛女》中大春接喜儿出山的那场戏，姐弟俩的表演情真意切，惟妙惟肖，常博得阵阵掌声与喝彩。除了表演样板戏之外，我们还排练一些集体舞：《我们的解放军好》、《北京的金山上》、《毛主席的光辉》……一次排练完节目，李志走到我身边对我说："你的侧面像电影里的人。"在那个年龄，那种特殊的环境里，这句话惹得我又羞又恼。我涨红着脸不知该怎样回敬这个毛孩子，甚至有好几天我都不再理他。

　　三年后，我们随父母从干校返回省城，又继续做了邻居。那时他家添了个妹妹，从此，他便处处以男子汉自居，口口声声说他是他们家的顶梁柱，并试图以远离我们来证实他的男性尊严。或许他已不满意自己在我们女孩子心目中的位置，想尽力扭转我们对他的印象吧。

以后他们的家迁到了他父母的工作单位省话剧院居住，我们很久都没有再见面。几年后的一个夏日里，我们几个女孩子应邀去他家聚会，确切地说，是应了他姐姐的邀请。那一年我21岁。

还记得，烈日下我独自找到了那个半新不旧的筒子楼。一进楼道便如同钻进了山洞，眼前一片昏暗，睁圆了眼睛也只能看见楼道里摆放杂物的大体轮廓。我摸着往里走，不知哪个门是我要找的，正踌躇着想找人打听时，站在炉子旁边的一位年轻男子开口问："同志，你找谁家呀？"

"我找李竹家。"我答。

他不言语，只是用手示意着旁边的门，我道过谢便径直走了进去。

李竹变化不大，只是又长高了。我俩兴奋地惊叫着拥抱，然后比个儿。她已比我高出了半个头，按我们的年龄来说，恐怕我与她永远要保持这段距离了。先我一步到的女伴们早已等候在里屋，听说我来了，都从里边涌出来迎接我。女孩子们重逢的热潮冲淡了一切，也忽略了我们的"同伙儿"——那个小男孩儿。这时他走进屋来悄悄地告诉李竹："她向我打听咱家，居然没有认出我来。"

他说话的声音虽小，却引起了我的注意。我转过脸来疑惑地望着他和李竹。反复审视而决然不能够相信自己的猜测。

他见我怔怔的样子笑了："宾宾！"

除了小时候的伙伴外，有谁还会这样称呼我呢？他的嗓音虽已变得浑厚洪亮，语调却没有多少改变。

站在眼前的不再是几年前那个机灵、精细的小男孩儿，已然是一位风度翩翩的美少年了：高高的个头儿，宽宽的双肩勾勒出他均匀的体魄。浓密的黑发下方闪烁着一双热情诚实的眼睛。乍一看脸上的每个部位，每个细微的表情都难以找到小时候的痕迹。只是他眸中毫无掩饰的那道明净坦诚的光芒和对我那无拘无束、轻松自然的称呼依旧，我顿时感受到了一种久违的亲近。

终于我舒展开眉宇间的疑惑，对他笑了。

"你的变化不大。别看楼道里光线暗，可我一眼就把你认出来了。"他注视着我，向我这边走过来，不急不缓不紧不松地握住了我的手，他的手掌透着令人舒适的暖意。难以置信的是，他不过还是个18岁的高中毕业生，此时他的沉稳倒像比我大了三岁。

"为什么迟到可要从实招来。不然饭桌上就等着罚酒吧！"在他的话音里洋溢出只有从事语言艺术的人才具备的那种感召力，掷地有声，声声都清晰地落入了我静谧的心田。如此看来，除了沉稳之外，他的顽皮仍不减当年。

"不，不为什么，我是故意来晚的。"我说。

"哦，原来宾宾也有不守信用的时候呀！"大家哄然笑了。

那一天他告诉我，我应该生活到海边去，原因是我多愁善感，大海能给人调解情绪。从那时起我才知道，原来我给了大家这么一个糟糕的印象！

一个女伴在一旁打趣说："不会因为你想到海边去生活吧？"

那一刻我看见他脸红了。

我也第一次感觉到在一个男孩儿面前萌发出的莫名其妙的拘谨。

那天大家玩得很开心，聊得也投入。我们谈了理想、前途、恋爱观及做人的原则，也谈到了文学、音乐、话剧、电影，还谈我在医院工作的见闻、手术室里的故事……

几年过后，他去了南方的一家电影制片公司工作。说我像电影里的人已成为童年的戏言，倒是他做了一名真正的电影人。我们又是很久没有再见，只是偶尔通通信，有时也在电影和电视剧里看到他饰演的角色，觉得十分亲切，同时也为他的成就感到高兴。

不久李竹也考取了北京一所国家级的艺术高校，离开了省城。

有一年春节到来之前，我接到了李志的一封来信，那刚劲有力的男性化字体宣告着他的再度成熟。信中他告诉我，春节他和李竹都回来与家人团聚，特邀我和妹妹去他家玩。之后，他借用了陆游的一首《卜算子》作为信的结尾：

驿外断桥边，寂寞开无主，已是黄昏独自愁，更著风和雨。无意苦争春，一任群芳妒，零落成泥碾作尘，只有香如故。

我顿然被深深的打动了：他懂我如同我懂自己，他了解我胜过我自己。他知道与世无争及梅花孤高劲节的品格便是我所崇尚的。而我却不知道这算是优点还是缺点。

我们终于又要见面了。我特意画了一幅水墨《红梅图》准备送给他和他的姐姐，也算对他借诗赠我的一个答谢。那是我自以为最宏伟的一幅画，但不是最好的。虽不是最好的，然而却是最尽心的。我喜欢梅，但不善画梅，因为我们所在的城市见不到梅花，只靠临摹恐为败笔。因此干湿浓淡我精心着每一笔，疏密开阖掂对着整体格局。当这幅画展示在他面前时，他欣喜至极。他把我的画首先给他妈妈看，竟得到了首肯。搞话剧的前辈大多是懂画的，人们常说艺术是相通的么！

那天就着这个话茬儿我们谈到了美术。当时我的妹妹已是大学新闻系四年级的学生，美学是她的必修课之一。我们谈了罗丹的《思想者》、梵高的《向日葵》，还说到了我最喜欢的浪漫派画家柯罗的风景画，我觉得他的画不仅有观赏价值，也有可读性，宛若一首浪漫的田园诗歌令人回味无穷。之后谈到了文艺复兴时期著名的意大利画家莱奥纳多·达·芬奇，还有他的画《瑶公特》。而我们怎么也猜不出画中女主人公那迷人的微笑里所蕴藏的内容。在达·芬奇面对她落笔的那段日子里，这位美妇人究竟在想什么？以至于持续了两年之久才得以完成的微笑，在漫长的400多年后的今天仍然是人们津津乐道的话题。然而尽管如此，那只是学生画室里为了赚钱而接手的大量画作之一，所以比起达·芬奇的另一幅号称伟大作品的《安吉里之战》来说还是逊色一筹。

我们交谈的气氛热烈而有条不紊，犹如一股奔流礼让、冒着蒸腾热气的温泉在山谷中滚动。李志谈到《瑶公特》那幅画时显得格外激动，抑制不住地将手臂伸向空间假设的画架上模拟挥毫。看他那轻眯专注、进退左右的审视目光，俨然一个站在蒙娜丽莎面前作画的"美术大师"。

晚餐结束后，我们谈到了当时最热门的话题。比如佛洛伊德理论、普希金文学对俄罗斯乃至世界文化的历史功绩。又比如19世纪俄国的文学创作形式与19世纪俄国的道德观念的关系。谈到了伟大的文学家列夫·托尔斯泰、契诃夫。由此联想到，作家笔下的俄罗斯男女情爱直接反映了沉重的社会现实。还谈到了柏拉图…… 实际上柏拉图式的恋爱结局非常简单，托尔斯泰早就有了结论："柏拉图式的恋爱是不会有什么悲剧的，因为这种恋爱始终是纯洁无暇的……"谈论这些话题让我们感到特别兴奋和愉快，当时的我们就如同涉足禁区一样，气氛中洋溢着神秘与绮丽的色彩。

不知是谁又把话题转回到绘画艺术。我们欣赏着墙上那幅裹灰挟绿加白"涂点"而成的油画作品《橡树林》，让人不难体会到画中折射出的孤独、清冷的格调。我的妹妹忍不住向作者发问："借诗咏梅的人居然也能有这么低沉的手笔吗？你把我们的思维方式都搅乱了！"我见李志笑着不作回答，便缓和着气氛说："作品的水平够专业的，真可以和卢梭的《阿普勒蒙附近的橡树》相媲美了！美中不足就是少了那么点儿明快，你说说这为什么？"

"不为什么，这是故意！好在饭已经吃完了，今天你没法儿罚我的酒啦！哈哈……"此时展现在我眼前的还是那顽皮的笑靥和自信的神情。

"好吧，罚不成酒就不罚了。罚你画一幅画送给我。不过你可别用这么个手笔应付我呀。"

"行，那就画一幅色彩明快的！"他答应得那么痛快。

这时李竹端着水果走进屋来，接着话茬说："嚯！还有人求你的画了。"

李志忙打断她："别抬举我了，哪是求画呀，是罚画。"

然而这幅画却一年多没有音讯。我原以为他早把这件事忘了。不料一天，李志的妈妈打来电话，要我下班时拐个弯儿到他家去一趟。到了他家我刚刚坐稳，阿姨就把一个用牛皮纸封好的长方型纸包送到了我面前，她告诉我，前两天李志拍外景匆匆打这儿路过，特地下车把这幅画送回家来。她细致地描述着儿子留下画时的情形：小志手托着这画不知放在哪儿好。想了半天把画放在了床底下说："妈妈，我把送给宾宾的画放在这儿了！"想了想大概是觉得不妥，又把画立在了沙发后面，过了一会儿还是觉得不对，居然把画挪到了组合柜上，这才放心地说："妈妈，画放在组合柜上了，可别忘了让宾宾来取，您告诉她，我本打算亲自给她送去，可时间来不及了。唉，我这账欠得太久了……"

深知李志不是个谨小慎微婆婆妈妈的人。如此之举让我不难体会出他用心的良苦。他的表现又像个孩子，我仿佛再次被他带回了童年时代，重新体会那天真质朴的感受。接过画除了连连向阿姨道谢之外，我还能说什么呢？

回到家打开精心封好的牛皮纸，只见红绒布上赫然画着一轮金色的朝阳。朝阳下反射出几只形态各异、翘立枝头的仙鹤。苍劲的枝干，高傲的仙鹤清晰地显现在霞光染红的旷野中。这单纯而具有强烈反差对比的红黄黑三种色彩再配以白色的框架，格外耀眼夺目，整幅画所表现出大自然那优美深远和浪漫奔放的情调，让人耳目一新。

"赶在你25岁生日前，将这幅《日鹤图》送给你。倘若它能带给你福音，是我最大的心愿。祝你生日快乐！李志。"

他一定感觉到我心灵中紧闭着一扇窗户，多少次试图帮我推开，使我开朗起来。他动员我生活到海边去，希望我生活愉快。这使我联想到有一次他们姐弟俩邀请我去参加舞会的情形。我不敢说我从不跳舞，我却是很少跳舞，我从不主动寻求交际场合的热闹，却在被动之中随波逐流。似乎一向都是等待对方的邀请，矜持得让对方不自在。

那是我第一次做他的舞伴，迈着慌乱的舞步勉强跟上他等待的节拍。我感到他的手冰凉，而眼睛里却充满着热情。我不敢正视他，生怕一不注意就踩了他的脚。他仍执拗地想将一缕阳光射进我的心房，一边引导着我的舞步一边说："你性情好，是一般女孩儿没法儿比的，但美中不足还是缺少了那么一丁点儿活跃，你同意我的说法吗？"在他的笑容里照例充满了顽皮和自信，或许，这永远也改变不了啦。

"那还用说，我知道我的缺点。"此时，我说的是真心话。

"嗨，这也算不上什么缺点，我不是说了，是'美中不足'。"

我笑了笑算作回答。我明白他话语里保持的分寸，是极不愿意伤害我。在他眼里我大概就像瓷做的一样不禁伤害。

那幅《日鹤图》一直挂在我的闺房里，直到我出嫁。

我们曾经谈论什么是爱情。那时候他认为，爱情是一种说不清道不明、只能意会不能言传的感觉："爱情不是漂亮衣服，也不全是美丽的外貌。那是来自异性魅力的吸引。照理说，我的工作圈子里漂亮女孩儿很多，她们的衣着和气质都很好，但是对我来说没有那种触目惊心的感觉。"

以后，我调到了北京。我们也相继各自成了家，生儿育女，一别十几年甚至更长。在告别了过去那段漫长的日子后，无论身在何处，无论面临怎样暗淡的境遇，哪怕你真的孤立无援，遭遇重围，仿佛总有人在替你打开心窗，将一缕阳光射进你的心房，使你感觉到在这个世界上依旧被保护被照耀。原来这就是友情的力量！

前不久，已在省电视台做了导演的妹妹为组织一台节日晚会准备邀请一些演艺界人士，我想到了李志。尽管当时我正在病中，但还是拨通了他的电话，他的洪亮嗓音立刻从遥远的南国穿越时空到达了首都。当我报出名字后，他疑惑地问："是宾宾吗？你是宾宾吗？"就这样他一次次加重语气问了好几遍。我明白，他不相信我的声音会变得如此陌生，甚至怀疑自己在幻听。当我说明我正患重感冒时，他才相信的确是我。然后急切地说："你放下电话，我打给你。"那份体谅与周到传达给我的依然是久违了的亲切……

有人说，男女之间除了爱情之外，也存在诚挚的友情。虽然这观点曾一次次地被人否认，而我却依然坚信。还有人说，世上的"情"不仅仅是爱情，还有亲情和友情，甚至还有一些无法定义的感情，都是"情"。

随着岁月的流逝，我感到心灵中珍藏着的最珍贵的东西越来越遥远，却越来越真切。遥远得让你心惊胆战，真切得让你伸手即得。虽相隔千里，一个电话，一封书信就能收到对方仿佛带着体温的文字，就能听到那近如咫尺伴随着鼻息的声音。同样是人们听惯了也说惯了的那几句平常的问候，在我们之间却不同凡响。它可以深入人心，融入循环，传遍周身，铭刻心底。

我虽有所期待与愿望，却很少去刻意索求什么。我相信缘分，习惯随遇而安，就是因为这个随遇而安，我们也就自然而然地天各一方了。

然而我们却很少打搅对方的生活，像守护着童贞的圣洁一般守护着属于我们之间的那段时空，用心声彼此祝福。

　　岁月就像疾速行使的车轮，无情地带走了我们美好的时光，也转出了一圈圈年轮将我们相隔于千里之外。那过去了的岁月已成为往事，留下了绵亘的记忆。然而无论天涯咫尺还是一里之内千里之外，只需一份情义在，就永远与孤独无缘。

自然也是一种美

心灵的等级

初春是散步的好季节。我带着我 10 岁的小外甥在郊外漫游，消磨着开学前的最后时光。

虽春寒当前，但柳丝已不再像越冬时那样刻板地低垂，随着风儿的鼓舞有了些生机，以她婀娜的姿态飘荡在道路两旁。零零散散的农家摊位，摆设在飘荡着的柳丝中间：蘑菇、红薯、大枣、木耳、柿饼……唯有一个摊位与它们不同，在就地铺设的一块方巾上，摆下了一双双五颜六色、只有中国旧式妇女才穿的鞋子——三寸金莲。它们在初春阳光的照射下，泛着夺目的流光。

我拉着小外甥的手，走近那席地而设的摊位，蹲下身来，端详并挑拣着那一双双带给这世界新奇和美妙的尤物。就在那一瞬间，它足以将面对它的人们拉回到本世纪前的某一年、某一月或者某一天。

然而今天，这样的鞋子已经失却了它的实用价值，无论在什么样的场合，它都是以装饰品、工艺品甚至历史文物的身份出现在人们面前。依我看，它更应该在工艺美术商店、民间艺术展览会或者博物馆里栖身。时下，它却出其不意地在这个阳光明媚的上午驻留住了我们踏春的脚步，致使它那原本高贵的品质一下子接上了地气，染就了一身的乡土气息。

它本该属于中国古朴自然的大地，而又不可抗拒地循着历史前进的轨迹步入了神圣的艺术殿堂。制作者将它原本的残酷演变成闲雅，将那普通的现实转化为理想。它就像一个梦，穿越过时空的隧道，为当今的人们讲述着久远的、伴随着血泪的故事，同时又极力地显示着它存在的价值和意义。

"谁这么巧，把粗俗的东西变得这么高雅！"我不知道，跟在我身边的小外甥能否听懂我这随口而出的调侃。

"这是我闲着没事，琢磨着做的，要是还看得过去，就多拿几双，回去送朋友吧。"这番话说得那么轻松，我忍不住抬起头来，才知道面对的是一位 70 多岁模样的农妇。她的脸上沉淀着岁月的痕迹，略显凌乱的银丝在微风中轻拂……

"我现在唯一的朋友就是我的小外甥，就买一双送给他吧，回家摆在

他的钢琴上，作个装饰！"我自言自语着，显得有些漫不经心。

"不，我可不要！"小外甥不屑的语气里夹杂着几分羞涩。

于是我赶忙说："那买一双我自己留着，多少钱呀？"我边掏出钱包，边打问着价钱。

"10块钱。"那农妇回答。

我用挑剔的目光审视着手中的鞋子说："看上去虽然漂亮，可还是不够精致……8块怎样？"我试着压价。

"那，那就8块吧……"

老妇人的话音未落，我身边的小外甥扯扯我的衣襟小声说："大姨妈，老奶奶要的价钱并不过分，再说她都这么大岁数了，您怎么还跟她讨价还价呢？"

他稚嫩的童音顿时震慑了我近乎麻木的心灵。我回过头去，望着他那双明净、带有几分责难的眼睛。在孩子面前，我第一次感受到了由一个成年人自以为是的精明所导致的尴尬处境。我俯下头去，对着他那双纯美的眼睛说："高粱说得对，我们不能跟老年人讲价钱。"

我随手拿起一双小鞋递给高粱，为了对刚才的话表示歉意，我加倍付了钱。

归途中，我小心地捧起那双缎面小鞋，一改初见它时的挑剔目光细心打量。这双紫色的提花锦缎"金莲"，配以乳白色的鞋底、鹅黄色的沿口，给它本身的艳丽和华贵衬托出几分典雅，几分大方。一缕与鞋面近似的淡紫色长穗，将两只鞋子牢牢地固定在一起，使它们不至于因为主人的大意而各奔了东西。这巧妙的构思，不但牢固了两只鞋子彼此的关系，还增添了它们的艺术魅力，正可谓一举两得！再看那针针线线的均衡、种种色彩的搭配、略显夸张的造型，都体现出制作者对它们的精心。

我寻思着，这样的精心是否就是为了换取一份报酬？我设想，当有一天我也要用自己年迈的余力换以金钱来补贴家用时，我是否也会面对此情此景？我是否也会用以自己的心智和情感凝聚而成的作品去面对惨淡的世事和寡情的人？唯有设身处地，才有理解和感恩。

时光无法伤及美德的延续。每当我面对孩子的纯真与善良时，常有一种自惭形秽的难堪驱使我用一个真正的人的标准去衡量自己的心灵。美德，不管人们愿意不愿意，它都代表着一个人的身份，虽然这身份常常被追名逐利的人们所忽略。在很多时候，一个久经世故的成年人未必会比一个不谙世事的孩子更能够彻悟做人的道理，人们常常因为忙于功利，俗事缠身，而将原本的质朴消磨得渺无踪影，哪怕是一些早已成就了功名的人，或许依旧不懂得该怎样以一个"人"的姿态去面对眼前的世界。而美德，就像孩子的脸一样淳朴自然，像这早春的天空一样清澈透明，它代表着人类对人性美、人情美的追求和对整个世界的爱心。我想，如果可以将人的心灵分为等级的话，那么"爱心"应该是最崇高的一等。

第三辑 理智与情感

生命有约

那一年的秋天来得特别早，中秋节刚过，冷雨就伴随着枯黄的落叶覆盖了大地。晚秋未到，已显出了几分初冬的寒意。由于季节的突变，"旧病复发"的日子也明显地提前了。老病号们顿时拥满了急诊室，真搞得我们有点儿措手不及。

早晨来上班，我见到夜班护士已累得精疲力尽，没想到忙中添乱，交班会上，她双手托给我们一个孩子。这个孩子既不是夜间产妇分娩的婴儿，也不是留下来观察的患儿，而是在夜深人静的走廊上捡到的弃儿。和当班医生一起察看了孩子的情况后，他们决定把这个孩子留下来。

这是一个两个月大小的男婴，患有"先天性脊柱裂"合并"营养不良"。头发色锈稀疏，小脸儿苍白无光。他身穿一件艳花的夹袄，脐部仍能看出脐带脱落后的痕迹。这个微弱的小生命被包裹在一个里面三新的小花棉被里，被子里还有弃儿母亲留下的一张字条。由于时间已经过去太久，我很难确切地叙述上面的文字，只记得大概意思是：因孩子患有先天性残疾无力医治，只得忍痛舍弃。乞求好心人能够收养他，若有条件或能力，请求为孩子医治，将来孩子定会以德报恩。最后是几句感激的话。

当时，国家由于人口增长速度过快已经限制生育指标。而农村老乡们着实指望将来有壮劳力支撑家业，不愿失去再次生育的机会。由于不懂医疗常识，一旦生育了残疾患儿以为无望治愈，便弃而再生。源于这种情况，使原本可以治愈的患儿失去了许多救治的机会。

我们接过了嗷嗷待乳的婴儿，为夜班护士"放行"。

护士长吩咐我和另一位护士到街上买回了奶瓶、白糖和奶粉，从婴儿室取来了尿布，并请了产科、儿科及骨科大夫前来会诊。从此，我们急诊室的护士们除去正常应诊之外，便承担起了喂养和护理这个弃婴的义务。定时喂奶、喂水、换尿布、洗澡、测体温、喂药……每一次交接班，这位特殊的患儿便和其他病人一样，成为必须交接的一项内容。吃奶情况、大小便情况、哭闹程度以及各项生命体征的状况逐一记录在案。因收留他时恰好刚过中秋节，我们便为他取名叫"钟秋"。

大约十天后，婴儿的状况已有转机，身体的残疾只能待今后的日子择期手术治疗。我们不能长期照看他，于是奉院里的指示，决定将婴儿转送到郊外的一处福利院去抚养。

我还清楚地记得送走他那天，护士长用小花被子重新把钟秋包好。她一边整理着他的衣物一边说："钟秋，答应我们你一定得好好的活着，我们要看到你长大成人的那天呢，你答应我们，啊……"钟秋就像听懂了护士长的话一样，小嘴微微咧开笑了。护士长托起孩子递到我怀里，此时她的泪水已扑簌簌地落在了我怀中的小花被上。我赶快抱紧在襁褓中的婴儿，奔向等候在门外的救护车。车子开动了，我回过身朝车窗外望去：班上的护士全部跑出来送钟秋。

车子出城以后，就要行驶在凸凹不平的土道上，我怀里的钟秋在急剧地颠簸中进入了梦乡。此时，我感受着他均匀的呼吸和他温暖的体温。他的乖巧，他的安然以及他那任人摆布的无奈，使我越发地感觉到我们之间的亲近。十天的时间，在我们精心的看护照料下，他已经会笑，偶尔也会和我们"啊、啊——"地打招呼了。原本苍白的小脸上已泛出了一丝红晕，哭声也比初来的时候响亮多了，在我们看来这就是他对我们最好的回报，最大的宽慰。

救护车终于在福利院的门前停下来，一位30多岁模样的保育员跑出来迎接我们。我和司机跟随着她办理了必要的手续后，她便开始询问孩子的一般情况。

我逐一做了详尽的回答，一切交接完毕，而我怀抱着孩子还是没有离去的意思。保育员似乎看出了我的心思，用从容、和蔼的目光注视了我一下，微笑着说："放心吧。我们会对他尽心尽力的，就像在你们那儿一样。"说着她就伸出双臂从我怀里把孩子抱了过去。到底是保育员，我想，她也一定是个母亲。她似乎深知我此时的心情，尽管我还是个涉世不深的小姑娘。至少她懂得孩子被一个陌生人从怀里抱走时那种依依不舍和惴惴不安的心情。

于是我又想，她肯定目睹过天下无数的悲欢离合和人世间的迎来送往。她的老练、沉着与坦诚，致使我难以启齿一句叮咛。似乎那样做就是对她的不信任，或者是对福利院的亵渎。但是我又不得不承认，当婴儿离开我怀抱的一刹那间，心头猛然掠过一丝难以弥补的空旷与失落感，之后我也为当时没能留下一句嘱托而无数次地自责。

回来的途中，耳边一直萦绕着临行前护士长与钟秋的相约。回头望去，寂静的土路无情地一程程延伸着，车轮粗暴地掀起道边的落叶，落叶又无奈地敲打着紧闭的车窗，我感到内心一阵阵凄凉……

此时，天空中飘起了那一年的第一场雪。

以后由于工作的变动，我离开了那所医院，也离开了那座城市。但是我没有想到，仅仅是那十天的工夫，十天的哺育，十天的相处，竟成为人世间——至少是我记忆中永恒的一页。

此时又逢中秋月圆之际，明月带给我无尽的思念与遐想。我很自然地又想起了当年那个被送到福利院的孩子，如今不知他生活得怎么样了。他的残疾是否医治痊愈？他可曾和所有正常的孩子一样走进课堂？

在这个世界上，有谁会了解他生命的奥秘让他健康？从小失去母爱，疾病缠身的钟秋，能否以坚韧的毅力接受生死的考验，走向未来呢？

钟秋，如果你还生活在这个世界上，无论你现在何方，我们都会在不同的地方衷心地为你祈祷，祝你平安，一生健康！

今天，请接受我们的再度相约：每逢中秋之夜，请你抬头望一望当空的月亮，与我们共同吟颂"但愿人长久，千里共婵娟"的诗句，以了却我们对你无尽的牵挂……

我做器械护士

想起那时候我还是个护士生，在基础课及临床课结束之后，我们便进入了毕业前的临床实习阶段。我轮转的第一站是手术室，在常人眼里那是个威严的、弥漫着血腥，也充满着希望的神圣领地。然而在我们这些护士生眼里，那又是一个神秘、冷峻、深不可测的知识殿堂。

每一次生产实习的过程，都是护士长们挑选毕业生的最好时机，也是面临毕业的学生们选择自己理想科室的绝好机会。那时，我年轻气盛，脑子里似乎并没有"金眼科、银外科、累死累活妇产科"的概念，一心想去一个充满诱惑，规格高，能体现人生价值，令人羡慕的科室工作。在医院里，这样的科室当数急诊室和手术室，这两个科室对护士的专业水平整体素质要求最高，也是毕业生最难进的两个科室。

来手术室实习的头一两天，我们在护士长的带领下熟悉环境，了解手术室的规章制度和操作规程。之后，在上届已毕业同学的指导下做巡回护士。达标后就可以观摩手术了，为做器械护士奠定基础。

实习的第二周，护士长就安排我在第六手术间做器械护士。第六手术间是专门做妇科和产科手术的房间。"器械护士"的职责是在手术台上为手术医生传递器械，使手术顺利有序地完成。对器械护士的基本要求是工作中手疾眼快，善解人意，与医生配合默契。有生以来，仿佛是头次接受如此神圣的使命，我既紧张又兴奋，盼望能通过自己的努力，得到护士长的赏识，争取毕业后能来手术室工作。于是我便像过独木桥一样小心翼翼地走着每一步，争取不出半点疏漏。

遵循护士长反复讲过的操作程序，手术之前的第一件事，就是按照常规，严格地履行消毒程序：清剪指甲，用手刷蘸上肥皂水刷手。自下而上一丝不苟地刷，直至刷到肘关节以上三寸处为止，如此重复刷洗三遍，再将双手和双臂伸到盛有酒精或新洁尔灭消毒液的搪瓷桶里浸泡五分钟，然后双臂架起屈曲，双手合十悬置于胸前将手臂自然晾干，这便完成了第一步的消毒过程。

下一步开始穿手术衣。我的每一步似乎都做得不错，巡回护士帮我系好衣带儿，戴好无菌手套，一切就绪，护士长站在一旁向我点了点头。

此时的我虽然表面上一副平静的样子，但面对着肃穆、安静，充斥着福尔马林气味，一尘不染的这块"圣地"，紧张的神经一直松弛不下来。许久，还能感觉到自己紧张的心跳。

依旧保持着双手合十的姿势走进了第六手术间，我一眼瞟见了放在病历台上的手术通知单，在手术名称一栏里工整地填写着四个字："剖宫产术"。我顿时感到了一种安慰：第一台手术遇上"剖宫产术"，便意味着我将亲手迎接一个新生命的到来，这对我的事业来说，似乎是个吉祥的好兆头。但这台手术的成功与否依然要看术中产妇和胎儿的情况，还有我们和医生的配合是否默契。我心里不住地想，但愿这台手术能有一个圆满的结局。

施行过硬膜外麻醉后，产妇安安静静地平卧在手术台上。"血压130/80毫米汞柱，心率每分钟78次，呼吸每分钟15次……"麻醉师向医生报告着产妇的生命体征。

我站在手术医生的左侧，准备为他传递术中所需的器械和敷料。器械台上依次排开了大小不等，形状各异，不同类型的刀、剪、钳、钩、镊子、持针器之类的器械，足有30多件，还有大小薄厚不等的各种敷料，我开始清点数目……

帽子、口罩、手套、手术衣，如盔甲一样把置身于手术室中的每个人武装得严严实实，只露出一双眼睛。彼此间本来就不太熟悉，这样的装束使我们彼此更加陌生。我曾听说，在20世纪五六十年代，有的权威医生于手术台上严厉到近乎无理的程度，如果护士递错一把器械，他便可能将接过来的器械扔下手术台，让你永远不犯同样的错误。虽然，这样的事不会再发生，但我一直为自己敲警钟，尽可能做到准确无误。

手术开始了，产妇腹部消毒后，首先递上去的应该是手术刀。我小心翼翼地观察着手术进程中的每一个步骤。

整个手术间里一片寂静，无影灯下除了器械交错相撞的声音外，再能听到的只有麻醉师在记录纸上"刷刷"的落笔声。腹腔打开以后急需止血，医生一连十几次张开手掌向我索要大止血钳、中止血钳、小止血钳、弯止血钳、大拉钩、小拉钩，紧接着就是鼠齿钳、一叶无盆弯产钳……

经过近一个小时的奋争，胎儿终于出世了。等候在手术台下的医生、护士们紧张地抢救、清洁、称重、包裹新生儿。伴随着新生儿的哭声台上手术仍在继续：卵圆钳、持针器递上去了，拉钩、剪子、止血钳依次撤了下来。手术已将近尾声，如果扫尾顺利的话，乃是母子平安的喜庆结局。我如同服了一粒"缓释胶囊"，紧张的神经稍许得到了放松。

关闭腹腔之前手术医生通知我："清点器械和敷料，准备关闭腹腔。"

我开始清点器械和用过的所有纱布敷料。此时的器械上已是血迹斑斑，许多纱布被鲜血浸透，与内脏的颜色难以区分。按常规，任何手术结束之前，"清点"是必不可少的一道重要环节，一定要与手术前清点的器械、敷料数目相符，才能通知医生关闭腹腔。如果在手术过程中稍不留心，将器械或敷料任何一丝物品遗留在病人的腹腔里，将会给病人造成不堪设想的后果，甚至危及病人的生命。至少病人要经受本不该经受的痛苦，再次接受手术，以取出腹腔中的遗留物。

我将器械和敷料连续清点了两遍以后，随即报告医生："器械、敷料与术前数目相符，可以关闭腹腔了。"也不知是什么时候，护士长早已站在了我的身后，此刻她急切地提醒道："再清点一遍。"于是在她的陪同下，我又做了一次清点。结果器械准确无误，而敷料竟与术前的数目不符。与此同时，手术医生也再次检查病人的腹腔，数分钟后，果真用镊子从病人腹腔里拎出了一条血淋淋的纱布！我大惊失色，愧疚不安。

经过这阵紧张的忙碌之后，巡回护士示意我擦汗。于是我侧过头去，请她为我揩去坠坠欲滴的汗珠。这时候我才感觉到，刹那间涌出的汗水，已经浸透了我身上的手术衣……

——一阵心悸与躁动，我被这噩梦惊醒，梦醒之后我久久不能平静。幸亏这是一场梦，如果是在现实中，将如何担起这天大的责任？我不敢再想。

在以后漫长的护理生涯中，我怎么也无法把这个梦从脑海中抹去。我要感谢它，它随时都在提醒我在工作中保持清醒的头脑。因为医护人员的一举一动都牵系着病人的性命，我们手中的每分每秒，每份责任，其价值都超过了万两黄金。

行星可以改变它的运行轨迹，而人类生命却永远不可能超越他所依赖的定律。这让我懂得了，人类生命的珍贵在于其不可重复，与之休戚相关的我们，除了具备技术和爱心之外，还必须有一丝不苟的认真态度。

小白鼠

在医学界的基础研究中，小白鼠是最常用、最可靠的实验动物。不光如此，它还有一个特别好听的名字：巴比希小鼠。它属于纯系鼠种，生就着良好的遗传基因。它具备着如人一样的内脏体系和免疫功能，只可惜它是鼠类。

利用小鼠实验可以测定环境污染对人体和自然界的危害，可以进行人类疾病的研究，还可以做药理实验。于是，小鼠也就理所当然地服务于人类的科研领域，为人类医学的发展事业奉献着自己。统计资料表明，全世界每年用于医学研究的小鼠有四亿只以上，如果将它们的首和尾连接起来，竟能够环绕地球两周半。为了人类的健康，人们利用小鼠进行了各种各样的实验研究，才使得人类医学有了长足的进步。尤其是纯系小鼠在医学领域的研究中，显示着它特殊的价值和意义。

尽管它们意识不到自己的伟大，也并不情愿牺牲自己的生命。

它们被人类操纵着，经过优质繁育后，又几乎无一例外地坐以待毙。因为人们要做"离体"实验，就要把它处死，再取出所需的脏器，按照严谨的实验步骤进行操作。我们一般采取的方法是用一只手按住它的后脖颈，另一只手用力拉一下它的尾巴，使它的颈椎断开，这时就见它张着嘴巴用力挣扎，肚皮下面的气流上下滚动着。然后四只爪子蹬蹿两下，只需瞬间工夫，一个生命就这样结束了。这种方法节省人力物力，也节省时间，又简便易行，只是太残忍了一点。

我们有时也采取国外那种麻醉致死小鼠的方法：把麻醉剂"乙醚"滴进一个玻璃容器里，将小白鼠放进去，盖好盖子，使其封闭。这时，透过厚实的玻璃观察它，便会见那幼稚的小家伙在里面莫名其妙地东瞅瞅西望望，懵头懵脑地来回乱窜不知发生了什么事，此时它那细碎、慌恐的脚步把人的心思都搅乱了。再过一会儿，就见它站立起来，身体微微向前倾斜，用两只前爪认认真真地洗着脸，极力地想把扑面而来的那层"迷惘"抹掉，却不知这竟是枉费心机的徒劳。可有谁会想到，这些小东西们在昨天，不！就在刚才，还享受着惬意舒适的生活，说不定还憧憬着美好的未来呢！

我胆子小，又自认具有仁慈之心，轮到我做实验时也就毫不犹豫地选

自然也是一种美

用麻醉处死小鼠的方法。因为实验的类型和研究的目的不一样，每次实验需要小白鼠的数量也不同，有时仅用一只，有时则需要上百只。而我做的离体实验通常仅需要一只。

实验前的准备工作是繁杂而严谨的，少备一样用品就可能中断实验，稍有疏忽兴许就使艰苦的实验前功尽弃。记得一次为了使实验周期往前提，忙得我竟忘了准备"乙醚"。无奈，只得断颈处死小鼠。不曾想我还没来得及按住它，双手就已变得绵软无力，差点儿就被它咬着，随之它用力挣脱了我的手，躲到实验台底下去了。不知怎么我的心顿时软了下来，看到它那双鲁宾石般的红眼睛里闪烁出哀怨的光，让我为难着不忍再下手。当我鼓起勇气把它捉回笼子里的时候，已满头汗水。我也像笼中小鼠似的来回转悠着，实在想请人帮个忙。在清净的走廊上我遇见了一位教授，心顿时像有了着落，我不好意思地把鼠笼子端到教授跟前，他一边告诉我操作中的要领，一边就结果了小鼠的性命。

实验做完了，每当想起此事仍会暗笑自己的笨拙与怯懦，我不知道是不是有人也和我有着同样的感受。不经意中我看到药理研究室的一位博士生正用他那脏兮兮的、沾满血腥的手背胡乱地抹着额上的汗水，灰色的"白大衣"上已沾满了血迹。他抬起头来看了我一眼，"神秘"的眼神里隐藏着一缕不易被人察觉的黯然。

只有同行才能读懂这复杂的眼神，我猜想他在为自己从事的事业感到骄傲，同时也为"残害无辜"感到不安。

"做实验有的是用小鼠的脾脏，还有的用肝脏，用胰腺，你们是用耳朵。还不如大家约定好时间共用一只鼠。这样，不是就能少用一些鼠，减少一点'残忍'吗?"我用这话断定着他此时的心思。

"哦，艺术家的思维方式！可我们是在搞科研，对吧?"从他的语气里，我听出了一点儿不以为然。

果真不以为然吗? 尽管谁都明白，这是办不到的空想，一种愿望而已。正说着，我竟意外地目睹了一个惊心动魄的场面——小鼠的尸骨已被堆成了一座小小的"雪山"，而这"雪山"还在继续增长着它的高度。我这才注意到，两位实验者正在处死大批的小鼠并拆散着它们身体上的"零件"。我惊奇地问:"干嘛用这么多小鼠?"

那博士生答:"为了实验数据的精确，为了我研究的课题有所突破，也为了我的毕业论文能够大言不惭地陈列在国家图书馆里，它们自然就在劫难逃了……"能听出来，他的话语里缺少理直气壮的坦然，语气里流露出微妙的、粉饰过的对于杀生的自谴。

我似乎并不太关心这个，又追问："那你们处死多少只才'过瘾'呀？"

"一百……二十只……"他一边笑一边口吃着回答。

刽子手！我心里暗骂着。问："你们知道这叫什么？"

"叫什么？"他们一齐抬起头来，用询问的目光望着我。

"一将成名万骨枯。"

"你是不是觉得我们太残忍了？"他们微笑着，面面相觑。

原来他们心里也正在责骂自己。只是不情愿把那顶"可恶"的帽子赤裸裸地扣在自己头上罢了。

我笑了，不言而喻。

"它们是无辜的，可我们也是不得已呀。"博士生的话里有几分无奈。

"它们用生命成就了你的事业，所以当下这里缺少两样物品。"我说。

"是什么呢？"两人几乎同时问。

"鲜花和挽联。"我有点儿矫情地说。

没想到他们却被我的话打动了，相互看了一眼，点点头。

随之，他们将还没有彻底失活的鼠耳朵分别称重、记录。回过头来再看那边的实验台上，哦，已摆满了一对对圆圆的鼠耳朵。俨然一幅"揉碎桃花红满地"的"壮美"画卷！

在医学院校里，这样的情景司空见惯，我们常遇到：医学生们牵着狗、拎着兔笼子去上实验课，牵狗的同学会准备一个担架，而兔子没有。这说明实验课结束后，狗会被抬回来，而兔子却一去不返了。如今世界上的许多国家在召开学术研讨会时，还记着将实验结果告诉那些在实验中献出生命的动物们，并为它们设立了慰灵碑。人类没有忘记，世界上所有的生命都是有尊严的，为了这尊严更好地得以体现，正做着不懈的努力。

关于 BALB/c

"BALB/c"（巴比希）是对一种小白鼠的命名。它的外表与"ICR"和"NRH"小鼠很难分辨，同样长着一对鲁宾石般的眼睛，一身光润洁白的皮毛。只是 BALB/c 鼠的遗传背景为近交系，由亲兄弟姐妹遗传繁殖，因而它们之间的个体差异就小，遗传基因更纯，整体素质更好。由此而来它们也就格外地受到了人们的"器重"，至少在身价上要比其他小鼠高出一倍。然而这样的"器重"并不见得能给它们带来好运。

眼下这只 BALB/c 小鼠本是我从动物部领来准备做实验用的。没曾想实验临时取消，它也就在人们的疏忽之下错过了实验规定的周龄，有幸保住了一条性命。我索性把它养了起来。从此，不知是我闯进了它的生活，还是它把我带进了那个奇妙的世界。使我这个从不与鼠类交朋友的人也对它产生了兴趣。因为这兴趣的驱使，我便经心经意地呵护它，心甘情愿地料理着它的一日三餐。

当你端着饲料跨进那饲养室的大门，就有一股浓烈的皮毛味直冲鼻孔，这使人不得不下意识地屏住呼吸，硬着头皮闯进那个白色的世界。圈着小鼠们的笼子里铺着一层锯末，干干净净，看不到粪便的污染。小白鼠毛绒绒的雪白的身体也就显得特别可爱，就好像一个个身披婚纱等待出嫁的小新娘。如果我们没有嗅觉而只具备视觉的话，那将是一个令人赏心悦目的世界。这便不由得使我想到了迪士尼乐园中的米老鼠。如果也给这些 BALB/c 鼠穿上时髦的体恤衫和红色的老板裤，那么它们也一定是同样的神气！可不幸的是，这些可怜的小东西们却没有"米老鼠"那样的福气，最终都要被拉上断头台成为实验品，随时要面临着结束生命的危险。因而，不以为然的人们也就很不以为然地将它们称其为"耗子"，认为它们不过是几块钱一只的实验动物。

而当你走近它们身边细细观察时，就会发觉它们的自以为是。它们对你的存在竟然熟视无睹！甚至丝毫不会疑心有谁会去伤害它们，它们永远也猜不着人们的心思，更不会想到人们要利用它们的生命来换取一套可靠的理论依据，处心积虑地总结出一篇令学术界称道的医学论文，为晋升职称、为获取学位奠定基础。即使你与你的"同伙"当着它们的面商讨着实

验计划，策划着"谋害"它们的时间，它们也决不会有半点哀伤的表现。由此不免让人觉得它们机灵得可爱，却也憨得可怜。

如果您能耐着性子翻阅那些枯燥无味、繁琐抽象的实验技术书，就会领略到 BALB/c 鼠"资深"的奥秘。这一章里详尽地介绍着免疫荧光染色技术，用鼠肝切片的方法所设置的实验对照可以证实人的肝脏是否染上了病毒。下一章又阐明着通过鼠淋巴细胞的离体实验，能够说明某种药物用在人身上的效果。如果您产生了兴趣想继续探究下去的话，还会意外地发现利用小鼠实验，竟然可以研究出基因置换和代替致病基因的治疗方法。这一切在一般人看来，又是多么的不可思议呀。

而小鼠们却丝毫不意识它们自身的价值，就这样的随遇而安。它们利用现有的条件极力为自己营造着一种安适的自由氛围。只要你不去打扰它，它便保持着一副满不在乎的样子，那是它们自有规律的吃、喝、拉、撒、睡的生存本能。瞧它用两只前爪紧抱着圆柱状的饲料块儿，尖尖的小嘴儿贪得无厌地在上面啃噬着咀嚼着，连看都不看你一眼。吃饱喝足后，犹如孩子一般快意恣情地嬉戏，小脑壳跌撞在铁笼子上也毫不在意。当你稍一转头就又会观赏到在那铁制的"屋檐"下，还并排着一个个白色的圆球，远远看去，就像一团团没来得及下锅的糯米元宵，甜蜜诱人。如果你静下心来，把耳朵贴近笼子，便能够听到它们细微的鼾声。那种奇妙的声音就如同细雨卷裹着牛毛呼呼落地，又好像看到春絮飘荡在空中时让人产生的幻听。

这让我联想到了有一次，当摄像师用特写手法将它们的形象展现在一部艺术片中时，它们竟不再是一只只不起眼儿的"耗子"了。它们身着黑色的"燕尾服"欢蹦乱跳、鬼头鬼脑。然后在《汗流浃背》的乐曲声中学着卓别林的样子踏着欢快的节奏，摇头摆尾，手舞足蹈，整个一个狂热奔放又潇洒的"舞蹈家"形象。再看它们与"燕尾服"形成鲜明对比的那一身洁白纯净和特有的灵气，让人无法不对它们刮目相看。经过主人这番精心的"包装"之后，我倏然发现，原来它们竟是如此的漂亮！

我不禁感叹了，BALB/c 小鼠不单具备着实验价值，它们和"米老鼠"一样，也有着美好的艺术观赏价值。

时隔不久我又在宠物市场上看见了 BALB/c 小鼠。它们被人囚禁在铁笼子里，失去了自由。透过笼子的缝隙，那一双双红眼睛不知所措地注视着围拢观赏它们的人群，静听着买主和卖主讨价还价的絮叨声。看它们那无可奈何的神情着实惹人怜爱。可人们好像并不在意它们此时的心情，依旧在那令人心乱如麻的嘈杂声中进行着交易。经过一段犹如逗闷子式的协商后，交易终于达成了。买主慢悠悠地把钱递了过去，从这一刻起，这BALB/c 小鼠的"监护权"也就自然而然地属于买主了。买主春风得意地拎起鼠笼子大摇大摆往回走，鼠笼子在他手中前后晃动着，笼中的它们惊恐万状，失去了站立的平衡，艰难地忍受着眩晕之苦。在痛苦中鼠们并不知道，作为宠物，它们的身价竟数倍地递增了。

至此，我又一次感叹：原来它们不仅具备着美好的艺术形象，同时还被视为宠物供人消遣呢！

诚然，无论作为艺术形象也好，作为宠物也罢，它们毕竟为人类生活增添了无尽的色彩，愉悦着人们的心情，也修炼着人们的性情。除此之外常人很难想到，它们对人类最大的奉献还是严肃而珍贵的生命。

原来，它们与这个世界的命运有着难以分割的关系，一直为人们的生活创建着欢乐和更加美好的未来。

说　马

　　现在在城市的街道上很少再看见马车了。如果不是循着往事的足迹去寻觅对马的最初印象，或许很难对马产生新的兴趣。记得有一年元旦刚过，妈妈把我送到北京姥姥家来过寒假。一天，我跟小姨到海淀买东西，当我们路过玩具柜台时，一辆小巧而精致的马车顿时吸引了我的注意力。透过那层薄薄的玻璃橱窗，我看到了一辆虽算不上豪华，但却十分逼真的蓝色马车和一匹套在这车上，正奔跑着的枣红马。对于当时的我，一个不谙世事的孩子来说，除此之外，还能再要什么呢？

　　"小姨，我要这匹马……还有这辆马车。"我以为我只要有了这马和马车，就什么都可以不要了。

　　小姨俯下身子，也像我一样把脸贴近那薄薄的玻璃橱窗，仔细打量着这马车。之后，她无不遗憾地告诉我，这匹马和马车是不能够分开出售的，如果一起买下来，价钱太贵了。倘若我非想要的话，等她参加了工作，挣了工资。一定会给我买的。

　　她把"一定"二字强调得掷地有声。

　　而我也坚信着这一天一定会到来的。

　　虽然她当时只是十九中的一名高中生，"工作"对于她还远是个幻影，可她话已至此，我就不忍心再缠磨她。况且说，这等的承诺，在一个学龄前儿童听来，已经够心满意足了。从此我真的在盼望、在等待她能拿到工资的那天。因为只有到了那天，我才有可能得到那辆漂亮的马车和那匹健美的骏马。虽则我不愿意相信，但我必须得相信：事隔不久，她就已经把这件事抛到脑后了，因为她从没再提起过她工作之后的事。可我，至今还能追忆起她那发自肺腑的诺言。

　　仿佛就从那天起，我时常独自一人站在马路边儿上，默默地望着路上那一辆辆进城送菜的马车。马儿们潇洒地甩着蹄子，一步一扎实地踏着脚下的柏油路，发出"嗒、嗒、嗒、嗒"悦耳的蹄声。当它们高兴的时候，备不住就会撒开欢儿紧跑一阵儿，赶上前面的车队。遇到它们不如意的时候，兴许还会伸长了脖子嘶鸣几声，发泄出心中的郁闷。于是我猜，它们是跑累了。我设想着有一天，也变成一个农家女孩儿，心安理得地坐到那马车上去，能和大马交个朋友。我甚至羡慕起那位扬鞭催马的老汉，认为他拥有这世界上最如意的伙伴——那匹神气的枣红马！

20 世纪 80 年代初期，我曾一度有心提升自己在琴、棋、书、画方面的修养而师从于河北画院的赵信芳和江峰老师。照理说，该是名师出高徒，惭愧的是，因工作的关系无法善始善终而中途搁浅。有幸的是，从此我认识了徐悲鸿的马，也曾挥毫临摹大师那落笔不凡的潇洒。重要的是，我对于马又有了新的认知。徐悲鸿的马，"有奔腾大势，恨不尽激扬之态"，气派超然，气韵生动，惟妙惟肖。那一幅幅精悍绝妙的骏马图，毫无色彩的招摇，而多以一律的墨色挥就，竟然也神形兼具，栩栩如生，不能不令世人们拍案叫绝。"墨法浓淡，精神变化飞动而已。"从某种意义上说，它比色彩艳丽，构图严谨，曾被人们誉为"国际艺术语言"的西洋油画更富激情也更有气势！有谁能说它不美？又有谁能说它不属于世界呢？那一匹匹永不懈怠、勇往直前的骏马，充分体现出了中华民族坚韧不拔的进取精神。

说到进取精神，历来是中华民族的美德。那一匹匹脚踏实地，一步一个脚印进城送菜的马儿们，才是中华大地的精英。那四蹄悬浮，不思奔腾而漫游于半空，不求进取，只靠投机取巧，臆想着以别人的努力与铺垫走捷径，从而通往成功道路的所谓"天马"（这里不是指汉武帝从西域大宛国得到的天马），必将被学术界所不耻，相信天公也决不会赐予它永久的信任。

国家一向提倡廉洁、进取，反对学术腐败，抵制伪科学。由此让我联想到，历史在前进的同时也给那些"独往独来"的"天马"们设下了"圈套"。那悬浮于半空的蹄子，总有一天会被正义的"圈套"所束缚。而只有那些兢兢业业、四蹄着地的骏马才会得到以它苦苦的劳作所换取来的收获。

英国著名的历史学家汤恩比曾经说过："19 世纪是英国人的世纪，20 世纪是美国人的世纪，21 世纪是中国人的世纪。"这番话将意味着中国正跨步迈向更加辉煌的明天。那么我想，新世纪的中国应是一匹奔腾的骏马！我们也会随着这匹骏马奔腾的脚步，去实现我们理想中的未来。

诟如不闻

一日，与一位教授闲谈时，无意中触及到了一个沉重的话题。她问我，如果遇到有人对你进行人身攻击，侵扰你的名誉时，你将会采取什么样的方式来保护自己的合法权益，使自己的人格不受到侵害。

这是个严肃又难以回答的问题，我一直认为荣誉、名誉、人品和心灵都是有等级的，不是故意要分出等级，而是她们本身就涵盖着等级的成分。而这无形的成分，可以由舌头任意褒贬。

面对着她的提问，我有点儿懵懂，一时语塞。沉了一会儿我回答："说不好。因为，'名誉侵扰'一般是社会名流才可能'享受'到的'待遇'。从客观上讲，这类人有新闻传播价值，容易引发众人谈论的兴趣，也有充足的话题可以供人'消遣'。还有一种情况，那就是对他人构成了某种威胁的人，受到威胁的人要利用谣言和诽谤的力量来糟蹋他的对手，这就意味着，被污蔑的对象要具备一定的优势或者能量，至少是被人嫉妒的。而制造谣言和诽谤他人的人，不是要满足某种心理需求，就是要达到不可告人的目的。我不应该遇见什么名誉问题。我告诉你，苍天在上，你找错人啦。"我笑着，友好地拍了拍她的手。

虽是玩笑话，我以为道出的是实情。

没想到她认真地说："我说的是'假如'。假如你遭到了恶语中伤，你的名誉受到伤害的时候，你该怎么办？"

面对这穷追不舍的问题，倏然间我想起了余秋雨先生的话："一个人在自身名誉的问题上是无能为力的。"我理解那深刻的含义：在某些情况下，名誉并不能正确地反映一个人的真实面目，一个人的行为与其名誉无法相互负责。

既然如此，便自然有了一种态度："不予理睬！我认为这是最有力的回击方式。你知道余秋雨先生在名誉问题上曾举例宋代诗人李清照，他说这位'女诗人风华绝代又与世无争，成天独个伫立于西风黄花之中，又不招谁惹谁，'可谁会想到，就是这样'一个清纯绝俗到似乎不应该有名誉问题的人'还是遭遇到了'人生与名誉之间的险恶玄秘'。然而李清照面对鼎沸的舆论，她采取了闭目塞听，关起门来与家人过最平凡的日子的回应。"

听罢，她用一句成语为我做了极其到位的总结："诟如不闻"。

好一个"诟如不闻"！让我赞叹不已。

当日查证此成语获知：宋朝河南人富弼，字彦国。死后谥号文忠，所以后人称他为富文忠公。据宋人陈长方编撰的《步里客谈》中所述：富弼少年时很好学，而且气量很大，遇到有人辱骂他时，他好像没听见一样不理睬。旁人告诉他："有人在骂你呢！"他却毫不在意地说："他不是在骂我。"旁人又告诉他说："他指名道姓地骂你呢！"富弼还是毫不在意地说："不会吧，天下同名同姓的人多着呢！"

这就是"诟如不闻"的来历。被人辱骂了却好像没听见似的。古时候有人认为，这是一种宽宏大量的态度，值得提倡。而今有人认为，如果不论是非，不论何人，任其辱骂，一概不予分析和理睬，不采取合适的方式给予回答或反击，这种态度不应该提倡。

回到自己，正如我所回答，本人是个彻头彻尾的凡夫俗子，全然不具备令人艳羡或嫉妒的"优势"，更没有超凡的才能和出众的外表，身份、地位平庸，对任何人都构不成威胁。在我身上，既看不见小家碧玉的"秀外"，也找不到大家闺秀的"慧中"，更没有当代女性那种豪放不羁的"精神个性"。一切平平，寡淡得就像一碗白水，泼在地上，转瞬间化为乌有，不留痕迹，无人理会，根本调动不起人们谈话的兴致，以至于人们走过我身边时连眼皮都懒得抬起来。因为造物主压根儿就没有赐予我"享受"这种待遇的资本。况且说，本人遵纪守法，爱岗敬业，既不犯上也不欺下，不出卖朋友，不伤害他人，不参与是非，更不忘恩负义，是个安分守己的人，我有什么理由要"享受"人身攻击、恶语中伤、名誉伤害这样的"优待"呢？可是没有这样的"优待"倒让我的内心无比地寂寥起来。还是常言说得好，没有得到的便成了最为珍贵的。我曾为此深深地遗憾过、自卑过、忧伤过，感到无比的失衡与失落。无论是"臭名远扬"还是"有口皆碑"，统统与我无缘。

而站在所谓社会名流，或被侮辱被迫害之人的角度上想问题，就别有一番感受了。因此，我极其推崇起了"诟如不闻"的姿态。正如当今那位如日中天，大名鼎鼎的中国导演，曾蒙受过不少误解甚至污蔑，然而他心胸开阔，对那些流言蜚语从不解释也从不反驳。我断定，这决不是故作之高雅，一时的风度。而是源于他的大度与聪明，才有了这么一种姿态和心理素质。据悉，此人在就读北京电影学院时，去参加一次聚会，在毫无防备的状态下，身后的凳子被人故意撤走，他一屁股坐下去，狠狠地摔在了地上。人们以为他会大发雷霆，不料他站起身来，拍拍身上的尘土，笑了笑，平静地走开了。旁边有位教授目睹了这番情景，预言道：此人日后必成大器。

由此，我受益匪浅 —— 只因为他的波澜不动，荣辱不惊。

好一个"波澜不动，荣辱不惊"！谈何容易。

听到诟骂、遭到污蔑和诽谤，尤其在众口铄金，无力为自己辩解的情况下，能够泰然处之，置若罔闻，我以为这正说明一个人的自身修养已经达到了一种境界。你完全可以用"超脱"、"潇洒"、"有品位"、"有教养"、"绅士风度"这样的词汇来理解他。

我理解，他之所以有品位有风度有教养，如此的超脱与潇洒，其中奥秘，必是来自他的胸怀大志。因而他决不让自己陷入这污淖的是非旋涡，极不情愿将宝贵的时间和精力耗费其中。

毕竟，世上存在是非之分。宋仁宗当权时，逢东北契丹兴兵南侵，要求割据领土。以宽宏大量闻名的富弼，奉命前去与契丹谈判，谈判时，他以坚决的态度拒绝了契丹的无理要求，并把或战或和的利害关系分析得极其到位。此时的契丹十分无奈，只好灰溜溜地撤兵了。

这才是一个具有完整人格的富弼，一个不拘小节而识大体的富弼。"诟如不闻"只是他在某种情况下的一种态度而已。

通常，一个人很难做到诟如不闻，也难以让自己荣辱不惊。即使是李清照，人再清高，最终也按捺不住心中的忧愤，这忧愤迫使她做出姿态来证明自己的清白。因为常人实在难以承受得起沉重的名誉负荷，谁也不愿意平白无故地遭受名誉的侵扰，忍受人格的摧残，去经受无言的心理挣扎。

我曾经采访过民主党派里一位很有威望的老领导，现在他已经退休。当年由于他的直言不讳得罪了当时一个"说话算数"的人，以至于他的晚年没有享受到理应的离休待遇。这倒让我联想起，有些别有用心的权势利用谣言和诽谤剥夺他人工作和晋职的权利，"非把你从安宁自足的景况中驱赶出来不可"以达到他发泄私愤的目的。而面对着强大的攻势，个体的力量总是苍白无力的，在一拳难敌众手的窘况下，如果你不选择拿起法律的武器自卫的话，那么你可以登高一步，换个视角，我想，呈现在眼前的，该是另一番景致。就像那位老领导，历史的误会和违背天意的伤害，并没有影响到他工作的热忱和对事业的忠诚，也没有改变他坚定的信仰和美好的初衷，他和他的老伴儿相携相伴走过了几十年的风雨历程，平实安详地共度晚年。

正可谓——

不识庐山真面目，只缘身在此山中。

　　不敢妄言我胸怀大志。但我想，倘若有一天我真的应了那位教授的假设 —— 横遭"恶语中伤"的话，我愿意以"诟如不闻"这四个字，与遭遇如此不幸的朋友们携手共勉。

两个四百五十元

之一

四十不惑，而对有些人来说，却还是处在懵懵懂懂的状态里，兴许一辈子都注定得"摸着石头过河"了。虽然有过无数次的教训，也吃过不少亏，可到头来还是吃百堑也不见长一智，或许这只能归咎于"惰性"。比如我。

有时，即使是和小自己十多岁的人打交道，仍会感到力不从心。也曾惭愧地想：这十几年算是白过了。十年一个时代，不是同一个时代的人，接受的教育自然也不尽相同，所谓世界观、道德观、价值观之间的差异也不言而喻。

在校本部研究室工作的时候，有位博士小伙子跟我关系不错，他平时少言寡语，工作也称得上任劳任怨。长得个子不高，平头，圆乎脸儿，一双微肿的小眼睛。无论怎么打量你也会认定，他生就的是副憨厚相。因为是农村出来的后生，家里有一定的经济负担。与他在一个科室里共事，自然体谅他的难处，从心里盼望他能够在经济收入上有所改观。因为他的学历和能力，我认为无论从哪个角度上讲，他都是很有希望的。

研究室新建不久，一切还在建设之中。每当室里的科研经费一到，就要着手购置一批实验品和仪器设备。他总是十分积极地张罗着联系厂家，洽谈价格，直至仪器送到，陪着厂家的技术人员安装调试，再去财务部门办理付款手续。有时我也奇怪，学校分明有设备处，专门为各科室联系添置仪器设备，只要打上一份报告，一切都不用自己操心，他又何必亲历亲为呢？

凡事无须多虑，这是我一贯的处世方法。对他的工作热情我自然是十分钦佩的，每当这个时候我都会自愧弗如。

而在某种时候我却隐隐地感觉到，他的小眼睛里闪现出狡黠、暗窥、令人疑惑的光。而我想，这或许是他祖上的遗传基因在他身上的自然反

自然也是一种美

应，不必多虑。就好比有的人专爱低着眼睛与人对话，你不能理解成这是他对人不尊重的表现，他只是出于腼腆，所以不必大惊小怪。

一日，超净工作台出现了故障，那博士和颜悦色地与我商量：

"梁老师，我记得您有厂家的维修电话，您跟他们联系一下，请他们来给检修一下好吗？"他跟我说话一向很客气，从不摆博士架子。

我欣然应允，同样以积极的态度与厂家取得了联系，也想略微补偿一下以往内心的"自愧弗如"。

厂家的维修人员很快就到了，因我要出去采血，那博士便主动要求陪同前来的维修人员一起查看故障。

维修完毕，我也正好采血回来，那博士诡秘地（或者说不怀好意地）冲我一笑说："修好了，我有点儿事要出去一趟，您和他们谈价钱吧。"之后便匆匆忙忙地离开了。

"要我谈价钱？"这不是他以往的风格呀。再说，我也没看到维修过程，怎么谈？还没等我说话，他人已经没影儿了。

我浑浑然地迈进了无菌室的门，询问故障出自那里，是否换过配件之类的问题，接着谈到价钱。

一向不善工于心计的我，此时还是留了个心眼儿，要求他们开一张维修单，再赐一份报价单，以便我向室主任汇报。

对方只给开了维修单，将检修情况记录在维修单上，告知我该厂在维修方面没有报价单，只是根据具体情况以及更换部件的实际价格收取费用。既然如此，我也不好强人所难了。

他们的开价为450元，并提出以现金付账，同时留下了事先开好的发票，说第二天来取维修款。

第二天上午，我便着手办理财务方面的手续，先将发票及维修单一并拿给室主任过目签字。

室主任一反常态，板着面孔审视着我，好像要从我脸上找出什么不可告人的隐秘，并反复查问道："都修什么了？怎么这么多钱……是你联系的维修吧？你和他们是不是早就有关系……"

刹那间，我挖空心思地想我和他们究竟有什么关系。没有哇？就连我手里这厂家的维修电话号码，不也是在不经意中那位博士先生留给我的吗？

可话又说回来了，分明是我把厂家请来维修的，也是我和他们谈的价钱，更是我迎来送往的，可唯独不是我陪同他们检修的仪器。是呀，都修什么了？怎么这么多钱……

我不知所云地呆立在那里，忖量再三依然回答不了室主任的问题。只能再次将厂家填写的维修单呈上。可如白条一样的维修单，又能说明什么问题呢？

我的眼前立刻浮现出由那双小眼睛里闪现出的狡黠、暗窥、令人疑惑的光，还有那诡秘的（不怀好意的）笑……

不怪人常说：眼睛是心灵的窗口。

呜呼！我又吃了一堑，从此不知能不能长一智。

之二

1992 年春节前夕，我打算为自己添置一套西装，当时一套中高档女士裙装价格在 300 元左右，我的先生让我把钱带富余，于是我便带上了 450元钱。我把钱塞进了牛仔裤的屁兜里，抽了一个中午的空隙，来到了位于西四附近的"天马"时装专卖店。店铺不大，顾客也不多，这样的环境我喜欢，它便于顾客从容地选购物品，也省去了拥挤与等待的麻烦。"天马"服装比较适合我们这个年龄段的职业女性，我曾不止一次地惠顾过"天马"。它的款式庄重，色泽纯正，穿上这样得体的服装在公开场合亮相毕竟能给自己增加不少自信。于是，每每打算添置衣服时，便首先会想到去"天马"看看。

于"众多"的款式中，我选中了一套裙装，在服务小姐的引导下我走进了试衣间。这个试衣间很小，只够容纳一个人，而且根本没有座位，只能站着更衣，让人觉得有些局促。我刚要插门的时候，一位女士也要挤进来试衣。她面带微笑地和我打招呼，我只好客气地将她让了进来。我想大概是为了在这狭小的空间内和平共处吧，她主动就衣服的话题和我聊了起来。平时我没有打量陌生人的习惯，只感觉她的外表很时髦，瘦高个儿，披肩发。除此之外对她的五官长相一点儿没在意。还没说上两句话，就听出了她对服装十分在行。

手里托着换下来的衣服，我扫视了一下这小小的试衣间：四壁空空如也，只有门上钉着两个挂衣钩。冬天人本来穿得衣服就多，再加上空间小，衣钩少，我们俩人的衣服只能摞着挂。我把脱下来的牛仔裤挂在衣钩上。她把她的外衣挂在我的牛仔裤上。当我开始试裙子的时候，她忽然提出要出去，像是想起了一件要紧事，非马上去办不可。她迅速地穿上刚刚脱下来的那件上衣说："这套衣服不适合我，不想买了，我赶紧去……"她说着，就急火火地去拔门的插销，可是插销很紧，她越着急就越拔不开……

虽说我与她不过两分钟的"交情"，可我对别人的困难从来没有袖手旁观的习惯，于是便放手正要试穿的服装，一只手为她抵着门，另一只手去帮她拔插销。她用含混不清的语言咒骂着这该死的门，在她剧烈的摇撼下，那简易门发出一连串"吱呀吱呀"的呻吟声，像个垂危的病人。而奇怪的是，那门的插销怎么也不听使唤，我们俩"齐心协力"地奋战了足有一分钟，插销才"啪"地一声退了出来。那女士拉开门便像疯了似的冲了出去。

当她冲出门后，我忽然感到若有所失，心里空了一下，无心再试衣服。数秒钟后，一种不祥的预感猛然袭上心头，我下意识地去摸挂在门上的那条牛仔裤的兜。我真的懵了，挂裤子时还在裤兜里的 450 元钱已经不翼而飞了。于是，我赶快换上衣服也像疯了似的冲出门去。要知道，90 年代初的 450 元钱不是小数呢。

阳光下，我茫然地站在店铺门前，望着大街上川流不息的车流和过往的行人……

我只能是毫无结果地返回店铺中，无奈地将那套还没试完的服装交还给售货小姐。店中的顾客告诉我，她看见那女士冲出试衣间，把服装扔给售货小姐后就一溜烟地窜出了店门。

"等你发现钱丢了，再换上衣服跑出来，她早没影儿了。出了门往胡同里一藏，你上哪儿去找呀？再说，就是你真把她认出来了，她能认账吗？钱又不认人！"一位年长的顾客说。

"哎，别说是 450 块钱，这年头儿，她就是偷你 4500 块钱，你没抓住她的手不也没辙？"另一位顾客说。

可是我无法否认，天公本意助我！而我不但没有抓住那绝好的属于自己的机会，反帮偷窃者打开了脱身之门。懊悔的同时我实在找不出合适的语言来形容自己毫无戒心的愚笨，偶然间想起老百姓常说的一句话：人家把你卖了，你还帮人家数钱呢！

此刻，那女士一定在庆幸自己又捞到了一笔过年的"外快"！

而我，用 450 元钱买回了一个教训——

害人之心不可有，防人之心万万不可没有啊！

作家·作品·社会角色（代跋）

　　以我之浅见，文学创作就是通过对人物、景物和现实的描写，叙述自己的人生经验和文学主张，以艺术的手法书写时代的、环境的和内心的感受，发表自己的观点，对社会产生积极的意义。而这之前，或许作家并非着意承担一份社会责任，却是在倾注思想、心血和情感故事的书写过程中，自然而然地完成了一种社会角色的承担，作品所产生出的社会效应，便是作者创作观、思想性、文学品位与艺术修养的最好说明。

　　生活在这世界上的每一个人，都有自己的关注焦点和兴趣爱好，并随着时代的前进及个人命运的转变而转移其立足点和看问题的方式方法。因而作者不可能指望读者们都认同其作品的价值，反之却需要作者心里装有读者，以真诚的态度填补一个充满魅力但并不完美的客观世界。

　　我时时在提醒自己，一篇作品或一部作品要明确倾诉对象，避免发生"自言自语"的创作倾向，尽可能地触摸到时代发展的脉搏。这说来容易，却不是个简单的操作过程，需要用一生的时间和心力去积累去探讨，需要弄清看起来抽象在实际创作中却不可或缺的精神内涵。

　　在一次次学习和探讨中，我发现存有"诗意"的"现实性"作品多尊为文学的上品。我不知道这样的表述是否客观，但许多实例不难证明这一点。

　　去年，东城作协和区文委在东城区文化馆举办了三次法国当代作家作品的研讨会，韩小蕙主席邀我前去参加。法方赴会的多是法国当代优秀的女作家，其中妙莉叶·芭贝里的作品给我留下较深印象。仅就她《刺猬的优雅》而言，书名就充满了诗意，不禁让人对其内容产生遐想，自然地和她一起走进书中情境。

　　妙莉叶·芭贝里并非专业作家，她是一名哲学教授，小说畅销后她便辞去了大学教授的职务专事文学创作。她的第一部小说《终极美味》出版后获得了好评。她的作品不仅让中国读者看到了法国当代文学创作的基本风貌，也让人看到了法国古典文化精神的足迹。她的主题作品《刺猬的优雅》，描述了巴黎高档住宅区一幢公寓里发生的故事，以看门人勒妮的叙述和少女帕洛玛的日志交替再现的形式，反映了作者对社会现实和人类生存境遇的思考。这"叙述"和"日志"并非"自言自语"的产物，我想，作者之所以选用了这样一种看似个人化的写作形式，强调出了中产阶级真实的生活色调和平民阶层充盈的内心世界，是便于穿透生活的体表而深入生活的骨髓，以拉近与读者的距离吧。

却难想象，妙莉叶·芭贝里让她书里的主人公勒妮人见人不爱，让她在漫长的 27 年岁月中，与达官显贵、社会精英们朝夕相处，并恪守本分。让她装笨、扮丑、粗俗。而在这笨、丑、俗的背后，勒妮的心灵里深藏着胡塞尔现象学、弗洛伊德理论和中世纪哲学，并能欣赏马勒、莫扎特的音乐，荷兰、意大利画派的作品，并追随着艺术领域里的科技进步，对茶道和家居装饰有独到的见解。尽管她有着如此广泛的艺术品位和欣赏能力，却告诫自己，要缄口不言，绝不能将脚踏进不属于自己的世界，小心翼翼地与房主们打交道。直到一位退休的日本高级音响代理商小津先生的出现，才瓦解了她身上的伪装。

作者以艺术的眼光摄取庸常的生活，并以作家的敏感折射出当今法国民众的生活状态和价值观。妙莉叶·芭贝里不回避现实，尽可直面不同人物所表现的不同世界观和社会立场；语言与情节的设置充满了诗意及哲理，体现了作者对人生意义和艺术内涵的追索。这种坦诚、明亮的创作方式一直为我所追求所崇敬。

看起来，了解社会、对现实及未来进行反思，以哲学的思想和艺术的手法揭示生活本质，直接反映了社会学对写作者的意义。

一位编者在回溯法国女作家的作品时说道："法国女人，从 19 世纪末的乔治·桑到 20 世纪的西蒙·德·波伏娃，就始终站在世界新女性之前列，从生活方式到哲学思想，用她们的行动亦用她们的智慧、深刻、隽永的语言……激起过我们的共鸣，引发过我们的思索。"

由此看出，法国女作家的文学理念是带有传承性的。读到法国当代女作家的作品就会让人联想起她们前辈作家的作品、生活方式、哲学思想以及她们的智慧、深刻和隽永的语言。这不仅是文学的传承，也是一个民族文化不衰的象征。

以文学的形式反映现实社会特征、表现深层次的艺术内涵、探寻人生意义的创作精神，这在中国五〇后一批优秀作家的作品里同样有充分的体现。作者借助故事和人物来表达思想、反映社会、传递情感、传播艺术，以参与、推动着社会的进步。虽然以个人的力量无法解决作品所反映出的社会矛盾，文学也无法涵盖和替代哲学和科学的使命，它却具有感召力，比哲学和科学更容易贴近现实、融入生活、被人们所接受。

作者

2011 年 6 月　北京

自然也是一种美